KB060876

恨半島

윤호근

함경남도 홍원에서 태어나 초등학교 교사로 재직하다 해방 직후 소련군 치하에서 남쪽으로 내려와 미군정의
통역으로 일하다 외무장관 비서관을 거쳐 아시아인으로서는 최초로 『뉴욕타임스』 특파원이 되어 국제연합
군의 종군특파원으로 판문점에서의 남북 교섭을 취재하고 이승만 대통령을 취재하는 등 언론 현장을 누볐
다. 외무장관 비서관을 시작으로 30여 년간 외교 현장에서 한국의 자주 외교를 관철시키고자 노력하였으며,
워싱턴 주재 한국 대사관 참사관, 멕시코 주재 한국 대사관 참사관, 스톡홀름 주재 한국 대사관 참사관, 베이
루트 주재 한국 상설 통상대표부 전권공사, 헬싱키 주재 한국 통상대표부 전권공사, 주 핀란드 특명 전권대
사, 주 포르투갈 특명 전권대사, 뉴욕 총영사 겸 유엔 겸무대사를 거쳐 미국 애스펜연구소 특별고문, 뉴욕시
한미문화재단 이사장을 역임하였다.

恨半島
아시아 최초의 『뉴욕타임스』 특파원 윤호근의 외교 반세기

초판 제1쇄 발행 2006년 4월 25일
초판 제2쇄 발행 2006년 4월 30일

지은이 윤호근
펴낸이 정낙영
펴낸곳 (주)을유문화사

기   획 권오상
편   집 권오상, 윤현주
저작권 문혜정
영   업 허삼택, 김기완, 강정우, 윤석진
마케팅 지은영
관   리 김덕만
디자인 디자인비따, 디자인캠프
인   쇄 백왕인쇄
제   본 정민문화사

창립 1945년 12월 1일 | 등록 1950년 11월 1일(1-292) | 주소 서울특별시 종로구 수송동 46-1
전화 734-3515, 733-8153 | FAX 732-9154 | E-Mail eulyoo@chol.com
ISBN 89-324-7103-7 03810 | 값 13,000원

*지은이와의 협의하에 인지를 붙이지 않습니다.

恨_한半_반島_도

아시아 최초의 『뉴욕타임스』 특파원
윤호근의 외교 반세기

—윤호근 지음—

을유문화사

한(韓)과 한(恨)

수 세기 동안 지리적 조건은 한국의 가장 큰 적이었다. 한국은 러시아, 중국, 일본이라는 세 강대국에 둘러싸여 그들의 제국주의적 야망에 시달려왔다.

그 옛날 중국은 유교사상 아래 살아온 사람들이 중심이 되는 나라라 하여 스스로를 '중화제국'이라 칭했고, 이로 인해 중국 아닌 외지 사람들은 모두 미개인 취급을 받았다. 이렇게 해서 한국은 수 세기에 걸쳐 중국의 속국 취급을 받아왔다.

중국이 다른 문명과 단절된 채 유교사상 속에서 살고 있던 동안에는 별문제가 없었다. 그러나 19세기에 들어와 서방제국이 중국이나 중국과 인접하고 있는 조선과 통상을 시작하게 되자 서로 다른 사고방식이 부딪쳐 국가 간에 알력과 갈등이 생겼다.

그런 상황하에서 서방 사람들에겐 조선이 주권을 확립하여 독자적인 대외관계를 세워나가고 있는 것도 아니고, 그렇다고 해서 그 책임을 전적으로 중국에 떠맡기고 있는 것도 아닌 어정쩡한 나라로만 보였다.

청일전쟁(1894~1895)에 패한 중국은 일본이 경제적으로 만주를 지배하고 조선을 정치적으로 지배하는 것을 인정했다. 그러나 일본은 제정러시아가 중국의 지배하에 있는 만주나 혹은 명목상의 독립국에 불과했던 조선을 탐낼까 두려워했다. 이 두 지역 중 특히 조선은 전략상 일본의 심장에 꽂힌 비수와 같은 존재였다.

러시아는 오랜 세월 동안 극동에 부동항 확보를 추구하고 있었다. 러일전쟁(1904~1905)의 부산물 중 하나는 1905년 7월에 체결된 숙명적인 각서인 가쓰라·태프트 밀약이다. 당시 미국의 시어도어 루스벨트 대통령은 극동에 대한 문호개방 정책이라든가 러시아와 일본 사이의 힘의 균형 문제에 대하여 신경을 곤두세우고 있었다. 이때 윌리엄 하워드 태프트 미 육군장관이 필리핀으로 가는 도중 도쿄에 들러 합의각서를 신속하게 마무리했다.

그 각서에서 미국은 일본이 필리핀에 대한 침략 기도를 포기하는 대신 조선에 대한 종주권을 가지도록 묵인하기로 했다. 약소국인 조선은 이렇게 해서 강대국 간의 정치적 희생물이 되었다. 그 지리적, 전략적 위치가 조선의 비극을 낳았다. 이러한 사건들이 결국 1910년 일본에 의한 공식적인 병합으로 이어졌다. 그 뒤 36년간 조선의 수많은 애국투사가 만주, 중국, 시베리아 그리고 한반도에서 독립투쟁으로 목숨을 잃었다.

1945년 8월 15일, 연합군이 일본에 승리하여 조선은 해방되었지만, 슬프게도 곧 남과 북으로 갈라졌다. 한반도는 일본군을 무장해제한다는 명목 아래 38선을 기점으로 북쪽은 소련군, 남쪽은 미군의 점령하에 속하게 되었다.

어떻게 북위 38도에 선이 그어졌는가에 대해 전해지는 한 흥미로운 일화는 이 전쟁의 우발적인 성격을 잘 보여준다. 미국 측 대표에 의한 이 결정은 훗날 한국의 운명에 미칠 영향을 신중히 생각하지 않고, 그저 우연히 성급하게 이루어졌다. 그 당시 미 육군작전참모부 소속인 33세의 무명의 대령 딘 러스크는 SWINK(제2차 세계대전 후의 점령정책 조정위원회)의 지원요원이었는데, 『내가 본 그대로 적는다(*As I Saw It*)』라는 자서전에서 이 비극적인 결정이 어떻게 내려졌는지에 관하여 다음과 같이 적고 있다.

일본이 항복한 1945년 8월 15일 전야에 SWINK 회합이 열렸다. 그날 밤 나는 찰스 본스틸 대령과 함께 옆방에서 한반도의 지도를 상세히 조사했다. 우리들은 서둘러 미군의 점령 지역을 정하는 골치 아픈 작업을 해야 했다. 틱(찰스 본스틸 대령)과 나는 한국에 대한 전문가는 아니었으나 수도 서울만큼은 미군의 점령하에 있는 것이 좋을 것으로 생각했다.

우리들은 내셔널지오그래픽 지도를 펴고서 구획선을 그을 서울 위쪽의 적당한 장소를 찾아보았으나, 좀처럼 지리적으로 자연스러운 부분이 찾아지지 않았다. 그런데 마침 그곳에 북위 38도선이 있다는 것을 보고는 그것을 택하기로 결정했다. SWINK는 별 이의 없이 이 38선을 인정했고, 놀랍게도 소련 역시 이것을 받아들였다.

나는 쌍방의 군대 주둔 위치로 보아 소련이 좀더 남쪽으로 선을 내릴 것을 주장할 것이라고 생각하고 있었다. 두 사람의 젊은 미군 대령을 포함하여 이 회의에 참석한 사람들 중 어느 누구도 금세기 초에 제정러시아와 일본이 한반도에서의 38선을 사이에 두고 영향권을 주장한 적이 있었다는 사실을 알지 못했다. 우리가 만일 그 사실을 알았더라면 지금의 구획선과는 다른 곳을 택했을 것이다. 어쩌면 소련은 옛날에 그러한 역사가 있었다는 사실을 염두에 두고서 우리의 결정이 38선 이북에서의 소련의 영향권을 인정한 것이라고 해석했는지도 모른다. 그러나 실상 미국 측 사람들은 그런 일에 대해 아무것도 아는 바가 없었다. 늦은 밤, 피곤한 몸으로 두 대령이 선택하고 권고한 38선을 SWINK가 채택한 것은 치명적인 것이었다.

소련은 만주에 주둔 중이었던 일본의 정예 육군을 상대로 하여 일본이 항복하기 겨우 5일 전에 태평양전쟁(1941~1945)에 참전했다. 이 전쟁에서 사실상의 마침표를 찍은 것은 바로 히로시마와 나가사키에 투하된 원자폭탄이었다. 일본 영토에 원자폭탄을 떨어뜨린 트루먼 대통령의 결정이 정당화될 수 있는 것인가 아닌가는 앞으로도 오랫동안 논란을 불러일으킬 것이다.

내가 품고 있던 일본에 대한 증오심과는 별개로 일본의 두 도시에 대한 원자폭탄 투하는 나로 하여금 '백인종'과 '황인종'의 근본 문제에 대하여 생각하게 만들었다. 나는 원자폭탄이 유럽인의 머리 위에 떨어지지는 않았을 것이라는 생각을 지울 수가 없었다.

이 책의 주조를 이루는 '한(恨)'이라는 정서는 강대국의 손아귀에 놀아난 오랜 억압의 역사와 연관이 깊다. 한이라는 우리말의 참뜻은 외국어로 표현하기 힘든 것이다. 영어로는 '원한', '울화', '원념', '유한', '증오', '비탄', '회한', '통한', '유감' 등으로 번역되곤 하지만 한이라는 감정은 중층(重層)적이어서 그 배경과 따로 분리해서는 이해가 안 되는 것이다. 이 책은 나의 인생과 격동 속에 견뎌온 나의 조국을 배경으로 하여 한의 통념을 그려보려는 하나의 시도에 지나지 않는다.

나의 조국과 내 개인의 한이라는 상념은 내 조국의 약소함과 내 인생을 괴롭혀온 빈곤에 대한 심오한 슬픔과 절망으로부터 온 것이다. 또한 '한'은 우리나라 옛 귀족사회에서 의지할 곳 없었던 농민과 상민계층이 품었을 복잡다난한 심정들을 나타낸다. 그들이 평생 고생하며 살아온 동안 축적된 불공평(그들뿐만이 아니라 그 자자손손이 똑같은 운명의 길을 걸었을) 때문에 깊은 상처가 그대로 이어진 것이다.

　20세기에 들어와 일본의 식민지가 되어 겪게 된, 필설로 다 할 수 없는 아픔 때문에 나라가 품게 된 한은 더욱 심화되었다. 우리는 힘을 빼앗기고 나라의 주권도 지키지 못했다. 나 역시 일본의 지배하에 자라온 한 사람으로서 헤아릴 수 없이 많은 동포들과 더불어 조국의 비극을 몸소 겪었다. 내 인생의 비극적인 사건들 역시 개인적인 한이 되었다. 내가 이 책 속에서 예증(例證)하고자 하는 한은 역사적인 것인 동시에 또한 개인적인 것이다.

　그 중층적인 의미를 생각하면 한은 어떤 간단한 행동 하나로 쉽게 풀어질 수 없다. 거듭해서 쌓인 비극으로 말미암아 다년간 실타래의 매듭처럼 굳게 엉킨 한의 정념을 '풀어내는' 방법의 하나는 이러한 비극 속에서 살아남은 우리의 잠재력을 최대한 살리는 것이다. 훗날 우리가 마주치게 될 운명의 길을 잘 극복하였노라고 말하며, 그것을 과시할 수 있어야 한다. 실제로 이렇게 생각하는 것이 어려운 시기를 뚫고 나가는 데 있어서 나에게 힘이 되어주었다. 나는 자신의 운명을 완수하는 일만이 내 가족의 한까지 풀어줄 단 하나의 길이라고 생각했다.

　이 책은 내 삶의 비극들을 풀어내고, 그것들과 화해하기 위해 틈틈이 정리한 기록의 산물이다. 원래 원고는 영문으로 씌어졌으나 국제 관계

세미나에서 교분을 쌓은 오하시 다다히코 선생의 권유로 일본어판으로 출간되었던 것을 다시 우리말로 옮기고 내용을 대폭 보완하였다. 한국어판 출간에 도움을 주신 작가 한운사 선생과 박일영 선생에게 깊은 감사를 드린다.

2006년 3월

윤호근

■ 후일 딘 러스크 대령은 한국전쟁 개전 시 미 국무성 극동담당 차관보로서 미국의 한국전쟁 참전을 적극 건의하였으며, 1960년대에는 케네디 대통령, 존슨 대통령의 국무장관을 지냈다. 찰스 본스틸 대령은 1966년 9월 1일부터 1969년 9월 30일까지 주한미군 사령관 겸 유엔 사령관으로 근무하였다.

차 례

1 소년, 청년 시절의 추억

2 서울

3 미국에서의 모험

4 기자 생활

5 신출내기 대사 시절

6 스톡홀름에서 뉴욕을 거쳐 서울로 돌아오다

7 미국 영주권을 얻다

■ 저자는 이 책에 등장하는 인물의 입장을 고려하여 일부 그 명칭, 지명 등을 변경하였다.

1

소년, 청년 시절의 추억

일본의 식민지 지배 아래 북에서 보낸 소년 시절

나는 한일병합 후 15년 뒤인 1925년 함경남도 홍원(洪原)이라는 작은 고을에서 태어났다. 인구 약 5,000여 명 정도의 군청 소재지로서 군수나 동장은 한국 사람이었지만, 경찰서장은 항상 일본인이었으며 고을 행정에서의 영향력이 대단했다. 학두봉 고을의 북쪽은 동해가 내려다보이는 산줄기로 둘러싸여 있었고 그 가운데 학두봉(鶴頭峰)이 우뚝 솟아 있었다. 그중 제일 낮은 봉우리에서도 동해를 내려다볼 수가 있었다. 일본은 동해를 자기들 마음대로 일본해라고 지칭했다. 나는 언제나 고향 산봉우리 위의 큰 바위에 앉아 바다를 내려다보며 바깥세상을 상상해보곤 했다.

홍원에서 몇 마장 거리에 전진(前津)이라는 어촌이 있었다. 전진 항구 앞바다에는 섬이 하나 있었는데, 마치 잠수함처럼 보였다. 동네 남쪽을 가로질러 지나가는 단선 철도는, 서울에서 한반도 동북지방을 거쳐 블라디보스토크로 통한다고 했다.

홍원은 한국 사람들 사이에서 항일운동으로 이름이 나 있었다. 이곳과 그 주변에서 많은 반일민족주의자와 공산주의자가 나왔기 때문이란다.

그런 평판 때문이었는지 한국인 가운데 많은 애국지사들이 홍원경찰서에 붙잡혀 가서 재판도 거치지 않은 채 잔혹한 고문을 겪어야 했다.

그중에서도 가장 유명한 것이 '조선어학회사건'이다. 대부분이 저명한 한글학자들이었던 그 지도자들은 우리나라가 1945년 8월 15일 연합군의 손에 의해 해방될 때까지 재판도 받지 못한 채 투옥된 상태였다. 영생중학교의 학우 한 사람도 서구(西歐)의 정치·경제 서적을 갖고 있었다 하여 홍원경찰서에 투옥되었고, 그로 인한 고문 후유증으로 1949년에 요절했다.

홍원경찰서에는 '공포의 이반'의 한국판 같은 형사 놈이 있었다. 그는 안씨 성을 가지고 있었는데, 일본의 식민지 지배 아래 '사상범'이라고 불리는 사람들을 취조하는 부서에 소속되어 있었다. 동네 사람들은 그를 개라고 부르며 몹시 싫어했다. 그가 하는 일은 무슨 짓을 해서든지 모든 반일활동을 제거하는 것이었다. 나도 여름방학을 맞아 함흥(咸興)에 있는 중학교에서 돌아오다가 길거리에서 이 무시무시한 형사 놈에게 붙들려 '불온서적'을 가지고 있는지 조사받은 일이 있다.

홍원에서 투옥된 우리나라 애국지사들은 별별 혹독한 고문을 다 당했다. 그중에서도 악명 높은 것은 콧구멍에 매운 고춧가루를 밀어넣고 물을 붓는 이른바 '고추고문'이었다. 고문은 주로 늦은 밤에 낮은 산비탈에 위치한 경찰서에서 이루어졌다. 고문실에서 지르는 비명소리가 경찰서에서 멀리 떨어진 곳에 사는 주민들에게 들리지 않도록 하기 위해서였다.

세 살 되던 해, 나는 이른 가을 오후에 황금색으로 물든 논에서 괴이한 광경을 보았다. 그 당시는 무슨 일이 일어났는지 몰랐다. 한복을 입은 열몇 명쯤 되는 맨주먹의 한국인들이 검은 제복을 입고 대검을 꽂은 총을

든 일본 경찰관 일당에게 쫓기고 있었다. 나와 같은 어린아이들을 비롯한 많은 주민들이 집을 뛰쳐나와 이 광경을 지켜보았다. 결국 대부분이 붙잡힌 가운데 서너 명이 겨우겨우 산속으로 도망쳤다. 몇몇 사람들은 얼굴이 피범벅이 된 채였다. 우리집 앞마당을 거쳐 뛰어 달아나는 그들은 너무나 절망적으로 보였다.

일본 경찰관에게 쫓기고 있었던 그들은 독립투사들이었다. 나는 이 사건으로 크게 충격을 받아, 유년 시절 장차 어른이 되면 항일운동에 참가해야겠다고 마음먹었다. 그리고 밤에 홀로 있을 때면 가난한 나라와 힘없는 동포들을 생각하며 엉엉 소리내어 울곤 했다.

아버지는 내가 태어난 해에 독립운동의 용의자로 투옥되어 내가 세 살되던 해에 석방되셨다. 나는 어머니와 함께 기차 정거장에 나가 아버지를 맞이했다. 박박 깎인 머리에 한복을 입고 기차에서 내려 선 아버지의 모습을 지금도 잊을 수가 없다. 아버지는 그 뒤 3년 동안 홍원을 벗어나지 못했고, 홍원에서 반경 5킬로미터 이상 나가려 할 때는 경찰의 사전 허가를 받아야 했다.

어머니는 다섯 살이 된 나를 서당에 보내 한문을 배우게 했다. 나는 싫어서 울고불고 저항했지만 결국 어머니에게 업혀 억지로 서당에 끌려갔다. 서당에서는 근엄한 표정을 한 노인이 나를 맞이했다. 노인은 긴 수염을 늘어뜨리고 여느 유림들처럼 갓을 쓰고 있었다. 말꼬리같이 엮은 머리 위로 쓴 투명한 갓이 산봉우리처럼 보였다.

방 안에는 한 여섯 명은 됨 직한 아이들이 모여 있었다. 그 당시에는 필기장이나 연필도 없어서 모래를 담은 얇은 4각의 나무상자에 젓가락과 둘째손가락으로 글씨를 써넣었다. 사판을 흔들면 써놓은 글씨가 지워졌다.

　내 인생 최초의 공부는 이렇게 시작되었다. 공부하는 시간은 전적으로 중국고전 학습에 집중되었다. 천자문과 그것들이 엮어내는 문장을 외우고 몇 번이나 암송해야 했다. 글의 의미도 모른 채 그저 외워야만 했다. 매일 이런 일과가 되풀이되었고, 문자를 외우지 못하면 기다란 회초리로 종아리를 맞곤 했다. 나는 때때로 장딴지가 며칠이 되도록 가라앉지 않을 정도로 엄한 벌을 받았다.

　서당에 다닐 때쯤 근대화의 새 아침이 밝아온 홍원에 유치원이 세워졌다. 어머니는 나를 바로 유치원으로 옮겨주셨다. 내가 윤(尹)씨 집안의 맏이였기 때문에 어머니는 나의 교육에 열성이셨다. 어머니는 장차 윤씨 집안의 번영 여부가 나의 교육에 달려 있다고 굳게 믿으셨다.

　이 유치원은 아이들에게 연필을 무료로 나누어 주면서 학생들을 모집했다. 게다가 남녀의 구분 없이 모든 어린이들을 환영했다. 나는 이 유치원의 교실을 색색가지로 장식되어 있던 매우 즐거운 분위기의 장소로 기억하고 있다. 엄격한 훈육을 받았던 서당과는 아주 대조적인 분위기에 아이들은 희희낙락했다.

　1931년, 일본이 우리나라를 동화시키려는 움직임이 시작되었던 시기에 여섯 살이 된 나는 전진소학교에 입학했다. 학교에서 언제부터 일본말만 쓰도록 강요했는지에 대한 정확한 기억은 없지만, 나는 5학년 때쯤부터 모국어를 쓰면 안 된다는 사실에 불편함과 서먹서먹함을 느꼈던 것 같다. 교실에서는 한국말을 쓰면 벌을 받기 때문에 강제로 일본말만 써야 했지만 운동장에서는 모두가 우리말을 썼다.

　당시 남학생들 사이에서는 축구가 대유행이었다. 나는 한복을 입고 공을 차곤 했는데 헐렁헐렁한 바짓가랑이 때문에 잽싸게 움직일 수가 없었다. 게다가 공을 차기에는 고무신도 맞지 않아 언제나 맨발로 뛰었다.

우리는 학교에서 매일 아침 조례 때마다 일본을 향해 궁성요배(宮城遙拜)를 하고 일본 국가를 제창해야만 했다. 일본 당국은 마을 뒤쪽의 낮은 산에 길고 경사가 급한 돌계단을 만들어 그 위에 신사를 세웠다. 신사는 마을 전체를 억누르는 분위기가 있었다. 정초와 천황 탄생일인 4월 29일에는 마을 사람 모두가 이 신사에 참배해야만 했다.

마을 동쪽에 자리했던 붉은 밤색으로 칠해진 우리나라의 전통적인 유교 사당은 거의 무시되고 방치되었다.

조선 사람들은 1930년대 말에 고유의 이름을 버리고 일본식 이름을 써야만 했다. 이에 저항한 소수의 인사들은 투옥되거나 일본 경찰의 농간으로 온전한 행세를 하지 못했다. 나는 '히라누마 히로요시(平沼弘志)'라고 이름을 붙였다. '히라누마(ヒラヌマ)'라는 성은 부모님께서 우리나라 창조 신화와 우리 가계에 관계가 있는 한자를 따서 지은 이름이다. '히라(平)'는 우리 윤씨 가문의 본인 파평(坡平)에서 딴 이름이고, '누마(沼)'는 4,000년 전 우리나라의 개국 조상인 단군이 못에서 신비하게 탄생한 것을 뜻하는 것이었다.

어렸을 적에 나는 윤씨 가문의 조상이 12세기 고려의 장군이었던 윤관(尹瓘)까지 거슬러 올라간다고 들었다. 윤관 장군은 1107년 한반도 북부인 함경도에 침입한 여진족의 무리를 자신이 조직한 17만의 보병 및 기마병과 함께 오늘날의 만주 밖으로 몰아낸 인물이라고 알려져 있다. 그는 또한 저명한 학자이기도 했는데, 1111년 세상을 떠날 때는 재상에 해당하는 지위까지 올라 있었다고 한다.

어린 시절 홍원의 초가집에는 작은 방 한곳에 윤관 장군의 초상을 모신 제단이 있었다. 오른쪽 초상화는 군복을, 왼쪽 것은 관복을 입은 모습이었다. 부모님이 제단 앞에서 배례하는 모습을 본 기억은 없다. 하지만 양친께서는 계절마다 늘 제사를 지내고 있었을 것이다.

일본의 식민지 지배자들은 일본과 우리나라가 하나라는 뜻으로 '내선일체'라는 슬로건을 언제나 강조했다. 하지만 실제로는 한국인은 '제2급의 일본 국민' 취급을 받아야 했다. 일본에 상주하는 몇 만 명의 한국 사람은 평등한 법의 보호를 받지 못했고, 고용, 거주, 교육 등에서 차별 대우를 받았기 때문에 고생이 심했다.

일본은 오랫동안 자기들이 한국 사람이나 중국 사람보다 뛰어난 존재라고 늘 주장해왔다. 나는 이러한 사고방식이 전략적 필요와는 별개로 일본이 아리아 인종의 우월성을 주장한 히틀러의 생각에 동조한 까닭이라고 생각한다.

나는 5학년 때까지는 키가 작아서 교실에서 맨 앞자리에 앉아야 했다. 당시 우리 반에는 고래라는 별명을 가진 아이가 있었는데 키 작은 애들을 못살게 구는 버릇이 있어 모두가 그를 무서워했다.

어느 날 오후, 그가 운동장에서 우리 반 반장에게 싸움을 걸었다. 반장은 싸우고 싶어하지 않았지만 고래는 반장을 자꾸만 괴롭혔다. 나는 고래에게 그러지 말라고 했다. 그러자 이놈이 "너는 뭐야? 이 새끼!" 하며 나를 때리는 것이었다. 나도 화가 나서 그놈에게 주먹을 한 방 날렸다. 그 외에 내가 뭘 어떻게 했는지 기억은 없지만 그 녀석이 코피를 쏟기 시작했다. 믿을 수 없게도 내가 그놈을 땅바닥에 꺼꾸러뜨린 것이다. 그때부터 그는 나를 괴롭히지 않았다. 그러나 나는 보복이 두려웠다.

학교에서는 엄호섭(嚴浩燮), 박임철(朴林哲)과 친하게 지냈다. 우리들은 공부보다 놀기를 더 좋아해서 언제나 함께 다녔다. 나는 두 친구에게 장차 외교관이 되겠다는 꿈을 말했다. 나는 외교관이라는 말에 매력을 느꼈고, 언젠가는 외교관이 되어서 나라를 대표하겠노라고 생각했다. 호섭과 임철은 나의 거창한 꿈을 듣고는 장차 나를 큰일을 할 사람으로 대해 주었다.

우리들 가운데 우리집이 제일 가난했다. 호섭은 큰 기와집에 살았는데, 그의 아버지는 돈 많은 지주였다. 임철의 집은 장사를 했는데, 그의 맏형은 견직물과 의류 등을 취급하는 옷가게를 경영하고 있었다. 임철이가 소학교(현재의 초등학교)를 마치고 형의 가게를 돕기로 해서 그 밑의 둘째 형이 도쿄에 있는 대학으로 진학할 수 있게 되었다. 임철이의 집도 기와집이었고, 살림도 풍족했다. 이에 비해 우리집은 초가지붕에다 흙을 바른 온돌방 바닥에 마른 갈대를 깐 작은 집이었다. 집 밖에는 한쪽만 바람막이가 된 변소가 있었는데, 한겨울이면 시베리아에서 매서운 바람이 불어와 몹시 추웠다.

히틀러 통치하에 열린 1936년의 베를린 올림픽에서 우리나라의 손기정(孫基禎) 선수가 마라톤에서 우승하고 또 다른 한국 선수가 3등에 입상했다. 하지만 자기 나라의 주권을 잃은 두 사람은 일본 이름을 썼고 가슴에 일본 국기를 단 유니폼을 입고서 일본을 대표해야만 했다.

이때 『동아일보』가 두 사람의 가슴에서 일장기를 지운 사진을 실었다. 일본 식민지 당국은 즉각 『동아일보』의 발행을 금지시킴과 동시에 직원들을 잡아들였다. 『동아일보』는 조선독립운동의 상징적 존재가 되었다. 올림픽에서 손기정 선수의 승리는 우리나라 민족주의 운동에 새 불씨가 되었고, 그의 역사적 위업은 전국에 전해졌다. 손기정 선수의 승리에 자극을 받은 내 친구와 나는 매일 밤 3킬로미터의 거리를 뛰기 시작했다. 나는 처음에는 맨발로 뛰었는데, 신발을 신고 뛰면서 더 긴 거리를 뛸 수 있게 되었다.

다음 해 여름이 지날 때 홍원에서 8킬로미터쯤 떨어진 어촌인 삼호촌 (三湖村)에서 조선 동북부 지역 마라톤 경기가 있었다. 나는 그 행사를 구경하고 싶었으나 기차표가 없었다. 당시 어머니께서 살림살이에 얼마나 고생하고 계신지 전혀 헤아릴 수 없었던 나는 차비를 달라고 졸랐다. 어머니가 몇 푼의 돈을 구해주어서 삼호촌까지 가는 편도 차표를 살 수가 있었다. 막상 삼호촌에 도착하자 수많은 군중들이 마라톤 경기장에 들어가려고 아우성이었다. 하지만 나에게는 입장표가 없었다.

마침 내 친구 임철의 큰형이 나를 보더니 "너도 참가하려무나"라고 말했다. 내가 망설이는 동안 그가 표를 사주는 바람에 나도 마라톤에 참가할 수 있게 되었다. 늦여름 날씨는 무더웠다. 나는 수백 명의 주자 중 최연소자로서 약 40킬로미터가 넘는 마라톤 풀코스를 뛰게 된 것이다. 나이 많은 주자들이 더위와 피로로 도중에 탈락하는 모습을 보면서도 나는 끝끝내 주파해냈다. 내가 마지막 한 바퀴를 돌아 결승점에 도착하자 우레와 같은 박수가 터져나왔다. 나는 그때까지 무슨 일이 벌어지고 있는지 알지 못했다. 그저 있는 힘을 다해 뛰고는 쓰러져버렸다. 나는 7등이었다. 사람들이 둘러싸고 물을 주었고, 축하의 말과 함께 모포를 둘러주었다.

흥분이 좀 가시자 집으로 돌아갈 일이 걱정이었다. 나는 무작정 걷기 시작했다. 동내 개천을 건너가려고 했을 때 삼호촌에서 우리 동네로 가는 기차가 나타났다. 열차는 만원이었는데, 창문이 활짝 열려 있었다. 열차 밖의 승강구에 서 있는 사람들 사이로 여자들의 치맛자락과 스카프가 바람에 흩날리고 있었다. 정말로 그 기차에 올라타고 싶었지만 그렇게 하지도 못했다. 나는 옷을 죄다 벗어 돌돌 말아 머리에 얹고 냇물 속으로 들어섰다. 제일 깊은 곳을 지나는데 발을 헛디뎌 물속에 빠질 지경이 된 것을 뒤에 오던 두 사람이·잡아주는 바람에 건너 물가로 올라설 수 있었다. 저녁에 집에 도착했을 때 어머니가 어떻게 돌아왔냐고 물으셨다.

내가 겪은 모험담의 자초지종을 어머니한테 말씀드려 괜한 걱정을 끼치고 싶지 않았기 때문에 마라톤의 성적이라든가 냇물에서 겪은 일은 말하지 않았다. 하지만 일본 방송이 뉴스 시간에 나의 입상 소식을 전하는 바람에 마을에서는 졸지에 '유명인'이 되었다.

내가 아홉 살이 되던 해 호숙(浩淑) 누님은 캐나다 토론토 장로교회가 함흥에 세운 영생여학교에 입학했다. 당시에는 유복한 집안이라야 딸을 학교에 보냈었는데, 대부분의 부모들은 딸자식이 집을 떠나 공부하는 일을 허락하지 않았다. 남자 중심의 유교사회에서는 여자아이를 특별히 교육시키는 일이 흔하지 않았다. 그러나 우리 부모님은 가난했지만 진취적이어서 누님을 교육시키기 위해 멀리 40킬로미터나 떨어져 있는 도청 소재지 함흥으로 진학시켰다.

누님은 모범생이었을 뿐만 아니라 기독교인이었다. 기독교는 당시 홍원 주민들에게는 거의 알려지지 않았다. 마을에는 교회도 없고 사원도 없었으며, 동쪽으로 멀리 떨어진 산기슭에 유교 사당 하나가 외로이 서 있을 뿐이었다. 물론 마을 뒤편의 낮은 산 위에는 일본 사람들이 세워놓은 신사가 위압적인 기세를 내뿜으며 당당하게 서 있었다.

아버지는 헌신적인 유교 신봉자였지만 딸자식이 기독교인이 되는 것을 반대하지는 않으셨다. 기독교는 딸에게 근대적 교육을 시킬 수 있는 방편이라고 생각한 아버지는 누님의 뒷바라지를 위해 홍원군 일대를 두루 다니며 약 종류와 일용품을 팔았다. 어머니는 조그마한 과자가게를 운영하셨다. 당시 홍원의 도로는 진흙과 자갈길이었고, 상수도도 없었다. 단지 우리집에서 500미터가량 떨어진 동리의 모퉁이에 우물이 하나 있을 뿐이었다.

| 영생여학교 시절의 호숙 누님

아침 일찍 우물에 가서 큰 독에 먹을 물을 길어 오는 일이 어머니의 일과였다. 어머니는 머리에 얹은 똬리 위에 무거운 물독을 이고 물을 길어 오시곤 했다. 이 우물터는 늙은이 젊은이 할 것 없이 여성들이 환담을 나누는 장소였다.

호숙 누님은 영생여학교를 우등으로 졸업했다. 우리 집안은 모범생으로 경건한 기독교인이 된 그녀의 졸업식을 축하하느라 떠들썩했다. 누님은 교원시험에 합격하여 공립 소학교 교사가 되어서 홍원에서 약 130킬로미터 떨어진 바닷가의 번창한 어촌에 있는 차호소학교로 부임했다. 교사는 크게 존경받고 수입 좋은 일자리여서 곧 우리 가족의 주된 수입원은 누님의 월급으로 메워졌다.

나는 1937년에 공립 전진소학교를 졸업했다. 성적은 그저 그랬다. 나는 그해 봄 아버지에게 이끌려 함흥으로 가서 영생중학교의 입학시험을 치렀는데, 경쟁이 심하여 그만 합격하지 못했다. 누님은 내 장래를 크게 걱정하여 나를 차호에 있는 자기 하숙집으로 데리고 갔다. 누님은 크리스천 집안에 하숙하며 안채와 인접한 작은 방에 살고 있었다.

누님과 나는 같은 이불에 나란히 누워 잠을 잤다. 누님은 아침 일찍 일어나 불을 지펴 큰 냄비에 두 사람분의 아침밥을 지었다. 매일 아침 식사 전에 그 집 가족과 함께 찬송가를 부르고 성경을 읽고 기도를 드렸다. 기독교 집안이 낯설었던 나는 아침 행사에 친숙하지 않아 가족이나 누님 곁에서 기도 드리는 일이 지루했다. 기도 시간이면 꼼짝 않고 앉아 있어야 했기 때문이다.

누님이 나를 특별히 자기 학교 6학년에 편입시켰기에 나는 6학년 수업을 두 번이나 받았다. 헌신적으로 보살펴주며 공부하기 편한 환경을 만들어주려고 노력하는 누님의 모습을 보고 죄의식을 느낀 나는 학습에 열중하게 되었다. 매일 새벽 3시나 4시까지 공부한 덕분에 학교 성적이 극적으로 향상되었다. 6학년의 전반적인 교과서를 문자 그대로 암기하여 몇 달 뒤에는 우리 반에서 다섯째 안에 들게 되었다. 용기백배하여 날을 새며 공부를 계속하자 누님은 내 건강을 염려하여 잠을 좀더 자도록 권했다. 나는 다시 태어난 것처럼 이제는 어떤 중학교의 입학시험이라도 문제없다고 자신하게 되었다.

나는 1939년에 또다시 영생중학교에 지원하였는데 벌써 세 번째였다. 경쟁은 더 치열해져서 여덟 명에 한 명꼴로 입학할 수 있었는데, 입학시험은 둘째치고 아무래도 삼수생인 나보다는 갓 졸업한 학생들을 선호할까 싶어 더 걱정이었다.

아버지가 어느 진눈깨비 오는 이른 봄날 밤에 나를 교장 선생님 댁으로 데리고 갔다. 영생여학교에서 전근해온 교장 선생님은 모범생이었던 우리 누님을 잘 기억하고 있었다. 그것이 내 학교 입학에 도움이 되었던 듯하다. 입시 발표가 나던 날 아버지와 함께 학교에 갔다. 합격자 명단이 적힌 커다란 게시판에 내 이름이 눈에 띄자 나는 순간 내 눈을 의심했다. 아버지는 평소엔 말씀이 적고 무표정한 분이셨는데, 이날만은 만면에 웃음이 가득했다.

미국을 꿈꾸던 중학 시절

영생중학교의 벽돌로 된 4층짜리 교사를 세운 사람은 캐나다 선교사 윌리엄 스콧 선생님으로, 1939년에 내가 입학했을 때 그는 이 학교의 명예교장이었다. 영어회화를 담당하시던 그분의 발음은 우리들에게 영어문법을 가르치던 한국인 교사와는 아주 달랐다. 파란 눈에 금발인 서양인을 만난 것도 그때가 처음이었다. 다른 중학교와 달리 우리 학교는 일본어 교사와 군사훈련을 담당하던 나이 든 선생 두 분만이 일본 사람이었다.

일본은 함흥시 동쪽에 연대병력을 주둔시켰는데 이들과 시민들과의 접촉은 없었다. 제일 무서운 존재가 일본 헌병으로, 그들의 고문실은 잔인한 것으로 악명 높았다. 헌병들은 재판 없이 많은 한국인 민족주의자들을 몇 년씩이나 감금했다. 함흥에는 대규모의 감옥이 있었는데 나의 부친을 포함한 많은 조선의 민족주의자들이 그곳에서 엄격한 옥중 생활을 견뎌내야 했다. 감옥은 철조망으로 두른 높다란 담으로 둘러싸인 채 우리 학교와 떨어져 있었지만 나는 담 너머로 열 명씩 쇠사슬에 묶인 채 농장에서 일하고 있는 죄수들의 모습을 들여다볼 수 있었다. 나는 그들의 모습을 볼 때마다 그곳에서 3년간을 보낸 아버지가 떠올랐다. 그곳은 내 나라의 역사를 강하게 인식시키는 장소였다.

중학교에 입학한 나는 축구부에 들어가고 싶었다. 열심히 연습했지만 우리 부모님이 당시 꽤 고급 제품이던 축구화를 사줄 여유가 없었기 때문에 공을 찰 때마다 신발이 해져서 축구 연습을 포기해야만 했다. 맨발로 하는 운동이라면 어떨까 생각하던 아버지께 선생님이 "농구라면 맨발도 가능하다"라고 말씀해주셔서 나는 농구로 방향을 바꾸었다. 일 년쯤 뒤에 농구팀을 만들어 활약한 나는 주변 사람들에게 발이 빠르다는 칭찬을 받게 되었다. 나의 포지션은 포워드였다. 농구 코트에서 몇 시간씩 연습만 하다 보니 자연히 공부를 등한시하게 되었다.

중학교 2학년 말, 방학을 맞아 집으로 가는 기차에서 나는 한 소녀의 옆자리에 앉게 되었다. 우리집에서 멀지 않은 곳에 살던 이 아름다운 소녀는 재기 발랄한 눈매가 특징이었다. 나는 그녀에게 곧 매료되었다. 그녀를 보면 가슴이 두근거렸다. 이름은 정옥숙(鄭玉淑)이라고 했다. 이야기를 나눠본 적도 없었는데, 그녀의 교복 입은 모습이 그렇게 고와 보일 수 없었다. 당시 내 나이 열다섯이었고, 그녀는 열셋쯤으로 보였다.

나는 친구 임철이에게 그녀를 찾아가서 나의 편지를 전해달라고 부탁했다. 그는 그녀에게 나의 사모하는 마음을 담은 편지를 제대로 전달해주었다. 내가 이성에게 관심을 가진 것은 그때가 처음이었다. 그런데 그로부터 며칠이 지나 어머니에게 뜻하지 않은 사람이 찾아왔다. 옥숙이 어머니였는데 내가 옥숙이에게 연애편지를 보냈다고 해서 몹시 화가 나 있었다. 나는 굉장히 부끄러웠다. 죽어버릴까 하고 생각할 정도였다. 그러나 호숙 누님은 이 일을 듣고도 미소를 띠며 나를 안심시켜주었다.

나는 옥숙이가 내 편지를 자신의 어머니께 털어놓은 것 때문에 매우 상심했다. 옥숙이는 전진 항구 가까운 마을에 사는 돈 많은 지주 첩의 딸이었다. 모친과 둘이 살던 그녀의 집에는 지주 영감이 몰래 드나들곤 했다. 어머니는 내가 첩의 딸에게 관심을 두었다고 꾸짖었다. 내가 그만 이 일을 속히 잊어버렸으면 하고 있던 차에 여름방학이 끝나 함흥으로 돌아가는 기차 안에서 또다시 옥숙이를 보았다. 나는 옥숙이에게 말을 걸까 싶었으나 그럴 기회는 없었다. 그러다 얼마 안 가 옥숙이와의 일은 자연히 잊혀졌다. 그리고 그로부터 4년 뒤 전진소학교 교무실에서 또다시 그녀를 만났다. 옥숙이와 나는 둘 다 그 소학교의 교사였다.

1940년 봄, 호숙 누님이 종옥 매부와 결혼했다. 매부의 모친은 과부였지만 마을에서 하나 있는 산파였으므로 생활이 넉넉했다. 종옥 매부는 서울 중앙고보를 나와 와세다대학에서 경제학을 전공했고, 졸업 뒤에는 도청 상공과에 취직한 사람이었다.

나는 학교를 결석하고 누님의 결혼식에 갔다. 어머니는 누님에게 넉넉하게 결혼 혼수품을 실어 보내지 못했다. 다행히도 매부의 어머니는 우리집 경제 사정을 알고 있었기 때문에 혼수를 많이 요구하지 않았다. 그렇지만 딸에게 많은 걸 해주지 못한 어머니는 무척 마음 아파하셨다. 당시에는 시집가는 신부가 혼수를 적게 해갈 경우엔 시어머니에게 구박받는 사례가 흔했다. 그러나 매부의 모친은 누님을 반가이 맞아들였다. 누님이 아름답기도 하거니와 효녀라는 평판이 자자했기 때문이었다.

나는 영어를 잘하는 데다 지리에도 흥미가 있어서 멀고 먼 지상 낙원인 미국에 대한 꿈을 갖고 있었다. 그러나 당시에는 미국에 대한 이야기는 금지되어 있었으므로 그 꿈은 가슴 깊이 묻어둘 수밖에 없었다.

우리들은 3학년 때 '백지동맹'을 결성하여 시험 답안지를 백지로 내기로 했다. 시험을 보이콧한 것에는 별 특별한 이유가 없었고, 그저 권위에 반항하는 젊은이의 행동에 지나지 않았다. 하지만 그 바람에 반 전체가 벌을 받느라고 교정에 여러 시간 무릎을 꿇고 앉아 있어야 했다. 선생님들은 누가 이 일을 선동했는지 엄하게 따졌지만 모두가 입을 봉하고 있었다. 연대 책임을 묻느라고 오랜 시간 벌을 받았지만 우리 모두는 잘 참아냈다.

우리 학교 농구팀은 그해 가을 선수권 토너먼트 때문에 서울에 갔다. 나는 그때 수도인 서울에 처음 가보았다. 넓은 길거리와 밤거리의 네온사인은 나 같은 시골 소년에게는 눈부실 따름이었다. 우리들은 첫 시합이 YMCA 실내코트에서 야간에 진행된다는 소리에 무척 놀랐다. 실내코트에서 그것도 밤중에 경기를 한 적이 한 번도 없었기 때문이다.

상대방은 서울의 강호였고 결과는 예상대로 참패였다. 조명이 너무 강해서 공이 잘 안 보였기 때문이었다. 우리들은 관중석에 들어찬 사람들의 갈채라든가 우리들에게 퍼부어대는 함성에도 익숙지 않았다. 이 굴욕적인 경험은 언제까지나 나의 뇌리를 떠나지 않았다.

함흥에서 나는 팀 동료의 집에 투숙했다. 당시는 물자부족으로 인해 쌀은 배급제였다. 코트에서의 격렬한 연습이 끝난 뒤 그 친구 집에서 저녁 식사를 할 때, 나는 그의 어머니가 식탁 밑의 작은 그릇 속에 고기 반찬을 숨겨놓고 그가 수저에 밥을 퍼 올릴 때마다 그 고기를 얹어주며 먹이는 것을 보았다. 나는 같은 밥상에 앉아 수수쌀 죽을 떠먹었다. 괜스레 허기가 지고 그가 쌀밥에 고기 반찬을 먹는 것이 참 부러웠다. 별안간 어머니가 그리웠다. 우리 어머니께서 이 광경을 보셨다면 얼마나 마음이 아프셨을까?

제2차 세계대전 발발

일본 전투기가 진주만을 기습 공격하여 태평양에서 전쟁이 시작된 것은 1941년 12월 8일 새벽의 일이었다. 나는 그날 등굣길에 건물 벽면에 이 뉴스를 보도한 특별 게시판이 나붙은 것을 보았다. 학교에서는 교장 선생님이 상기된 얼굴로 일본이 미국, 영국에 선전포고를 했노라고 발표했다. 일본군은 즉각 파죽지세로 승리할 것이라는 선전활동을 시작했다. 외부 세계와 단절된 우리들은 이들 선전조직이 떠드는 말을 믿을 수밖에 없었다.

우리 학교의 명예교장인 윌리엄 스콧 선생님은 가택연금을 당했다. 거기다 일본 식민지 당국은 농구를 미국 스포츠라고 하여 금지하고, 이를 군대식 교련으로 대체했다. 각 중학마다 다섯 명씩 묶어 소대를 만들어 훈련했는데, 나는 우리 팀의 대장으로 선발되었다. 대장은 군대칼을, 대원은 소총을 차고 모두 무거운 배낭을 등에 메었다. 행군 거리는 마라톤 코스와 거의 같은 약 40킬로미터였다. 일본 소년들은 그것이 자기 나라의 경기라며 승리를 자신하고 있었다. 우리들의 최대 목표는 그런 일본

팀에 이기는 것이었다.

행군은 찌는 듯이 더운 어느 여름날에 실시되었다. 도중에 지친 대원들과 나는 탈수증상을 일으켜 곧장 쓰러질 지경이었다. 학교 친구 수백 명이 늘어선 대열을 지나칠 때 진심으로 우리를 응원해주었다. 그들은 두 명의 대원이 발을 끌며 쓰러질 듯하는 것을 보고 머리 위로 물을 끼얹어주었다. 나는 대원들을 큰 소리로 격려하며 전진을 계속했다.

운동장에 당도하기까지 부상당한 전우를 부축하는 대장이 된 꼴이었다. 결승점에 골인하려면 포복 전진과 높은 담장 넘기까지 해야 했다. 우리는 끝까지 분발했고 결국은 일본 소대를 20미터 앞서 승리했다. 우리에게 있어 운동경기는 일본 아이들을 이길 기회가 되는 몇 안 되는 분야 중 하나였다. 적어도 이번 경기에서는 우리의 정신, 즉 조선의 혼이 일본의 야마토타마시(大和魂 : 일본 고유의 정신)를 이긴 것이다.

맑게 개인 어느 날이었다. 일본 공군기지에서 참호를 파고 있는데 미국의 B-29 폭격기 한 대가 하얀 비행운을 그리며 우리들이 있는 쪽으로 날아왔다. 이 폭격기는 고도 2만 피트 상공을 날고 있었다. 탑 위의 사이렌이 울렸고, 우리들은 방공호 안으로 들어가라는 지시를 받았다. 바로 일본 전투기 두 대가 발진하였으나 그들의 높이까지는 올라가지 못했다. 전투기가 B-29를 향해 총탄을 발사했을 때 하늘 높이 흰 구름이 보였으나 격추시키지는 못했고 B-29는 유유히 사라져갔다.

이때 별안간 일본 전투기 한 대가 거꾸로 낙하하여 해안에서 그리 멀지 않은 바다에 추락했다. 늦가을이라 바닷물은 몹시 찼다. 비행사는 조종석으로부터 기어나와 구조되었지만 전투기는 수몰되었다.

기지 사령관은 그 전투기를 건져내려고 했으나 아무도 그 작업을 하려

하지 않았다. 결국 우리 학교의 건장한 소년들이 그 작업을 하겠다고 자청하고 나섰다. 평소 규칙을 어겨 일본군 장교들에게서 못된 놈들이라고 비난받던 아이들이 이제 그 악평을 뒤집을 절호의 기회를 얻은 것이다.

한 20명쯤 되는 소년들이 물결도 높은 차디찬 바닷물에 작은 배를 띄워 추락한 전투기를 해안까지 끌고 나왔다. 일본 아이들은 이 광경을 그저 보고만 있었다. 추위에 떨면서 바닷가로 나온 그 순간 소년들은 영웅이 되었다. 그날 밤 우리는 특별상과 모포를 받았다. 나는 그날의 그 사건을 보고 나서 일본군의 승리만을 과장하는 일본의 선전활동에도 불구하고 미군 쪽이 우세하다는 생각을 갖게 되었다.

우리 학교의 명예교장인 윌리엄 스콧 선생님은 정부 간의 교섭 끝에 1942년 캐나다로 송환되었다. 스콧 선생님은 송환되기 전에 학교 방문을 허락받았고, 우리들은 강당에 모여 선생님의 송별사를 들었다. 전쟁에 관해 이야기하는 것은 허용되지 않았기에 선생님께서는 그저 우리 학생들과 학교를 떠나 헤어지는 일이 가슴 아프다고 말씀하셨다. 선생님은 이 학교의 설립자로서 벽돌 하나하나도 그에게 있어 의미가 크다고 말씀하셨다. 선생님은 마지막으로 "하느님의 뜻이라면 우리들은 다시 만날 것이다. 하느님의 축복을 빈다"고 말씀하시면서 끝을 맺으셨다. 우리들은 감동에 싸여 그저 말없이 울고 있었다.

식민지로 변한 나라에서 매년 열리는 졸업식은 우리 마음속 깊이 응어리진 슬픔과 노여움 그리고 좌절감을 토해내는 기회가 되었다. 교장 선생님이 졸업증서를 건네준 뒤에는 이렇다 할 신호도 없이 전교생이 일제히 우리말로 '영생 오래 살아라' 교가를 부르기 시작했다. 교가는 못 부르게 금지되어 있었으나 일본인 군사 훈련 교관조차도 이것을 말릴 수가 없었다.

우리들은 우렁찬 목소리로 "영생 만세!" 하고 외쳤다. 교가는 학교를 찬양하는 내용이었지만 사실상 우리들은 잃어버린 조국을 마음속에 그리며 노래를 불렀다. 노래가 끝나면 의자를 마구 집어던지기도 했다. 이런 혼란스런 소동은 억압당한 우리들의 한(恨)을 대변하는 것이었다.

전쟁이 아시아 전역으로 확대된 가운데 일본의 선전조직은 미국인들을 계속해서 비방했다. 파랗고 앙칼진 눈매에 높이 치켜세운 코, 길게 뻗은 큰 손과 크게 벌린 입 안으로 보이는 날카로운 이로 사람을 삼키려는 모습의 미국인을 그린 포스터를 붙여 사람들을 겁먹게 했다. 1943년과 1944년에 와서야 나는 일본군이 태평양 여러 섬에서 차례로 철수하고 있다는 사실을 알았다.

1943년에 들어서자 물자와 병력부족이 더욱 심각해져 일본의 확실한 패전 조짐이 드러나기 시작하였다. 학생들은 정상적으로 졸업을 할 것인가, 아니면 일을 하기 위해 졸업을 1년 앞당길 것인가를 선택할 수 있었다. 나는 홍원으로 돌아가 일을 하기로 결정했다.

종옥 매부는 내가 홍원상업조합에서 일하도록 주선해주었다. 조합은 반은 공적기관이었는데, 설탕이나 밀가루 등의 생활필수품을 배급하는 일을 했다. 나는 생선가게에 부과하는 물고기 배분수수료를 계산하는 일을 했는데, 태어나서 처음으로 얻은 직업으로서나 가족부양을 하는 일로서 꽤 좋은 편이라고 생각했다.

어느 날, 전진항에 나가서 물고기를 배분하는 것을 감독하도록 명령받은 적이 있었다. 생선장수들은 모두가 여성이었고, 몇몇은 나이가 꽤 들어 보이는 할머니였다. 여인들이 감독에게 몰려들자 감독이 아줌마들을 떠밀었다. 이런 혼란 속에 감독이라는 자가 나이 지긋한 할머니의 가슴 팍을 후려치는 것을 본 나는 그만 화가 나서 "그만두지 못해?" 하고 소리 쳤다. 그는 나에게 "당신이 무슨 상관이야?" 하고 따지듯 물었다. 당시 그는 삼십대 초반이었고 나는 아직 열여덟 살이었다. 그에게 선창으로 가서 한판 붙자고 했지만 다행히 그는 이에 응하지 않았다.

그러나 나는 얼마 뒤 아버지와 함께 경찰에 불려 갔다. 나는 일본인 경 찰서장 앞에서 차렷 자세를 취했다. 서장은 내 머리카락이 지나치게 길 다며 트집을 잡았다. 학교를 다닐 때는 모두가 하나같이 머리를 중처럼 박박 깎아야 했지만 나는 이제 직장을 다니고 있으니 머리를 길러 조금 이라도 어른으로 보이고 싶었다고 말했다. 하지만 서장은 나의 긴 머리 가 용납이 안 되는 듯했다. 아버지께서는 계속 관대히 봐주십사 부탁하 셨고 마침내 나는 풀려났다. 아버지와 나는 서로 아무 말없이 집으로 돌 아왔지만 아버지께선 내가 포구에서 한 행동을 자랑스럽게 생각하시는 것 같았다. 게다가 이 일로 포구의 가난한 여성들 사이에서는 나에 대한 칭찬이 자자해져, 우리 어머니가 시장에 가실 때면 나에 대한 고마움과 칭찬의 표시로 종종 생선을 얹어주곤 했다.

일제하의 소학교 교사

나는 가족을 부양하기 위해 상업조합에 성실히 다녔지만, 그 일에 만 족하고 있었던 것은 아니었다. 사실 나는 소학교 선생님이 되고 싶었다. 내가 졸업한 학교는 교원 양성 학교가 아니었기에 교사가 되려면 그 절차가 조금 까다로웠다. 나는 도청에서의 자격시험에 합격하여 2주간의 엄격한 지도교육을 받았다.

지도교육은 교사를 일본 천황의 충성스런 신민으로 만들기 위한 것이었는데, 매일 아침 5시에 기상하여 '심신단련'을 위해 냉수를 뒤집어쓴 뒤 살을 에는 추위 속에서 체조를 했다. 따뜻한 몸에서 김이 솟아올라 난방이 들어오지 않는 방 안을 가득 채웠다. 나는 매일같이 천황에게 충성을 맹세하도록 요구하는 지도교관을 바로 볼 수가 없었다. 일본인 교관은 이 아침운동을 '정신교육'이라고 불렀다.

우리 가족은 내가 월급도 그전보다 나은 데다 존경받을 수 있는 직업인 교사가 된 것에 매우 기뻐했다. 19세 때, 나는 모교인 전진소학교로 발령받았다. 일본인 교장 밑으로 조선인 36명, 일본인 4명의 교사가 있었다. 일본 교사 중 한 사람은 경찰서장의 딸이었다. 교장은 마치 신사의 신관 같았다. 매일 아침 직원회의가 시작하기 전에 우리들은 천황의 안녕을 기원하는 시간을 가져야만 했다.

나는 수업 수칙을 엄격하게 지켜야 했는데, 마침 내가 맡은 학급 교실이 학교 별채에 있어서 일본인 교장이 교실의 내부 사정을 감시하기가 힘들었다. 나는 곧잘 아이들을 산으로 데려가 우리나라 노래를 가르쳤다. 엄격히 금지된 사안이었지만, 위험을 무릅쓰고도 내가 굳이 그렇게 한 것은 첫째, 학교에서 우리말을 못 쓰게 했기 때문이고 둘째, 내가 택한 '봉숭아'란 노래가 민족주의적이고 반식민지적인 뜻을 담은 노래였기 때문이다.

봉숭아는 우리나라 전통의 초가집 울 밑에 흔히 있는 꽃으로 우리 민족을 상징한다. 이 노래는 '북풍한설 찬 바람에 네 형체가 없어져도 평화로운 꿈을 꾸는 너의 혼은 예 있으니 화창스런 봄바람에 환생키를 바라노라' 라고 하며 독립에 대한 민족의 염원을 담고 있다. '봉숭아' 는 당시 우리나라 사람들의 애창곡으로서, 사람들이 모이면 꼭 누군가가 이 노래를 선창하곤 했다.

나는 이 노래를 가르쳐 아이들에게 용기를 불어넣어주고 일본의 억압적 통치 속의 어려움을 이길 정신을 심어주려 했다. 그로부터 35년 뒤 그때의 학생 하나가 '봉숭아' 이야기를 어떤 칼럼에 쓴 적이 있다. 나는 그 학생이 당시 그렇게도 어렸는데 '봉숭아' 노래의 의미를 이해하고 있었다는 사실에 보람을 느꼈다.

아버지의 죽음

나는 친구인 호섭과 임철과 함께 징병검사를 받아야 했다. 일본군에 끌려가기 싫었던 호섭은 무모하게도 검사 당일 간장을 들이마시고 가슴 내부에 검은 상처가 있는 것처럼 보이게 하여 불합격을 받으려고 했다. 그러나 결국 그와 나는 합격판정을 받았다. 운동을 잘하지 못했던 임철은 징병이 연기되었다.

호섭은 소집영장이 나오면 만주로 도망치려고 마음먹었지만 가족 때문에 그러지 못했다. 그가 달아나면 지주인 부친이 경을 칠 게 뻔했기 때문이었다. 어쩔 수 없이 그도 다른 수만의 조선 젊은이들과 함께 일본 육군에 입대했다. 그들은 전쟁이 자기들과는 무관하다고 생각했다. 일본군은 조선의 대학생까지 군대에 동원했고 그들을 '학도지원병' 이라 불렀다.

아버지는 만주 여행을 마지막으로 1944년 겨울에 돌아가셨다. 몹시 추위가 심한 겨울에 폐렴으로 갑작스럽게 세상을 떠나신 것이다. 나는 아버지의 곁에서 임종을 지켰다. 아버지께서는 자신이 가족의 뒷바라지를 충분히 못하고 나에게 무거운 짐을 지우게 되어 미안하다고 몇 번이고 말씀하셨다. 나는 "가족은 제가 책임지겠습니다"라고 말씀드려 아버지를 안심시켰다. 아버지께서는 애용하시던 월섬 회중시계를 나에게 건네며 소중하게 간직하라고 일렀다. 그 시계는 아버지께서 시베리아나 만주에서 혼자 외로울 때 바라보며 위안 삼으시던 것이었다.

아버지는 죽음을 앞두고 몇 번이나 여행을 한 이유를 밝히지 않으셨다. 아마도 일본 당국으로부터 나를 보호하려고 했기 때문일 것이다. 나는 아버지가 공산주의 반일세력의 밀사가 아닐까 하고 의심했었다. 허나 아버지를 사랑하고 존경하는 만큼 그가 절대 공산주의자가 아니라는 사실 역시 알고 있었다.

경제적으로 여유가 없었기에 아버지를 홍원에서 그리 멀지 않은 해안가의 공동묘지에 안장해야 했다. 아버지께선 당신의 부모님을 정중히 장사지내셨기에 나는 아버지께 불효했다는 생각으로 괴로웠지만 장차 좀더 좋은 곳에 제대로 모시기로 마음먹었다.

일본의 대학으로 진학한 임철의 형은 병역을 피하려고 만주로 도망쳤다. 그 결과 그의 가족들은 일본 경찰에게 심한 압력을 받았다. 결국 임철은 그 압력을 견딜 수 없어 병역에 자원했다. 나는 호주로서 6명의 생활을 책임지고 있었으므로 병역 면제판정을 받았다. 학교의 악대를 지휘했던 나는 군악을 연주하며 그를 떠나보냈는데, 이렇듯 졸지에 두 친구를 잃게 되어 매우 우울했다.

일본의 무조건 항복

　1945년 7월 말부터 장티푸스를 심하게 앓다가 1945년 8월 15일 정오, 병상에서 라디오를 통해 히로히토 천황의 방송을 듣던 나는 귀를 의심하지 않을 수 없었다. 신의 현현이며 완전무결한 존재라는 천황이 연합국에 무조건 항복을 발표한 것이다. 나는 그것이 우리나라에게 있어 무엇을 의미하는 것인지 나름대로 생각을 정리하고자 애썼다.

　일본 경찰이 경계를 늦추지 않고 있던 상황에서 홍원 주민은 조용히 이 뉴스를 환영했다. 일본인들만이 무기를 가지고 있었으므로 만약 우리가 일본에 반하는 행동을 할 경우에 일본인들이 가혹하게 보복할 우려도 있었다. 그러나 며칠이 지나자 거리에 태극기가 휘날리기 시작했다. 대부분의 아이들은 이때 자기 나라의 국기를 처음 보았다.

　나는 당시 충분히 회복되지 않은 몸으로 학교의 부름을 받았다. 학교에는 어떤 한국인이 새 교장으로 부임해 있었는데, 그는 출옥한 지 얼마 안 되어 몸이 쇠약해 보였다. 나중에 안 일이지만 그는 공산주의자였는데, 누가 이 사나이를 새 교장으로 앉혔는지 짐작할 수 없었다.

　해임된 일본인 교장을 찾아가 그에게 예의를 갖추어 인사를 하자 그는 학교에서 여러 가지 일 처리를 잘해주었다며 나에게 고맙다고 말했다. 일본 식민지 지배하의 냉혹한 현실에도 불구하고 그에게 개인적인 원한은 없었지만 나는 우리 가족, 특히 아버지께서 일본의 억압적 통치 아래 고통받은 일을 잊을 수 없었다. 나는 아버지께서 겪은 고통이 치유될 수 없다는 것을 알고 있었으나, 만약 일본이 우리나라에 범한 죄과를 뉘우친다면 이를 용서하고 일본과 평화로운 관계를 구축할 수 있다고 생각하고 있었다. 얼마나 순진했었는지 모를 일이다.

새로 부임한 한국인 교장은 내게 수업을 계속해달라고 했지만 나는 대학으로 진학해서 계속 공부할 생각이었다. 학교에서는 한국인 교사들 간에 교육의 새로운 방향을 놓고서 열띤 논의가 전개되었다. 새로 온 교장을 포함한 일부는 공산주의 이데올로기에 기초를 둔 교육을 주장했고, 나를 포함한 다른 교사들은 이데올로기에 중심을 두기보다는 자유로운 교육을 희망했다.

결국 조직력을 가진 공산주의자가 승리했다. 아이들을 뒤로하고 떠나는 것은 마음 아픈 일이었으나 스스로의 장래도 생각지 않을 수 없던 시기였다. 나는 서울에서 공부하겠다는 희망에 부풀어 있었다.

그때까지 우리들은 미국과 소련이 일본의 무장해제를 외치면서도 그들이 우리나라를 둘로 나눈 진의를 알지 못했다. 나라의 분단 사실은 해방의 열기에 찬물을 끼얹었다. 우리는 왜 스스로 자신의 운명을 결정하지 못하는 것일까. 그렇지만 우리나라는 약소국이었다. 아무런 선택의 여지없이 냉혹한 현실을 받아들이는 수밖에 없었다.

소련군의 침입

1945년 9월 초, 우리들은 이북에 들어온 소련 해방군을 따뜻하게 맞아들였다. 소련 병사들은 피부색이 검었는데, 장교는 대부분이 백인 계통이었다. 병사들 중에는 시베리아 복역수도 많았고, 좋게 평하려 해도 이들이 잘 훈련된 군대라고 하기에는 무리가 있었다. 그리고 우리는 얼마 안 가서 그들을 무서워하기 시작했다. 가끔 홍원역에 소련병을 태운 화물열차가 물자를 보급하기 위해 정차했는데, 그 열차가 나타나면 마을 전체가 죽음의 거리로 변했다. 그도 그럴 것이 시베리아에서 남하하는 소련 병사들이 강간이나 약탈을 일삼는다는 소문이 퍼져 사람들이 모두 대문을 잠그고 집에서 나오려 하지 않았기 때문이다.

그 무렵 인민자치위원회라는 조직이 형성되어 소련 점령군과의 협력하에 법과 질서를 유지하는 역할을 했다. 뒤에 안 일이지만 이들은 공산주의 공작원 전위대였다고 한다.

일본인들은 매일같이 만주나 이북 지역으로부터 남하하여 미군 점령지역으로 가려고 하였다. 젊은 여성들은 소련 군인들에게 강간당할까 두려워 머리를 박박 깎아 남자 흉내를 냈다. 식민지 당국이나 경찰에서 일하던 일본인 중 일부는 그 죄가 진짜건 가짜건 즉결처분으로 총살당했다. 강제 노동에 끌려간 사람도 있었다. 일본인 도지사는 강제로 함흥 철도역의 플랫폼 청소나 거름운반까지도 해야 했다.

어느 날 아침 말을 탄 몇몇의 소련병에 이끌려 몇 백 명의 일본인 포로 일단이 길을 지나가고 있었다. 하나같이 기진맥진해 있는 이들을 소련 병사가 채찍을 휘두르며 닦달하고 있었다. 우리 어머니를 비롯한 조선의 어머니들은 이 비참한 광경을 보고는 얼른 부엌으로 들어가 쌀밥과 음료수를 그들에게 가져다주었다. 우리네 어머니들은 그러한 일본 병사들의 모습에서 자기 자식이나 사랑하는 사람들을 떠올렸을 것이다. 나는 일본의 식민지 지배하에 모두가 고난의 길을 헤쳐왔던 시절을 생각하고는 우리네 어머니들이 베푼 뜻밖의 선행에 무척 감동받았다.

소련군 점령지를 탈출하여 남으로

1945년 10월, 나는 동료 교사 한 명과 서울로 향한 운명의 길을 떠나기로 했다. 그는 서울에 집이 있었으나 나는 서울에 친척도 친지도 없었다. 기껏해야 두 번 서울에 다녀온 것뿐이다. 500년 된 조선시대의 잔재때문인지는 몰라도 당시 서울 주민은 대체로 타인에 대하여 배타적이고거만했다. 그리고 그들은 지방 사투리를 쓰는 사람들을 깔보곤 했다.

동료 교사 중 한 사람으로 내가 어렸을 때 처음으로 연애편지를 보냈던 정옥숙이란 여인이 있었다. 서울행을 준비할 때에 그녀의 모친이 우리집에 찾아와 옥숙이와 나의 결혼을 제의한 적이 있다. 우리 어머니께선 내가 옥숙이와 결혼하여 함께 서울로 올라갈 것을 희망하시는 듯했다. 그러나 나는 좀더 공부를 계속할 시간이 필요하다며 결혼 문제를 정중히 거절했다.

나의 여행 준비 가운데 가장 큰 문제는 역시 돈이었다. 여비뿐만 아니라 내가 없는 동안 집안 살림에 쓸 돈도 필요했다. 허나 내겐 부친이 열달 전에 돌아가시면서 준 월섬 회중시계 외에는 돈이 될 만한 것이 아무것도 없었다. 그 시계를 파는 것은 너무나 마음 아픈 일이었지만 달리 선택의 여지가 없었다. 나는 스스로 시계를 팔려고 내놓기도 뭣해서 결국나이 열다섯인 동생에게 기차역에 가서 이 시계를 병사들에게 팔 수 있을지를 알아보라고 시켰다.

소련 병사들을 태운 열차가 전진역에 닿았을 때, 동생 호일이가 플랫폼에 뛰어나가 살 사람이 있는지 알아보았다. 마침 한 소련 장교가 호일이에게 접근하며 시계가 필요하다고 했다. 호일이는 손짓 발짓으로 이

시계와 돈을 바꿀 수 없느냐고 물었다. 그런데 그 장교는 돈은 없지만 그 대신 좋은 물건을 줄 수 있다고 했다. 호일이가 어떻게든 거래를 마무리 지으려고 했지만 허사였다.

이 장교는 호일이에게 몇 장의 모포를 억지로 내맡기고 유개차 속으로 자취를 감추었다. 나는 아버지의 유품마저 날려버린 비참한 꼴이 되었고, 결국 함께 서울로 동행하는 동료에게서 돈을 빌리는 수밖에 없었다.

한편 소련군의 감독 아래 법과 질서유지를 맡은 공산주의자들이 볼 때 38선을 넘어 남쪽 미군 점령 지역으로 넘어가는 자들은 모두가 반국가적인 배신자들이었다. 그들은 서울에는 반동 정치가들이 우글거리고 있다고 판단했다. 때문에 우리는 비밀리에 여행 계획을 세워야만 했다.

우리는 10월 17일 아침 기차역에서 만나기로 했다. 내 동료는 공산주의 자치대원이 차고 다니는 완장을 구하겠다고 했다. 라디오에서는 이승만(李承晩) 대한민국임시정부 대통령이 다년간의 미국 망명 끝에 귀국했다는 사실을 알리는 뉴스가 계속 흘러나왔다. 나는 출발 전날 바닷가 외진 곳에 묻힌 아버님의 산소에 찾아갔다. 이 묘지를 좀더 좋은 곳에 옮기지 못한 것이 마음 아팠다. 나는 산소 앞에 무릎을 꿇고 깊이 머리 숙여 언젠가는 반드시 좀더 나은 곳에 묘지를 이장하겠다고 다짐했다. 아버님께 우리나라의 가난한 사람들을 위한 훌륭한 봉사자가 되기 위해 항상 노력을 아끼지 않겠노라는 약속도 했다.

호숙 누님과 종옥 매부와도 작별의 인사를 나누었다. 누님은 내가 모험에 나선다고 걱정이었으나, 그것이 나의 장래를 위한 최선의 길이라고 생각하고 나를 이해해주었다. 어머니께서는 나의 결단이 나 자신뿐만이 아니라 가족을 위해서도 최선이라고 말씀하시면서도 한편으로는 걱정을 많이 하셨다. 나는 언젠가는 가족들이 서울에서 한자리에 모이게 될 것이라고 말씀드리며 어머니를 안심시켰다.

1945년 10월 17일 아침, 나는 동이 트기 전에 일어났다. 어머니께선 아침 준비를 하고 계셨고, 형제들은 아직 자고 있었다. 집을 나설 때 어머니를 향하여 어서 들어가시라며 손짓을 했으나 어머니께서는 내 모습이 사라질 때까지 대문 앞에 조용히 서 계셨다. 어머님의 그 모습은 아직도 눈에 선하다.

나의 소지품은 배낭뿐이었다. 어머니는 삶은 계란을 한 줄 장만해주셨고 나는 소주 한 병을 준비했다. 38선에서 소련 경비병에게 뇌물로 바칠 작정이었다.

역에 도착하니 동료가 먼저 도착해 기다리고 있었다. 그곳에서 우연히 어렸을 때 골목대장이었던 고래를 만났다. 그는 인민보안위원회 완장을 두르고 정거장 개찰구 경비를 서던 중이었다. 나는 그 순간 심장이 멈추는 줄 알았다. 옛날 소학교 때 그의 코피를 터뜨렸던 일이 생각났다. 그러나 그는 나에게 어디 가는 길이냐고 물었을 뿐이었다. 함흥에 가는 길이라고 대답하자 그는 그러냐며 플랫폼을 나가게 해주었지만, 그의 옆을 지날 때 온몸이 떨려왔다.

그로부터 한 시간 뒤 유개차를 비롯하여 지붕 위에 수천 명의 난민들을 태운 화물열차가 들어왔다. 피난민의 대부분이 만주에서 오는 길이었다. 친구와 나도 지붕 위로 올라갔다. 오랜 시간 기다린 끝에 열차는 천천히 전진역을 벗어나기 시작했다. 친구와 나는 인민보안위원회의 위조 완장을 달고 있다가 얼마 뒤 벗어버렸다. 아무것도 안 달고 있는 것이 오히려 안전하리라고 생각했기 때문이었다.

열차는 다섯 시간쯤 달린 후 함흥에 닿았다. 우리는 그곳에서 하룻밤을 보낸 후, 다음 날 아침 또다시 화차 지붕에 올랐다. 얼마 뒤 열차는 어느 산비탈에 당도했다. 긴 터널을 수없이 통과하자 얼굴이 열차 연기에 그을어 새까맣게 되었다. 터널을 통과할 때마다 지붕 위에 납작 엎드려 터널에 부딪치지 않도록 했다. 굉장히 추웠지만 화차 지붕에 바싹 붙어 추위를 이기려고 했다.

험악한 경사로를 오르는 도중 열차가 갑작스레 정지했다. 우리들은 지붕에서 내려섰다. 승객이 기관사를 둘러싸고 있고 기관사는 땅바닥에 앉아 담배를 피우고 있었다. 마력수 부족으로 잠시 쉬어가야 한다는 것이다. 피난민 가운데 젊은 사람들이 나타나 난민들에게 돈을 좀 모아서 기관사에게 주어야 한다고 했다. 우리는 처음엔 대체 무슨 일인지 깨닫지 못하다 조금 뒤에야 알아차릴 수 있었다. 이제까지 열차를 운행할 때 난민들이 기부금을 내지 않으면 기관사가 엔진을 움직이려 하지 않았다는 것이다.

나는 화가 났다. 조선 사람인 기관사가 어째서 동포인 피난민들에게 그런 일을 할 수가 있는지 알 수 없었다. 한 젊은이가 모자를 돌리며 많은 난민들에게서 조금씩 모은 몇 푼의 돈을 건네자 열차는 또다시 '기운을 회복하여' 달리기 시작했다. 열차는 가다 서다 하며 나흘 뒤에 남과 북의 중간 지점쯤 되는 철원에 닿았고, 미국과 소련 점령군이 그어놓은 38선에 가까이 왔다. 철원역에서 수백 명의 난민들이 플랫폼에 내려서서 역 근방 들판에서 용변을 보았다.

난민들의 무리가 플랫폼에서 한 소련군 장교를 둘러싸고 서 있었다. 가까이 가보았더니 나이 많은 여자가 장교에게 자기의 작은 가방을 가져

가지 말아달라고 애원하고 있는 광경이 눈에 들어왔다. 술에 취한 듯이 보이는 이 장교는 권총을 휘두르며 전원 모두 열차에서 내려오라고 명령했다. 난민의 대부분이 머뭇거렸지만 그는 무조건 난민들을 열차에서 끌어내려 했다. 역무원 한 사람이 그를 어떻게든 설득하려고 했으나 아무 소용없었다. 30분가량 장교에게 탄원한 보람도 없이 그는 기관사에게 명하여 난민들을 이곳에 내리게 하고 50킬로미터쯤 전방에 있는 38선을 향하여 출발하도록 했다.

빈 화물열차가 철원역을 벗어났을 때 역에는 1,000여 명 정도의 난민이 땅바닥에 주저앉아 울고 있었다. 역의 조차계 직원도 체면불구하고 같이 울었다. 우리 동포가 어찌할 바를 모른 채 그저 치욕을 당하고만 있는 광경을 보자 마음이 아팠다. 조차계원의 비장한 울음소리는 우리나라가 수 세기에 걸쳐 품어온 한스러운 심사를 상징하고 있었다. 그 장면의 참상이 한동안 마음에 새겨져 없어지질 않았다.

우리들 가운데 몇몇 젊은이가 난민들에게 38선까지 걸어서 가자고 소리 질렀다. 피난민들을 저마다 20, 30, 50명으로 갈라 각 무리들에 젊은이가 한 사람씩 붙게 했다.

10월 말쯤이었지만 날씨는 후덥지근했다. 우리들은 내리쪼이는 햇볕 아래 남쪽으로 향했다. 주변 농촌은 조용하고 아름다웠다. 나라가 통일이 되면 또다시 이런 풍경을 볼 수 있으련만 하고 생각했다. 부녀자와 아이들이 많은 데다 물건들을 이고 지고 움직이고 있었기에 걸음걸이가 더 딜 수밖에 없었다. 우리들은 진흙길을 걸으며 몇 번인가 걸음을 멈추고 냇가의 물을 마셨다. 철원으로부터 38선 바로 북방에 있는 전곡 마을까지는 40킬로미터쯤 되는 거리였다. 나는 어머니가 삶아준 달걀을 몇몇

난민들과 나누어 먹었다. 소련 경비병에게 주려고 준비한 소주는 아직 그대로 가지고 있었다.

　전곡 마을에서는 난민이 다리 곁에서 소련 병사의 총에 맞았다든가 한탄강의 급류를 건너려고 하다 물에 빠져 떠내려갔다는 소문이 돌고 있었다. 난민들이 강을 건너던 중 다소의 희생자가 생긴 것은 사실이라 하더라도 그러한 사실을 과장해서 소문을 내어 그 어려움을 이용하려고 하는 사람들도 있었다. 이 강의 이름이 하필이면 비탄과 실망을 뜻하는 '한탄' 인 것은 역사의 짓궂은 장난인 것인가.

　다음 날 내 친구와 나는 마을로 가서 강을 안전하게 건널 수 있게 우리를 안내할 사람을 찾아보았다. 조심스럽게 수소문한 결과 한 중년 사내를 만날 수 있었다. 우리들은 몇몇 여성을 포함해서 열 명의 팀을 만들어 한밤중에 그 사내를 만났다. 도강 지점은 소련 병사가 경비 중인 다리에서 상당히 떨어진 곳이었다.

　두근거리는 가슴으로 안내인을 따라 강으로 향했다. 보름이었음에도 불구하고 강의 북쪽 강변은 여간 어둡지가 않았다. 우리들은 신발이나 옷을 벗어 둘둘 말아서 머리에 이고는 시리도록 찬 물로 들어갔다. 우리는 말없이 찬찬히 강물 중간에 들어섰다. 강바닥은 깊어서 미끄러지기 쉬웠다. 별안간 나이 많은 한 부인이 강물에 휩쓸려 떠내려갔다. 그녀는 비명을 지르며 도움을 청했지만 그 부인을 구할 방법은 없었다. 우리들은 그녀의 비명이 강가를 정기적으로 순찰하는 병사들에게 들리지 않았는가 싶어 겁이 났다. 게다가 갈 길은 멀었는데 강은 점점 더 깊어지기만 했다.

　친구와 나는 건너편 강변에 닿기가 무섭게 젖은 몸에 옷을 걸치고 서둘러 강변 경사면을 기어 올라갔다. 깊은 밤 어둠 속에 들리는 것은 경사면을 기어오르는 난민들의 헐떡거리는 숨소리뿐이었다. 친구와 나는 경사면의 상부에 올라서고 나서야 비로소 미군 점령 구역에 당도했음을 실감했다. 우리들은 기쁨에 북받쳐 다른 난민들과 함께 건너편 강가의 소련병을 향해 소리를 지르기도 했다. 이 강물과 38선에 얽힌 한국인의 고난과 고초는 뒤에 인기를 얻은 '눈물의 한탄강'이란 슬픈 노래에 잘 나타나 있다.

1945년 10월 24일 오후, 서울 중앙역에 도착한 우리들은 시내 중심부를 향했다. 시가지 이곳저곳에서 한국의 망명 임시정부 대통령이었던 이승만 박사의 귀국을 환영하는 플래카드가 눈에 띄었다. 경비 초소에 서 있는 젊은 미군 병사 곁을 지날 때 나는 내 영어 실력을 시험해보고 싶어 그 병사에게 방향을 물어보았다. 그러나 그는 질문을 이해하지 못했다. 몇 번이고 물어본 뒤에 실망스러워 포기했다. 나는 영어교실에서 좋은 성적을 올렸었는데 캐나다 사람인 교장과의 회화교실은 아무 성과가 없었나 보다 싶었다. 수도 서울에서의 모험은 이렇게 시작되었다.

2

서울

서울 생활의 시작

나는 서울에 와서 처음 며칠 동안은 친구 집에 있었지만, 친구가 계모와의 사이가 원만치 못해서 되도록 빨리 그 집에서 나오려고 했다. 혼자 살아가려면 일자리가 있어야 했는데 미군정청에서 통역을 모집 중인 사실을 알고 응시하기로 했다. 그래서 군정청이 위치해 있는 경복궁 앞 중앙청사에 갔다. 본래 왕궁이었던 경복궁 정면에 당당한 관청 건물을 세워서 조선시대의 상징을 무색하게 만든 것은 일본 정부였다. 일본 식민지 지배자들은 풍수지리의 점괘를 믿고 조선왕조의 명맥을 끊으려 했던 것이다.

경비 초소 앞을 지나 3층으로 올라갔더니, 미군 장교가 수십 명의 한국인들을 상대로 면접을 보고 있었다. 차례가 되어 나는 꾸벅 인사를 하고 책상에 앉은 장교 앞에 섰다. 장교가 내 이름과 나이를 묻길래, 이름은 윤호근이며 나이는 스물이라고 답했다. 장교는 내게 몇 마디 더 물었다. 나는 영어가 시원치 않아 대답이 잘 안 나왔다. 그러나 장교는 건물 서쪽의 미군 수송부로 가도록 지시했다. 나는 수송부가 무엇을 하는 곳인지 몰랐지만, 좌우간 일자리가 생기는가 보다 했다.

건물 주위를 돌아보았지만 미군 수송부란 곳은 눈에 잘 띄지 않았다. 이번에는 일자리를 얻을 수 없는 것이 아닌가 하는 불안이 생겼다. 나는 3층으로 되돌아와 장교에게 그 말을 하려고 했다. 그는 내가 당혹해하는 것을 알아챈 듯 웃음을 띠며 종이 쪽지에 약도를 그려 주었다. 수송부는 건물 안쪽에 있는 자그마한 차고를 말하는 것인데, 여기에서는 몇몇 병사들이 지프와 스리쿼터(트럭)를 손질하고 있었다.

수송부 담당관인 로렌스 월버 대위가 반갑게 나를 맞아주었다. 나는 퍽 안심이 되었다. 그는 캘리포니아 출신으로 매우 친절했다. 내가 하는 일은 그와 그의 부하들을 위해 통역을 하는 것이었다. 수송부에는 일본으로 송환될 예정인 일본인 인부 열댓 명이 일하고 있었다. 이곳은 미군 차량의 서비스 공장으로, 나는 일본말도 할 수 있었기에 그들의 통역도 해주었다.

그들은 미군 지역으로 올 수 있었던 것에 마음이 놓였는지 열심히 일했다. 그들은 나의 역할이나 태도를 환영하는 듯이 보였지만, 나는 그들이 식민지시대에 한국 사람들을 억압하느라 무슨 일을 했을 것인가 하는 생각을 하지 않을 수 없었다. 하지만 무엇보다 일본이 과오를 뉘우치고 우리나라와 우호관계를 맺을 수 있기를 바랐다.

한 달 만에 일본인 작업 인부들이 자기 나라로 떠나게 되었을 때, 그 작업팀의 지휘자가 나에게 낡은 사무용 필기도구를 주었다. 내가 미군 요원들에게 자기들의 입장이나 고충을 잘 대변해준 데 대한 감사의 표시였다.

한편 월버 대위는 내가 북한에서 도망쳐 온 사실을 알고 눈에 띄게 마음이 움직인 것 같았다. 그는 나에게 두 하급 장교들과 같이 쓰고 있는 자기 숙소에서 함께 지내도록 지시했다. 일본식으로 꾸며진 그의 숙소는 상점가인 명동에 있었는데, 이전에는 공포의 대상이었던 일본군 헌병 사령관 관저로 쓰던 곳이었다.

월버 대위의 이같이 친절한 제안은 타이밍이 잘 맞아, 나는 거기서 전쟁 전에 미국 선교사의 주방장 노릇을 한 한국 사람의 일을 거들어주게 되었다. 나는 하우스 보이로서 접시닦이와 아침 일찍 불을 피우는 일을 했다. 불과 얼마 전까지만 해도 고향 마을에서 존경받는 교사 노릇을 했던 것을 생각하면 슬픈 일이었지만, 숙박과 식사 문제를 동시에 해결 짓게 되었으니 행운이라 여겼다. 또 미국 사람과의 생활은 영어회화를 배우는 데도 좋은 기회가 되었다.

월버 대위의 숙소로 옮긴 것은 내게 있어 행운이었다. 그래서 열심히 일하기로 마음먹었지만, 그곳에서의 첫날 밤은 소름이 끼쳤다. 북쪽에 남겨두고 온 가족들을 생각하니 마음이 아파서 잠이 오지 않았고, 갑작스레 손톱을 길게 기르고 날카로운 눈매로 사람들을 움켜잡으려는 추악한 미국인을 그린 일본의 선전 만화가 떠오르기도 했다. 전쟁 중에 밤낮으로 되풀이된 이러한 선전활동에 내가 생각 이상으로 큰 영향을 받은 것인지, 아니면 이 집 장교들이 바로 그러한 미국 사람들이며, 나는 그들에게 붙들린 것은 아닌지 괜스레 불안해졌다.

월버 대위의 동료 장교가 묵고 있는 방 하나에서는 속삭이는 여자 목소리가 들려왔다. 대위의 동료 두 사람은 거의 매일 저녁 한국 여자들과 동침했는데, 그들은 댄스홀의 아가씨들이었다.

나로서는 어찌할 바도 모르고 또 내가 알 일도 아니었지만, 미군 장교들과 잠자리를 같이하고 있는 한국 여성의 처지를 생각하니 너무도 비참

했다. 이런 현실은 그 당시의 나로서는 생각조차 하지 못할 일이었다. 서로 닮은 사람들끼리 사는 작은 나라 작은 마을에서 자랐기 때문인지 모르겠지만, 남녀 간의 친밀한 관계는 당연히 같은 나라 사람들끼리의 일이어야 한다고 생각해온 것이다.

나는 윌버 대위의 지프로 수송부에 출근할 때 자동차를 생전 처음 타본 것이라 그런지 몹시 흥분했고, 직접 차를 운전해보고 싶었다. 내가 운전을 배우고 싶어한다는 것을 알아차린 대위가 하사관에게 내가 운전 연습을 할 수 있게 도와주도록 지시했다.

그렇게 몇 주간 연습한 끝에 운전 면허 시험을 치를 준비를 마칠 수 있었다. 나는 군용 스리쿼터를 운전해야 했다. 트럭 운전에서 제일 어려웠던 것은 급한 경사면을 후진하는 일이었다. 나는 겨우 면허를 얻기는 하였지만 군용 차량을 운전할 기회는 거의 없었다. 미국인 기사와 내가 각각 지프를 타고 시험 운전을 한 경험이 전부였다. 그러나 시험 운전이라는 말은 쓰기가 좀 그렇다. 그도 그럴 것이 우리는 레이스에 나온 선수들처럼 과속을 했기 때문이다.

미군정 당국은 한국의 정치 무대에서 우익과 좌익의 협력을 강화시켜볼 속셈으로 민족주의자와 공산주의자, 중간파 사회주의자 등 지도자 간의 대화를 촉진시키기 위해 그들의 차량에 휘발유를 대주었다. 그 당시 서울의 자동차나 택시는 대부분이 목탄 가스로 움직이고 있었다.

나는 이들 정치 지도자들 가정에 휘발유를 운반하는 일을 맡고 있었다. 그러면서 보수파를 대표하는 이승만 박사, 공산당의 박헌영 당수, 망명 정부의 주석이며 민족주의자인 김구, 중간파의 김규식, 사회주의자인 여운형 등 많은 인사들의 집을 방문했다. 이 잡무를 맡은 덕택에 이들 지도자의 참모들 가운데 몇 분, 특히 이 박사의 상급 참모들과 안면을 익히게 되었다. 그들은 북한으로부터 내려온 젊은 피난민인 나를 동정하면서 관심을 보여주었다.

윌버 대위는 나의 장래를 걱정하여 내가 소학교 교사였다는 것을 감안해 교육에 관계되는 일자리를 찾도록 제안했고, 얼마 지나지 않아 그가 귀국하기 전인 12월 중순에 문교부에 일자리를 얻도록 도와주었다. 당시 미군정하 문교부에는 유억겸 문교부장이 고문, 오천식 박사가 차장 고문으로 있었다. 당시 미군정은 행정 제도를 미국식으로 개편하기 위해 인사 카드 시스템을 도입하려 했다. 나는 인사국에 배속되어 인사 카드를 만드는 일에 합류했다.

그러는 동안 나는 감격적인 인물을 만나게 된다. 다름 아닌 최현배 선생을 만나게 된 것이다. 그는 문교부 편수국장으로 계셨다. 참으로 감격스러웠다. 선생은 일제 때 나의 고향 홍원경찰서에서 조선어학회사건으로 갖은 고초를 당한 분이기 때문이다. 나는 당시 중학교 재학 중이었는데, 우리들은 입에서 입으로 조선어학회사건을 들어 알고 있었다. 그분들은 우리 민족의 별로서 항일투쟁의 상징적 존재였다. 또 민족의 언어를 보존, 발전시키는 민족의 빛이었다. 나는 선생을 인터뷰하면서 그의 외유내강함과 말이 적고 겸손한 인품을 느꼈다. 그는 그 당시의 암울한 추억에도 불구하고 나를 만난 것을 매우 기뻐하셨다. 당시 그분 밑에서 역시 홍원의 지인인 이병기 선생이 편수관으로서 최 국장을 보좌하고 있었다.

나는 윌버 대위가 곧 미국으로 돌아가게 된다는 사실을 알고 그의 숙소에서 나오기로 했다. 대위에게 야간 근무처를 찾아서 수입에 보탬이 되도록 하고 싶다고 말한 덕에 조선호텔 프런트에서 야근직을 얻게 되었다. 이 호텔은 일본 철도 당국이 남기고 간 것이며, 당시 우리나라에서 가장 호화로운 호텔이었다. 게다가 미군 수송 부문의 관리하에 있어서 한국 점령군 본부인 제24군단의 사령관 휘하 참모들의 숙사로 쓰이고 있었다. 38선을 가운데 두고 북측의 소련 지구와 미군 점령 지구에서 자유선거를 실시하기 위해 모인 국제연합위원회의 위원들도 이 호텔에 진을 치고 있었다.

나는 교환대를 포함한 프런트 담당의 책임자로 야간에 프런트를 맡았다. 프런트에는 나 외에도 두 사람의 한국 여성이 있었다. 한 사람은 이화여대 출신의 김수임이고, 또 다른 젊은 여성은 교환원이었다.

한국의 장래를 논한 연합국 지도자들

내가 조선호텔에서 일하고 있을 무렵, 세계 지도자들은 한국의 장래에 관해 논의가 분분하였다. 1943년 11월에는 연합국의 루스벨트 대통령, 장제스 총통, 윈스턴 처칠 수상 등 3명이 카이로에서 만나 극동의 장래에 대해 논의하면서, 한국 국민이 노예 상태에 있음을 유념하여 적절한 시기에 한국을 해방시켜 독립을 얻게 할 것을 결의했다.

미국의 제임스 번스 국무장관은 1945년 12월 모스크바 외상회담에서 소련의 몰로토프 외상에게 즉각 남북의 단일화된 행정 조직을 만들어, 잠정적이긴 하지만 유엔 아래 4대국에 의한 한국 신탁통치를 위해 필요한 준비를 할 것을 제안했다. 번스 장관은 미국이 5년 이내에 한국을 독립시킬 것을 기대한다고도 했다.

이에 대해 몰로토프 외상은 한국에서 소련과 미국 사령관들이 대표가 되어 공동위원회를 구성하여 잠정적인 행정부를 만드는 것을 지원하자고 제안했다.

위원회는 한국의 민주적 정당과 사회단체와 협의하여 검토한 결과를 놓고 자기들 정부에 권고안을 제출했다. 몰로토프 외상은 위원회에서 신탁통치안을 기초로 영국, 중국, 미국과 합동으로 검토할 것도 주장했다.

한편으로는 한국에 있는 미군과 소련군 대표들이 2주일 이내에 회합하여 쌍방의 점령 지구에 관한 긴급한 문제들을 검토하고, 행정 및 경제 분야에서 쌍방이 조정하는 방법을 정하도록 했다. 공동위원회는 모스크바 합의를 토대로 1946년 3월 20일 서울에서 작업을 개시했다. 그런데 소련의 비타협적이고 경직된 태도 때문에 거의 처음부터 암초에 걸린 듯했고, 그 뒤로도 의도한 대로 기능이 발휘되지는 못했다.

모스크바에서의 이러한 합의 결정이 보도되자 나라 전체가 흔들렸다. 우리나라 사람들은 한마음으로 신탁통치에 반대했다. '적당한 시기에'라고 하는 카이로 선언의 문구는 한국 사람을 모욕하는 것이었다. 그런데 일이 얄궂게 틀어지면서 한국의 공산주의자들이 신탁통치에 반대하는 입장에서 발을 빼고 그것을 지지하는 쪽으로 돌아섰다. 모스크바의 지시를 받아 문자 그대로 하룻밤 사이에 태도를 바꾼 것은 그들이 무조건 소련에 종속되어 있음을 보여주었다.

전국적으로 격렬한 가두시위가 일고 있는 가운데, 나는 생활에 전념하고 있었다. 모든 국민들이 5년간의 신탁통치라고 하는 발상에 반대했지만, 38선을 항구적인 경계로 삼아 김일성을 주축으로 북쪽에 정권을 수립하려는 소련의 의도는 점차 뚜렷하게 드러났다. 김일성은 당시 소련군 소령이었는데, 제2차 세계대전이 끝날 때까지 만주에서 항일 게릴라전에 종사한 사람이었다.

이승만과의 최초의 만남

1945년 12월 초순 어느 날 오후, 조선호텔 프런트에 미군 중령 한 사람이 나타나 우리말로 자기를 '이용해(李龍海)'라고 소개했다. 나는 그가 우리말을 유창하게 하는 데다 한국 이름을 대는 데 놀랐다. 그는 우호적이고 유머 감각이 넘쳐서 우리는 금세 친구가 되었다. 크리스마스 전의 어느 날, 그는 나를 어떤 장소로 안내하고 싶다고 했다. 그를 따라간 곳이 이승만 박사의 저택이라 깜짝 놀랐다.

이승만 박사는 여러 해 워싱턴에서 살았고, 상하이에 있던 한국의 망명 임시정부를 대표하고 있었다. 박사는 미국의 프린스턴대학에서 공부했고, 그 학교 총장이었던 우드로 윌슨과도 친했다. 윌슨이 미국 대통령이 되었을 때, 박사가 피압박 민족의 자결을 호소한 사실은 한국과 같은 나라로서는 특별한 의미를 지닌 사건이었다.

박사는 일본이 항복한 뒤인 1945년 10월 16일에 서울로 돌아왔다. 박사는 공화정부를 주장하고 왕정을 폐지해 한국을 외부 세계에 개방할 것을 희망했으나, 왕정에 반대하고 공화정치를 주장했다는 이유로 7년간 투옥되었다. 그때의 가혹한 고문으로 인해 그는 왼쪽 안면에 근육장애를 일으키고 있었다.

나는 백발의 반공산혁명 지도자에게 소개되었다. 그 중령은 박사의 옛 친구였다. 나는 그때까지만 해도 주로 매스컴의 보도 때문에 이 박사가 부르주아를 대표하는 친일 협력자들의 옹호자라고 알고 있었다. 그러던 내가 지금 그런 사람 앞에 머리 숙여 인사를 하고 있었다. 박사는 내 가족 사정을 물었고, 나는 소련 점령하에 있는 이북에서 내려온 피난민이라고 대답했다.

나는 그 이후로 거의 매주 박사의 저택을 방문하게 되었다. 그러다 보니 박사의 경호원이 나를 알게 되어 다소간에 자유로운 출입이 가능하게 되었다. 당시 서울은 물자가 부족했기 때문에, 나는 이 박사의 부인 프란체스카에게 호텔 제과점의 케이크라든가 온실에 있는 신선한 꽃을 가져다드렸다. 박사는 나의 조부님 같은 존재가 되어 때로는 나의 무릎 위에 부드럽게 손을 얹고 자신의 젊은 시절 이야기도 들려주었다.

김수임과 베어드 대령

나는 영어학원의 2년 과정 강습반에 등록했다. 미군 군정에서 경영하는 학원이었는데, 강사진은 모두 군인이었다.

호텔의 지배인도 일주일에 두 번 야간반에서 영어를 배우는 것을 승인해주었다. 나의 노력으로 성적은 올라갔지만, 회화는 여간 어렵지가 않았다. 상대방의 이야기를 알아듣는 일이 가장 어려웠다. 나에게는 영어를 말하는 데 필요한 용기가 모자랐던 것이다.

언어 장벽 때문에 미군 군정청에는 많은 통역관이 있었다. 그 가운데 일부가 그러한 사정을 이용하여 개인적으로 이익을 앞세우기 시작해 순진한 사람들에게 상당한 타격을 주었다. 영어를 모르는 한국인들은 통역을 통해야만 장교들과의 접촉이 가능했으므로, 통역관은 비난의 표적이 되었다. 많은 한국인들이 미군 군정청을 통역의 군정청이라고 비꼬았다.

통역관들 가운데는 미군 장교들과의 명백한 불법 거래를 하는 사람도 있었고, 미군 장교들에게 아름다운 한국 아가씨들을 소개해서 돈벌이를 하는 자도 있었다.

조선호텔 프런트에서 일하고 있던 김수임은 내가 서울 사정을 익히는 데 도움을 주었다. 수임은 고아였지만, 언제나 사교적이었고 밝은 낯으로 호텔의 미군 고급 장교들의 시선을 끌었다. 나는 수임이 미군 헌병 사령관 제임스 베어드 대령과 연인 사이가 아닌가 하고 의심하기 시작했다.

나는 때때로 이 두 사람이 로비에서 비록 대화는 없었지만 호감 어린 눈빛을 교환하는 장면을 보았다. 그때까지 두터운 테안경을 걸치고 근엄한 얼굴을 한 이 장교가 웃음 짓는 것을 본 적이 없었다.

그는 비록 육군 대령에 지나지 않았으나, 한국의 법과 질서 위에 선 제왕과 같은 존재로서 나라의 수도 서울은 물론 남한 전체의 경찰을 장악하고 있었다. 경찰 간부들은 혼란스러운 남한에서 수천에 육박하는 공산주의 파괴분자들을 잡아내는 책임을 지고 있었다.

김수임은 베어드 대령의 정부가 되었다. 그녀의 진짜 애인은 한국전쟁이 일어나기 몇 해 전 북으로 도망치기 전까지 남한의 공산주의 지식인으로 유명한 이강국이었다. 그는 노동당으로 알려진 공산당의 주요 전략가 가운데 한 사람이었다.

수임과 베어드 대령과의 관계는 이강국을 돕는 계획의 일부로, 수임은 헌병 사령관의 정부로서 그의 숙소에 함께 살며 한국의 법 집행기관으로부터 면책 특권을 누리고 있었다. 수임은 그러한 특혜를 이용해 공산주의자인 애인이 베어드 대령의 공용 차량을 이용해 몰래 38선을 넘도록 도와주었다.

1950년 봄, 평양에 있던 수임의 의형 최만용이 수임이 보고 싶다고 쓴 이강국의 편지를 가지고 서울에 나타났다. 최만용의 진짜 임무는 탈옥하여 베어드 대령 숙사 인근에 숨어 있던 남한 공산당 이중엽(李仲燁) 조직부장을 데리고 월북하는 데 있었다. 수임은 이번에도 대령의 공용 차량을 이용해서 이중엽이 북한으로 도망치도록 도와주는 일에 협조했다.

그 이후, 경찰이 김수임을 의심하기 시작했고, 수임 역시 경찰의 활동을 눈치챘다. 그녀는 갑자기 4년 전에 다투고 연락이 끊긴 대학 시절의 단짝 친구인 모윤숙을 만나, 이제 한국에서는 가장 유명한 시인이 된 이 충직한 반공주의자와 화해하려고 했다.

형사들이 수임을 추적해 결국 모윤숙의 집에서 수임을 체포했다. 그녀는 체포된 뒤에도 이강국이나 베어드 대령이 자기를 구해줄 것을 기대하며 검찰 당국에 협력했다. 검찰 당국에게 자기는 공산주의와 자본주의 간의 이데올로기 투쟁에는 관심이 없으며, 다만 이강국을 사랑하는 마음에서 이씨와 그의 공산주의 동지들을 도운 것뿐이라며 여러 번 설득을 시도했다.

그러나 수임은 재판에 회부되었고, 한국전쟁이 일어나기 며칠 전 군사법정에서 공산주의자들의 앞잡이로 사형 선고를 받았다. 베어드 대령도 수임과의 애정관계 때문에 군복을 벗게 되었고, 뒤에 군법회의에 회부되었다.

1950년 6월 25일, 한국전쟁이 일어났고 김수임은 북한 공산군이 38선을 넘어온 몇 시간 뒤 한국군이 서울에서 퇴각하는 혼란 중에 즉결 처형되었다.

김수임은 과연 진짜 공산주의자의 끄나풀이었을까, 아니면 사랑에 빠져 잘못된 방향으로 뛰쳐나간 한 여성에 지나지 않았는가. 이러한 의문은 그 뒤로도 몇 년 동안 계속되었는데, 어디서나 그녀가 대단히 정열적인 여성이었기에 애인을 위해서 무슨 일이든 할 용의가 있었을 거라는 점에서는 의견이 일치되었다.

나는 그녀가 미국 사람과 동침하는 것에 대해 화가 났지만, 그녀와 직접 맞대고 비판하지는 못했다. 하지만 나는 그 후로 이 이야기야말로 우리나라의 본의 아닌 분단과 이데올로기 투쟁이 가져다준 많은 비극 중 하나라고 생각하게 되었다.

짓궂은 역사의 장난 가운데, 수임의 애인이었던 이강국 역시 미국 중앙정보부의 끄나풀이었다는 날조된 죄과로 1953년 7월 27일 휴전 뒤 북한에서 처형되었다. 그는 북한으로 도망친 뒤 북한 노동당에서 중요한 자리를 차지했으나 환멸을 느꼈던 모양이다. 그는 젊은 시절부터 이상주의자였고 순수한 마르크스주의자이기도 했으나, 북으로 도망치기 전에 그의 수령이요 한국 공산주의자의 두목이었던 박헌영과 함께 숙청되었다. 이렇듯 결국 김일성은 조직적으로 남한이나 중국 출신의 공산주의자들을 모조리 숙청했다.

목숨 걸고 38선을 넘어온 어머니

1946년 여름도 다 간 어느 날, 어머니가 서울로 나를 찾아오셨다. 북한 동북부의 홍원으로부터 400킬로미터나 되는 거리를 2주 동안 걸어서 38선을 넘어 서울에 도착하신 것이다. 38선이 점점 철의 장막으로 변해 가던 가운데, 어머니께선 심각한 위험을 무릅쓰고 내려오셨다. 어머니는 비참할 정도로 피로에 지쳐 있었고, 나는 가슴이 찢어질 듯하였지만 당신은 나를 만나니 그렇게 기쁠 수가 없는 모양이었다.

어머니는 저고리 속에서 한 통의 편지를 꺼내 나에게 건네주었다. 그것은 내가 한때 관심을 가졌던 정옥숙으로부터 온 것이었다. 편지는 물기를 먹고 헐어서 겨우겨우 읽을 수가 있었는데, 어머니는 옥숙의 모친이 외동딸을 나와 짝 지어줬으면 한다고 말했다. 어머니께서는 언젠가 옥숙이가 첩의 자식이라며 크게 반대하신 적이 있었는데, 이제는 생각을 바꾸신 것 같았다.

어머니는 내가 빨리 결혼해서 집안을 안정시키기를 바라셨다. 그러나 나는 솔직히 말해 그녀와의 일은 거의 잊어버리고 있었는 데다 결혼을 생각할 여유가 없었다. 어머니께선 내 결심이 굳은 것을 아시고선 더 이상의 무리한 말씀은 하지 않으셨다. 나는 당시 영어학원에 나가며 정치 외교를 독학으로 공부하고 있었다. 경제적으로도 무척 어려워 밤낮 가리지 않고 일을 해야 했고, 대학 진학은 실현될 가능성이 전혀 없는 꿈처럼 아득했다. 당시는 장학금 제도도 없었다.

가족들을 두고 내려온 어머니는 서둘러 다시 홍원으로 돌아가야만 했다. 꼭 2주일을 머물고 나서 다시 38선을 넘는 위험스러운 귀향길에 오르신 것이다. 나는 어머니께 큰돈을 쥐어드릴 여유가 없었기에 그저 애 타는 마음만으로 어머니를 전송했다. 어머니는 몇 번이나 나를 돌아보며 어서 들어가라고 했고, 나는 억지로 웃음 지으며 마음을 달래려고 했으 나 흐르는 눈물은 어찌할 수가 없었다. 게다가 남북 간에는 우편도 없고 전화도 안 되니 어머니가 무사히 도착했는지 알 방법 또한 없었다.

정부 수립을 둘러싼 이승만과 김구의 대립

미국과 소련 정부의 입장이 정반대였으므로, 1945년 12월 모스크바에 서의 합의사항이 실현될 수 없음이 점점 뚜렷하게 드러났다. 미국 정부 는 한국 독립을 목표로 한다는 견지에서 한국에 단독적인 행정 조직을 만들 것을 희망하였으나, 소련 측은 38선을 남과 북을 가르는 항구적인 경계선으로 취급하기 시작했다. 미국 정부는 순진하게도 38선을 단순히 한반도에 있던 일본군을 무장해제시키기 위한 것이라고 생각하고 있었 다. 미국으로서는 이 구획선이 젊은 딘 러스크가 그어놓은 임시적인 줄 쯤에 지나지 않았지만, 소련의 입장에서는 이 선이 한국을 공산주의 지 배체제로 확정 짓는 정치 전략과 일치하는 것이었다.

한반도는 1947년 냉엄한 기근 사태를 만났다. 여러 세기 동안 주식이 었던 쌀밥도 꿈같은 이야기였다. 사람들은 강냉이나 감자로 끼니를 때웠 고, 나 역시 영양 부족으로 책을 읽는 데 어려움이 생길 지경이 되었다.

한국은 신탁통치에 반대하는 물결이 거세지다 못해 반란이 일어날 지 경에까지 이르렀다. 그 결과 미국 정부는 그러한 구상을 포기했지만, 정치 상황은 혼란스러웠고 어떠한 무질서 상태에 들어갈지 염려되는 실정이었다. 그 와중에 이승만 박사가 공산주의에 대하여 단호한 태도로 임하며 소련과의 사이에서 어떤 형태로든 타협을 도모하려는 미국의 방침을 거부한 결과, 미국 점령군 사령관과 이 박사 사이에 깊은 골이 생겼다.

이 박사는 스탈린의 소련이 한국을 사정없이 공산주의 지배하에 두려고 한다며, 단호한 태도를 취하는 것이야말로 소련이 기도하는 바에 대항하는 유일한 방법이라고 굳게 믿고 있었다. 그에게는 공산주의자와 어떤 형태로든 타협을 시도한다는 것은 있을 수 없는 일이었다.

이 박사는 남한만이라도 정부를 수립하자고 주장하기 시작했고, 이것이 빌미가 되어 김구를 비롯한 한국의 민족주의자들의 강한 반발을 사게 되었다. 이 두 사람은 한국 최고의 애국자로서 존경받고 있었고, 일본의 식민지 지배에 반대해 오랜 세월 함께 투쟁해왔음에도 불구하고 이와 같은 대립으로 인해 관계에 종지부를 찍게 되었다.

남한에서의 이러한 균열을 염려하며 하지 장군은 분쟁을 일삼는 한국인을 일컬어 '동양의 아일랜드인'이라고 불렀다. 그가 한국인을 아일랜드인에 비유한 것은 한국인의 마음 깊이 잠재된 강한 민족주의 때문이었는지, 아니면 말싸움을 좋아하는 성향 때문이었는지는 확실하지 않다. 하지 장군은 한국 근대화의 선구자 서재필(徐載弼) 박사를 미국에서 불러들여 이 박사와 김구 사이의 심각한 균열관계를 조정해보고자 하였다.

서 박사는 오랜 세월 미국에서 살았는데, 1947년 7월 외동딸 뮤리엘을 데리고 고국 땅을 밟았다. 서 박사는 이미 80대의 노인이었는데, 이승만과 김구보다도 으뜸이었으며 높은 존경을 받고 있었다. 서 박사는 미 점령군의 선임고문과 한반도 문제의 특별고문이라는 공식 직함을 가지고 내가 야간 근무 주임을 맡고 있었던 조선호텔에 유숙하였다. 딸인 뮤리엘은 이미 부인을 여읜 박사의 사설 비서로 있었는데, 한국말을 할 줄 몰랐다. 우리들은 금세 서로 친해졌다.

서 박사는 몇 번에 걸쳐 이 박사와 김구, 두 애국자 사이의 화해를 도모했으나 성공하지 못했고, 그대로 펜실베이니아주 메디나의 자택으로 돌아갔다. 딸 뮤리엘도 함께 돌아갔는데, 뮤리엘은 배가 인천항 부두를 떠날 때 체면 불구하고 소리 내어 울었다. 부친이 사랑하는 조국을 보는 것이 이것으로 마지막이며, 다시는 이 나라에 돌아올 수 없으리라고 생각했기 때문이 아니었겠는가?

민족주의자 김구 암살되다

미군정청이 주최한 4자간 협의에서 이 박사 이외의 김구, 김규식, 여운형 세 사람은 남한만의 단독 정부 수립에 반대했다. 이 박사 혼자만이 남한의 단독 정부 수립을 주창했으며, 김구 선생과 김규식 박사 두 사람은 평양을 방문해 김일성을 만나서 한국의 평화적, 민주적 통일을 이뤄보자고 호소했다.

두 사람은 북한에서 열렬한 환영을 받았지만 임무 수행에는 실패했다. 김일성은 남북연합의 정부 수립에는 관심이 없었다. 그의 유일한 야심은 오직 한반도를 공산주의하에 통일시키자는 것이었다.

나는 김구 선생의 경교장(京橋莊) 정원에 수십 명의 젊은이들이 드러누워 김구 선생의 평양행을 막으려는 광경을 눈여겨보았다. 이날 김구 선생은 후문을 통해 빠져나갔다. 결국 김규식 박사는 정계를 은퇴했고, 김구 선생은 북한 공산주의자에 대한 '유화적인 태도'에 반대하는 급진적 우익 청년에게 암살되었다.

나는 김구 선생이 공산주의자에 동조하는 사람은 아니었음을 안다. 그가 남북한이 별개의 정부를 세우는 것을 필사적으로 막으려 한 것은 그로 인해 나라가 영구히 분단된다고 믿었기 때문이었다. 태극기에 덮인 김구 선생의 유해 앞에 마지막 고별 인사를 드릴 때, 나는 사랑하는 조국의 해방과 독립을 목표로 싸워온 애국자의 정신을 생각하며 뜨겁게 북받치는 감정을 억제할 수가 없었다. 저녁 무렵 일찍 조선호텔로 돌아와 피아노 앞에 앉아 있노라니 문득 그의 죽음을 기리는 노래를 작곡하고픈 마음이 일었다.

남한만의 단독 선거 실시

미국 정부는 소련과 아무런 합의도 이루지 못한 채, 1947년 가을 한반도 문제를 유엔으로 넘겼다. 유엔은 소련이나 그 외 위성국가들의 강한 반대를 무릅쓰고 유엔의 감시 아래 한국에서의 자유선거를 실시할 것을 승인했다. 유엔 위원단이 한국을 방문하였으나, 북한을 방문해 북한 당국자들과 대화를 나누지 못했다. 북한의 거부로 선거는 38선 이남에서만 실시되었고, 남한에 새로운 독립국가가 탄생되었다. 이어서 1948년 5월에는 이승만 박사가 제헌국회의 의장으로 뽑혀 한국의 헌법을 기초하기에 이르렀다.

이 박사는 1948년 5월, 유엔의 감시 아래 선거를 치른 뒤 제헌국회 의
장에 취임하면서 나에게 외국특파원들을 상대하는 국회 홍보담당 대변
인이 되어줄 것을 요청했다. 나는 크게 놀라 그런 중요한 일을 맡기엔 역
량이 모자란다고 말씀드렸다. 나는 영어학원에서 2년간의 코스를 이제
겨우 끝낸 뒤였고, 나의 영어 실력으로는 그러한 직책을 해낼 정도가 못
되었다.

이 박사는 내가 두 번이나 못하겠다는 말씀을 드리자 눈에 띄게 실망
하신 듯했다. 나는 이 박사의 지시에 따라 불안한 마음으로 국회 사무처
를 방문했다. 그리고 거기에서 미리 연락을 받고 나를 기다리고 있던 전
규홍 박사에게, 나는 아직 공부도 충분히 하지 못한 데다 그만한 자격도
없는 입장이라고 말했다. 그는 그럼에도 의장은 나에게 외국 기자단과
섭외하는 일을 맡기고 싶어하신다고 전했다.

제헌국회는 일본으로부터 해방된 기념일인 1948년 8월 15일에 우리
나라 역사상 처음으로 민주 헌법에 기초한 한국 정부를 수립하는 일을
목표로 하고 있었다. 이것은 제헌국회가 불과 3개월이란 짧은 기간에 헌
법 초안을 작성하고, 정부 조직을 위한 법안을 채택하지 않으면 안 된다
는 것을 뜻한다.

나는 문교부를 그만두고 제헌국회에서 일하기로 했다. 국회에는 소수
의 좌익을 포함한 한국의 모든 저명한 정치 지도자가 모였다. 국회 업무
를 통해 이들 정치계의 유명 인사들과 아는 사이가 된 것은 나로서는 행
운이 아닐 수 없었다.

그리고 결국 우리나라 헌법의 초안이 기초되었다. 미국 헌법이나 서유
럽 민주주의 국가의 것과 같은 용어를 사용했으며, 1948년 7월 12일 제

헌국회에서 압도적 다수로 채택되어 7월 17일에 공포되었다. 이 역사적 기념일에 나의 기분은 복잡했다. 한국 정부의 탄생을 눈앞에 둔 마당이지만, 한편으론 우리나라는 아직 분단된 상태이고 나의 가족은 공산주의 지배 아래 북한에 그대로 남아 있는 처지였기 때문이다. 남쪽 절반뿐인 나라의 탄생을 무조건 축하할 수는 없지 않은가.

그날 오후 AP통신의 서울지국장 빌 무어가 전화로 헌법의 어떤 조문에 관해 질문했다. 두말할 것도 없이 나는 만족스러운 답을 줄 수가 없었다. 그래서 내 이야기는 잠시 미루고, 함께 의장의 사저인 이화장으로 가는 것이 어떠냐고 제안했더니 이번에는 그가 놀랐다.

결국 우리들은 이화장으로 갔다. 경비원이 나를 잘 아는 터였으므로 별문제 없이 정원으로 들어갈 수 있었다. 무어는 이 박사와의 단독 인터뷰라는 예상치도 못했던 기회를 갖게 되어 흥분해 있었다.

이 박사와 프란체스카 여사는 현관 별실에서 체스를 즐기고 있었다. 나는 우선 약속도 안 하고 무작정 방문한 무례를 용서해달라고 하면서 무어 지국장을 그곳까지 데리고 온 경위에 대해 설명했다. 박사는 싫은 표정 하나 없이 무어를 따뜻하게 맞아들여 질문도 잘 받아주었고 무어의 질문에 대해서도 자세한 답변을 했다.

이 박사의 영어는 훌륭했지만, 조선시대 말기에 기나긴 고문을 받은 탓인지 때로는 말이 중단되기도 했다. 나는 이 박사의 영어에 대한 깊이 있는 이해가 부러웠다. 이 인터뷰는 빌 무어 지국장의 멋진 특종이 되었다. 무어는 태평양전쟁 때도 역시 해외특파원으로 활약했는데, 애석하게도 한국전쟁이 시작된 지 얼마 안 되어 취재 중 세상을 떠났다.

북한을 탈출한 가족

1947년 이른 봄, 어머니가 신변의 위험을 무릅쓰고 이번에는 평양을 거쳐 서울로 오셨다. 황해 바다 연안의 습지를 지날 때 북한 경비병에 쫓겨 죽을 고생을 했다는 것이다. 습지에 자란 갈대밭에서 발을 크게 다쳤으나 무조건 38선을 넘어야 했기에 남쪽으로 넘어선 뒤에야 발이 퉁퉁 붓고 피가 번져 있는 것을 처음 알아차렸다 하셨다.

이 무시무시한 경험담을 들으면서 나는 그저 안타까울 뿐이었다. 어머니는 집에 남은 세 아이를 먹일 수가 없어 그렇게 위험한 여행을 떠났던 것이다. 공산주의 당국자가 나와 내 동생을 남쪽으로 도망친 배신자라고 비난하기 시작했기 때문이다. 나는 어머니의 긴박한 호소를 십분 이해했지만, 나의 빈약한 수입으로 어떻게 해서 가족을 먹여 살릴지 어림짐작이 안 되었다. 어머니는 가족들을 데리고 오기 위해 다시 죽음의 위험을 무릅쓰고 38선을 넘어 홍원으로 가셨다.

1947년 10월, 피난민 구호기관으로부터 우리 가족이 38선 바로 남쪽 동해안에 있는 주문진 피난민 캠프에 억류 중이라는 연락을 받았다. 가족은 그 신원을 보장하는 동시에 경제적 도움을 줄 수 있는 지원자가 없으면 캠프촌에서 내보내지지 않았다. 나는 가족이 안전하게 남쪽으로 도망온 것을 몹시 기뻐하며 당장에 주문진으로 갈 준비를 했다. 그러나 그당시에는 정기적으로 기차가 다니지 않았고, 버스 왕래도 없었는 데다 주문진은 서울에서 여간 멀지 않았다.

피난민 캠프에는 수천에 육박하는 사람들이 넓은 풀밭 여기저기에 흩어진 수많은 임시변통의 막사에 수용되어 있었다. 나는 그러한 천막

집들을 하나하나 뒤지고 다녀야 했는데, 가족이 있는 천막을 찾아내는 데 시간이 꽤 걸렸다. 어머니는 피로에 지쳐 있었고, 겁먹은 표정의 동생들에게 둘러싸여 앉아 있었다. 천막 안에 들어서니 DDT(유기염소계의 살충제) 냄새가 코를 찔렀다. 북쪽에서 온 난민들은 모두가 남한에 도착하는 즉시 DDT 소독을 거쳐야 했다. 우리는 서로 부둥켜안고 엉엉 울었다. 어머니는 우리들이 한자리에 모이게 되자 한시름 놓은 표정이었다.

나는 필요한 서류에 서명하고 가족을 천막촌에서 나오게 만들었다. 서울로 가는 트럭을 찾아내기가 쉽지는 않았지만, 그럭저럭 화물차를 구해 짐보따리를 놓고 모여 앉아 서울로 향한 긴 여행길에 올랐다. 동생들은 눈을 휘둥그레 뜨고 넋을 잃은 듯했지만, 나를 만나게 되니 여간 기뻐하는 눈치가 아니었다. 워낙에 힘들고 혼란스러워 보여서 어렵고 고통스러운 어머니의 경험담이나 도망친 경위 같은 것은 물을 경황도 없었다.

나는 가족을 위해 임시로 빌린 작은 방에서 가족과 함께 첫날 저녁을 보냈다. 어머니는 동생들이 잠들자 공산 치하의 북한에서 탈출한 이야기를 들려주었다.

어머니는 서울에서 홍원으로 돌아온 길로 바로 북한 탈출을 마음먹었다. 몇 달 동안 계획을 짜고 나서 자신들을 동해안으로 데려다주기로 한 어부를 만났다. 그리고 나서 팔 수 있는 가재도구를 모두 팔아넘기고 이렇게 위험한 일을 맡아준 어부에게 지불할 돈을 마련했다.

10월 초 초승달이 뜬 밤을 출발일로 정하고 인기척 없이 해안을 떠났다. 탈출에서 가장 어려웠던 것은 해안으로 오는 도중에 두 여동생들이 소리를 내지 않도록 하는 일이었다. 여동생들은 사태의 중대함을 몰랐던 것이다. 작은 어선은 연안 경비대의 눈을 피하기 위해 어둠을 이용해 공해상으로 나가야 했다. 이것은 생명을 내건 탈출극이었다.

어머니의 이야기로는 공해 바다 물결이 거칠게 일었고, 동생들은 추위에 떨고 겁먹어 새파랗게 질렸으며, 바다 위에서 삼각형을 그리며 멀리 돌아가야 하는 이틀간의 항해 끝에 겨우 주문진에 도착했다고 한다. 이렇게 남으로의 탈출에 성공한 것은 거의 기적에 가까운 노릇이었다. 나는 아버님이 우리 가족을 지켜주신 것이라고 생각했다.

대한민국 정부 수립

1948년 8월 15일 무더운 날씨 가운데 한국의 해방과 대한민국 정부 수립을 축하하는 기념식이 중앙청 광장에서 거행되었다. 도쿄에서 맥아더 장군이 날아와 참석했다. 나는 찌는 듯한 땡볕 아래 수천의 시민과 함께 땅바닥에 앉았다. 이곳저곳에 한국 정부의 수립을 축하하는 커다란 현수막이 걸려 있었다. 이승만 박사가 국회에서 초대 대통령으로 선출되었다. 우리나라의 전통 한복 차림에 은발을 휘날리는 이 박사의 모습은 더욱 두드러져 보였다.

이 박사는 북한에 대해 유엔의 감시 아래 총선거를 치르고 통일 정부를 세우자고 호소했다. 맥아더 장군이 축사를 하며 일본 식민지 지배에 반대해 오랜 세월 싸워온 이 대통령의 업적을 찬양했다. 스물세 살 된 나도 이 역사적 광경을 보며 큰 감명을 받았다. 제헌국회 공보관으로서의 3개월에 걸친 일도 이로써 끝난 것이었다.

이 대통령이 시행한 최초의 일은 유망한 젊은이들을 미국 대학에 보내 교육을 받도록 하는 것이었는데, 정부 각 부처에서 열다섯 명 정도가 후보로 뽑혔다. 모두가 일본의 교육 제도 아래 대졸자 아니면 대학에서 배운 적이 있는 젊은이들이었는데, 그런 경험이 없었던 나지만 대통령 덕분에 개인적으로 선발되었다. 나는 흥분했다. 더욱이 캘리포니아대학에서 국제관계에 관해 공부하기로 해, 외교관이 되고 팠던 나의 꿈이 그 어느 때보다 부풀어 있었다.

나는 난생처음으로 여권을 취득했다. 접으면 가로 30센티미터와 세로 20센티미터 정도가 되는데, 옛날 프랑스 여권처럼 특별한 모양이었다. 젊었을 때 프랑스에서 공부한 적이 있는 외무차관은 프랑스 국왕의 이 유산을 높이 평가했다. 프랑스에서는 루이 16세 시대의 큰 종이를 접어 끈으로 묶은 여권을 발급했었다.

환송회가 열리고 미국 외교관도 내빈으로 와서 축하해주었다. 이 대통령은 나에게 미국식 이름을 쓰지 말라고 타일렀다. 나는 얼른 "미국에서는 '호근'이라는 아일랜드식 이름이 많다고 들었기 때문에 이름을 바꿀 필요는 없을 겁니다" 하고 말씀드렸다. 대통령은 웃으셨다. 이 대통령이 미국에 가면 정원사 일이라도 해서 학비에 보태도록 하는 것도 좋겠다고 하시기에 나는 정중하게 끄덕였다. 대통령은 당신 자신이 정원일의 전문가였다.

무위로 돌아간 미국 유학

하지만 비극적인 일이 생겨 미국행을 단념하게 되었고 꿈은 산산조각이 났다. 나는 병에 걸려 신열이 높았다. 무섭고 슬프게도 결핵으로 진단이 내려졌다. 북한에 있을 때는 건강한 소년이었는데, 왜 이런 무서운 병에 걸리게 되었는지 알 수가 없었다.

미국에 간다는 꿈은 사라지고, 대신 중학 시절의 같은 반 친구요 문교장관의 비서관이었던 이한빈(李漢彬)이 하버드대학에서 경제학을 배우게 되었다. 나는 실망스러웠으나 병마와 싸울 결의를 굳혔다. 증상이 가벼워 치료만 잘 받으면 치유될 수 있다는 말에 6개월간 페니실린 주사를 맞았다. 동시에 영양 섭취를 잘해서 빨리 회복되도록 노력했으며, 가능하면 충분한 휴식을 취하도록 마음을 썼다. 병은 차차 나아지고 있었다.

한편 남쪽으로 도망 나온 지 얼마 되지도 않은 남동생 호일이가 나에게 반항하기 시작했다. 동생은 나의 조언을 뿌리치고 야간 중학의 등교를 거부했다. 동생은 전진소학교의 우등생으로 우리 집안에서도 가장 총명한 아이였다. 글씨도 잘 썼고 노래도 잘했는데, 국영 중앙방송 등용시험에 최우수 가수로 뽑혀 거기서 상근하는 가수가 되었다.

나는 그게 불안하고 못마땅했다. 그러던 어느 날 친구 임철에게 끌려마지못해 동생이 노래 부르는 극장에 갔다. 동생은 멋들어지게 노래를 불렀고, 관객의 우레와 같은 갈채를 받았다. 나는 속으로 동생의 실력을 자랑스럽게 생각했지만 동생이 학교에 진학해서 공부를 좀더 계속해야 한다는 마음에는 변함이 없었다.

진해에서 장제스를 보좌하다

나는 1949년 봄에 대통령의 지시로 부산에서 서쪽으로 약 40킬로미터 떨어진 진해 해군기지로 가서 이 대통령과 만나기로 되어 있는 국민당의 장제스 총통을 개인적으로 보좌하게 되었다. 국민당 정부가 마오쩌둥의 공산주의 세력에 쫓겨 타이완으로 옮긴 것은 극히 최근의 일이었다.

장 총통은 매일 아침 중국식 복장을 하고 정원 의자에 앉아 눈을 감고 30분 동안 묵상했다. 총통은 내가 나타나면 부드러운 말씨로 "하오 하오"라고 말했다. 이 말은 '훌륭해요'라든가 '좋습니다'라는 뜻이다.

이 대통령은 어느 날 저녁 무렵에 총통과 함께 진해만 일대를 두루 돌았다. 배는 해군의 소형 초계정이기 때문에 소수의 몇 사람만이 동승할 수 있었다. 나도 중국인 통역관과 함께 동승했다. 총통은 아름다운 항만의 경치를 바라보며 기지 주변의 자연 경관에 깊은 인상을 받은 듯 대통령을 향해, "어떤 대가를 치러서라도 이 자연의 요새를 반공 보루로 지켜내야 합니다"라고 하였고, 대통령도 고개를 끄덕였다.

외무장관 비서관 시대

1949년 가을에 나는 대통령이 있는 경무대(현재의 청와대)에서 외무부로 옮겨가도록 지시받았다. 대통령이 나를 기억하고 있었던 듯했고, 나는 대통령 보좌관이 하라는 대로 외무부로 갔다. 대통령은 임병직 장관에게 나를 외교관이 되도록 훈련시키라고 지시했다. 그리고 나는 곧 나

| 필자가 모시던 임병직 전 외무장관(왼쪽부터 이형근 주영 대사, 임병직 전 외무장관, 필자, 허
정 전 대통령 대행)

보다 훨씬 높은 수준의 교육을 받은 두 사람의 비서관을 추월하여 외무
장관 수석 비서관으로 임명되었다.

　외무장관과 나는 서로 마음이 잘 맞았다. 그는 오랫동안 미국의 수도
워싱턴에서 상하이 임시정부의 구미대표부 대표로 활약하다가 이승만
대통령의 요청으로 한국으로 돌아왔다. 이 대통령은 임병직에게 대령에
해당하는 '콜로넬'이라는 대외용 직함을 부여했고 외국인들은 그를 임
대령이라 불렀다. 허나 이 직함은 군과는 아무런 관련이 없었으며, 그는
곧 외무장관에 취임했다. 미국 민주주의의 영향을 받은 그는 정부 각료
들의 권위주의를 몹시 싫어했는데, 보통 각료들의 차에는 전속운전사와
보안 요원이 붙어 다니는 것이 관행이었지만, 외무장관은 호위 없이 자

기가 손수 운전했다.

외무장관은 이 대통령과 마찬가지로 나의 영어 실력을 과대 평가하고 있었기 때문에 외국특파원(대부분이 미국인이지만)이 외무부에 나타나면 나에게 통역하도록 지시했다. 통역일은 두렵고 고달픈 일이었으나, 외무장관은 그런 것에 신경 쓰는 기색 없이 그저 나에게 잘하고 있다고 말해 주었다.

외무부에는 두 개의 그룹이 있었다. 하나는 해외파로, 일본 식민지 시대에 주로 중국의 상하이를 중심으로 살다 온 사람들인데, 어느 정도 영어에 능했다. 또 하나는 내가 '짚신'이라고 부르는 무리들인데, 국내에서 자라고 교육받은 직원을 말한다. 나 자신도 여기에 속했다. 대개의 국내파는 해외파를 부러워했다. 해외파의 대부분은 대학 졸업생 아니면 대학 중퇴자들이었다. 대학 중퇴자들은 이른바 '학도지원병'이란 미명하에 갖은 수단과 방법으로 일본군에 강제로 끌려갔던 사람들이었다. 나는 대학에 진학한 적이 없는 직원이었기에 실무를 통해 외교를 배우고 있음을 강하게 의식하고 있었다.

외교관으로서의 시작

임 장관은 1950년 이른 봄, 나를 도쿄 주재 외교 대표부에 보내고 싶다고 말했다. 나는 외무부 수석 비서관이 된 지 1년도 안 되었고, 외교에 대한 개인적 훈련도 마치지 못한 처지였으므로 당황했다. 그러나 나는 외교관으로서 처음 해외에 부임하게 된 흥분을 감출 수가 없었다. 그것

은 나에게 다가온 커다란 도전이기
도 했다.

나는 주일 대표부 3등 서기관으로
임명되었다. 패전 후 일본은 연합군
점령하에 있었고, 더글러스 맥아더
장군이 최고사령관으로서 절대적 권
력을 쥐고 일본을 지배하고 있었다.
이 대통령은 주일 대표부의 새 책임
자로 김용주(金龍周) 씨를 전권 공사
자격으로 임명했다. 김 공사는 기업
인으로 성공한 사람이었는데, 일본

| 맥아더 연합군총사령부 외교과에 등록
된 필자의 외교관 신분증 사진(1950년)

식민지 시대에 해운 회사를 경영하며 부를 쌓았다. 그는 완벽한 일본어
를 구사했고 일본의 문화와 역사에도 정통했다. 김 공사의 차석으로 교
통부 장관의 비서실장을 하고 있던 김길준(金吉俊) 씨가 참사관으로 임명
되었다. 개인적으로 그를 잘 알고 있었던 나에게 그의 임명은 환영할 만
한 뉴스였다.

외교관 매너에 대한 영부인의 가르침

내가 도쿄로 떠나기 전날, 영부인인 프란체스카 여사가 나에게 '외교
관으로서 해야 할 일과 해서는 안 될 일'을 타이핑한 한 장의 메모를 보
내주셨다. 식탁에서 수프를 마실 때 소리 내지 말 것, 남들 앞에서 이쑤

시개를 쓰지 말 것, 생활을 검소하게 할 것 등등 총 12항목이었다. 이 대통령 부부는 검소한 생활을 하는 것으로 알려져 있었다. 당시 우리나라의 1인당 국민소득은 50달러에도 미치지 못했다.

우리들 세 사람은 일본에서 한국 최초의 외교관계 종사자가 되었다. 일본으로 떠나는 날 동생 호일이와 죽마고우 박임철, 여자친구였던 최숙자가 김포공항에 배웅 나왔다.

내가 전진소학교 시절부터 외교관을 꿈꾸고 있었음을 기억하고 있는 임철이는 나의 부임을 퍽 기뻐해주었다. 여자친구인 숙자와는 몇 달 전부터 교제하던 사이였지만 아직 약혼도 하지 않았고, 또 결혼할 생각도 없었다. 나는 아직 외교관으로서 경력도 그리 많지 않고, 무엇보다도 생활력이 뒷받침되지 않는다는 사실을 알고 있었다. 그러나 숙자와 그의 모친은 우리 두 사람이 곧 결혼할 것이라고 생각하고 있는 듯했다.

우리들은 노스웨스트 항공을 탔다. 외화 부족으로 이 대통령은 참사관 이하의 외교관이 부인을 해외 임지에 동반하는 일을 금하고 있었다. 나는 비행기 안에서 앞으로의 외교 업무에 대한 생각에 잠겼다. 일본어에는 자신이 있었고 식민지 시대에 전진소학교에서 일본어로 수업을 한 일도 있었지만, 일본어를 쓰지 않기로 마음먹었다. 우리나라의 옛 적이었던 일본의 언어를 유창하게 구사하는 것은 나라의 체면을 잃는 것이라고 생각했다.

일본은 당시 국제법상 엄밀한 의미에서 독립국이 아니었다. 그 때문에 나는 맥아더 장군의 GHQ(연합군총사령부)에 외교관 자격 등록을 해야 했다. GHQ에는 외교과가 있어서 국무부의 시볼드 공사가 통솔하고 있었다. 그의 부인은 일본 여성이었다. 외교 절충은 모두 GHQ 외교과와의 사이에서 이루어졌다. 한국은 연합국에 준하는 지위를 부여받았고, 외교관은 미군 PX를 이용함은 물론 열차에서는 1등석을 탈 특권이 있어서, 당시 일본인들에게 선망의 대상이었다.

한국 대표부는 다른 소수의 대표부와 함께 긴자(銀座) 중심부에 새로 단장한 핫토리 빌딩에 자리 잡았다. 나는 미 공군의 폭격을 면할 수 있었던 고급 주택가 '자유의 언덕'에 하숙을 정했다. 급여는 군표로 100달러고, 그 이외에 월 2만 7,000엔의 수당이 따로 나왔다. 당시 환율은 1달러에 360원이었다. 하숙비는 아침저녁 식사대를 합쳐 1만 엔(56달러)이었는데, 하숙집에서 저녁을 먹는 일은 드물었다. 아직 독신인 데다 일본에 온 지 얼마 되지도 않았고, 도쿄 생활에 속히 적응하고 싶어 저녁은 언제나 밖에서 사 먹었다.

하숙집 주인은 스위스에서 교육을 받은 공학박사로 수력 발전소의 소유주였다. 그러나 그는 전쟁 통에 재산의 일부를 잃게 되어 나를 포함한 세 명의 하숙생을 받아들여야만 했다. 그는 『재팬 타임스』 독자였는데, 나는 일본인들이 몇 명이나 제대로 영자신문을 읽고 있을까 생각했다. 그는 주말이면 골프를 즐겼는데, 때로는 GHQ의 장교도 함께였다. 그는 매일 아침 정원에 나와 골프 연습을 했다. 당시 골프에 관해 무지한 나에게도 게임에 합류하는 게 어떠냐고 제안했지만, 그럴 만한 여유가 없었으므로 정중히 그 제안을 거절했다.

김길준 씨는 나를 동생처럼 대해주었다. 그의 부인이 나와 같은 윤(尹)씨여서 우리는 서로를 인척과 같이 생각했다. 김씨는 가끔 나를 나이트 클럽에 데리고 갔고, 우리는 함께 춤도 추었다. 당시 일본 사람들은 가난했기 때문에 나이트클럽이라든가 호화스러운 레스토랑과 같은 화려한 장소에 갈 수 있는 사람은 황족이나 영화배우 정도가 고작이었다.

대표부에서 나는 영사 업무와 맥아더 사령부와의 섭외, 연락을 담당했었다. 대표부 안에서는 두서넛이 영어를 어느 정도 구사하는 정도였다. 나보다 몇 살 위인 존(임씨)은 태평양전쟁 중 중국에서 살며 영어 학교를 다녔기에 영어에 능통했다. 그는 외무부 해외파의 한 사람으로 나에게 여러 가지 양식의 외교 각서라든가 메모를 작성하는 방법을 가르쳐주었다. 나는 재빨리 그 요령을 터득해 직책에 조금이나마 자신을 갖게 되었다.

조선의 마지막 황태자를 알현하다

1950년 봄, 집무 중인 나에게 느닷없이 이은(李垠) 전하가 나타나셨다. 나는 자리에서 벌떡 일어나 깊이 머리 숙여 절하였다. 우리나라 조선왕조의 마지막 황태자 앞에서 내 온몸은 경직되었다.

이은 전하는 열 살 되던 해 한일병합을 정당화시키고 한국 국민을 달랠 목적으로 일본에 끌려와 일본 황족의 일원으로 편입되었다. 한국이 공식적으로 병합되기 3년 전인 1907년의 일이었다. 전하는 일본 황족과 귀족 계급의 자제들을 위한 학교인 학습원에서 교육받았고, 육군 사관학교 졸업 후 전쟁이 끝날 때쯤에는 3성 장군으로 진급하셨다.

일본 황실은 그를 메이지(明治) 국왕의 조카인 모리마시 친왕(親王)의 딸 이방자(마사코)와 혼인시키려 했다. 원래 이방자는 히로히토 천황의 왕비로 지목되었는데, 황실 담당 의사가 그녀가 아이를 낳을 수 없다는 진단을 내려 결혼이 취소된 것으로 알려졌다.

| 도쿄 제국호텔에서 조선왕조 최후의 황태자 이은 전하와 함께(1955년)

　그러나 이은 전하의 헌신적인 왕비가 된 방자(方子) 여사가 훗날 아들
을 낳자, 그 의사는 오진한 사실로 인해 자살했다고 한다.

　이은 전하가 대표부에 나타나신 것은 전하의 애독자에 관한 문제 때문
이었다. 전하께서는 나에게 앉으라고 말씀하셨다. 안경을 낀 전하는 남
달리 키가 작았다. 부드럽게 말씀하시는 품이 노여움을 모르는 분 같았
다. 전하는 우리들의 도움을 청하려고 오신 것이었다.

　전하 말씀이 아들 이구(李玖)가 켄터키주 베뢰아대학에 입학하게 되었
으나, 일본 정부 당국은 아들이 일본 시민이 아니라는 이유로 여권 발급
을 거부했다. 일본 정부는 이은 전하와 그 가족이 태평양전쟁이 끝난 후
일본 시민권을 박탈당했다고 주장했다. 쉽게 말해서 전하는 사실상 나라

를 잃은 무국적자가 되신 셈이었다. 일본 황실과 정부가 전하와의 관계를 단절한 것이다.

나는 일본의 이러한 노골적인 차별에 크게 화가 났다. 전하와 마찬가지로 전하의 아들 이구도 학습원에서 공부했다. 이구는 그와 같은 한 반 친구인 일본 황실의 자제와 함께 미국으로 건너가 대학에 입학하기로 되어 있었던 것이다.

전하는 나에게 아들의 도미 유학을 위해 한국 정부에 한국 여권 발급을 요청해줄 수 없겠냐고 물었다. 우리들은 그 즉시 서울에 전하의 요청을 검토해달라고 요청했다. 그러나 슬프게도 이승만 대통령은 이를 거부했다. 여기에는 대통령 개인의 이유가 있었다.

대통령은 20세기 직전에 조선왕조의 타도를 주창했다는 이유로 체포되어 심한 고문 끝에 종신형을 선고받아 7년을 복역하고 석방된 바 있다. 태평양전쟁이 끝난 후 한국 사회 일각에서는 조선왕조 재건 운동이 일고 있었다. 상황이 이렇다 보니 왕조에 대한 대통령의 반감과 이은 전하에 대한 경계심 또한 충분히 이해가 갔다. 대통령은 전하가 고국에 돌아오게 되면 자신에 대한 잠재적인 위험이 될 것으로 생각했을지도 모른다.

결국 맥아더 사령부가 여행증명서를 발급해 이구의 미국행이 가능하게 되었다. 그는 후에 MIT(매사추세츠 공과대학)를 졸업하고 건축가가 되어 미국 여성과 결혼했다.

이은 전하는 일본에서 40여 년 이상의 세월을 허송하며 건강도 많이 해치셨는데, 1963년에 가서야 박정희 대통령의 배려로 겨우 고국으로 돌아오게끔 승인되었다. 전하와 방자 여사는 정부 예산으로 창덕궁에서 기거하도록 허용되었으나, 전하는 뇌혈전증으로 7년간 입원해 실질적으로 왕궁에 머물렀던 기간은 길지 않았다. 이은 전하는 1970년에 세상을 떠났다. 박 정권은 전하가 왕족이었다는 점을 감안해서 그에 상응하는 경의를 표해 9일장으로 치렀다. 이 일은 격동기 한국사에 슬픈 기록으로 남아 있다.

한국전쟁 발발

1950년 6월 25일은 일요일이라 보통 때보다 좀 늦게 잠에서 깼다. 일본은 이미 장마철로 접어들었는데, 이날은 비가 오지 않았다. 나는 아침 식사를 끝내고 쇼핑도 할 겸 긴자로 산책을 나갈 예정이었다.

지하철로 긴자에 좀 못 미친 신바시(新橋)까지 가서 거기서 긴자 쪽을 향해 걷고 있는데, 신문 판매대에서 한국에 관한 중대 뉴스를 전하는 신문 호외를 보았다. 나는 고작해야 국경선 근방에서의 충돌쯤이 아니겠는가 생각했다. 그동안 몇 달에 걸쳐 충돌 사건의 수가 차차 늘어나는 추세였기 때문이다. 그러나 상황은 내 예상보다 더 안 좋은 쪽으로 흘러가고 있었다. 신문은 한국전쟁의 발발을 전하고 있었다. 나는 이 소식을 알고 즉시 대표부로 달려갔다.

서울에 있는 가족과 연락을 취할 방법은 없었다. 우리집에는 전화도 없었다. 게다가 대표부에서의 긴박함 속에서는 가족의 운명을 생각할 여유조차 없었다.

이날 오전 4시경 38선에 접한 7개의 전방에서 20만이 넘는 북한 공산군이 탱크와 대포, 소련제 야크식 전투기 등을 동원하여 전면적인 기습 공격을 가해온 것이다. 가벼운 장비만을 갖춘 한국군은 그러한 대규모 공격에 대항할 수가 없었다. 한국 측은 그 당시 38선에 연한 방위 거점에 4개 사단을 배치하였을 뿐, 탱크도 대포도 전투기도 없었다.

전쟁이 일어났을 때 GHQ 정보국에는 한국에 관한 정보가 거의 전무했다. 그들은 소련이 계속해서 동아시아 국가 중 일본을 향해 제2의 전선을 펼칠 것을 두려워했다. 나는 정보국 회의에 참석했다. 회의에서는 적군 게릴라가 일본 연안 삼림지대에 상륙할 가능성 여부를 놓고 의논이 한창이었다. 그곳에 모인 사람 중 북한의 진정한 의도가 무엇인지 아는 사람은 한 명도 없었다.

맥아더 사령부와의 연락과 섭외활동

맥아더 장군은 트루먼 대통령의 명령을 받아 일본 규슈(九州)에 주둔 중이었던 제24보병사단을 한국 전선에 투입하기로 결정하고 그 사령관인 윌리엄 딘 소장을 GHQ로 불렀다. 딘 소장은 1948년 8월 한국 정부가 수립되기 전, 처음에는 제24사단 사령관으로, 그리고 나중에는 군정장관으로 한국에서 일한 사람이었다.

그는 맥아더 장군으로부터 이러한 명령을 받았을 때, 장군에게 한 가지를 요구했다. 군정장관 당시 보좌관 겸 통역관이었던 김길준의 도움 없이는 한국의 전쟁터에서 활동이 불가능하다는 것이었다. 김길준은 당장에 맥아더 사령부로 불려 가서 딘 소장을 지원하도록 요청받았다. 그는 대표부로 돌아와 김 공사에게 그 사실을 알렸다. 평상시 같으면 그러한 조치를 취할 수 없었다. 이러한 조치는 한 나라의 주권과 관련되어 있으므로 심각한 외교적 문제를 일으키게 되기 쉽기 때문이다.

그러나 이 전쟁에서 맥아더 장군은 연합군 최고사령관으로서 문자 그대로 한국의 운명을 쥐고 있었다. 한국전쟁은 우리나라의 전쟁임과 동시에 세계 열강들의 전쟁이기도 했다. 나는 김씨에게 나 역시 미군 통역으로 도움이 될지 모르니까 함께 한국으로 가고 싶다고 말했다. 그는 그럴 필요가 생기면 나를 부르겠다고 약속했다. 그는 서둘러 출발해야만 했기 때문에 집에 돌아가서 처자에게 작별을 고할 시간조차 없었다.

각종 전쟁 지원 업무

GHQ는 우리 대표부에 지원 요청을 해왔다. 나는 오전 중에는 대표부에서 일하고, 오후에는 GHQ에서 G-2(정보참모 제2부)로 가서 한국어로 된 전단을 만들게 되었다. 영어로 된 원문을 우리말로 번역하는 일인데, 영어 실력 부족 때문에 번역하는 데 한참 애를 먹었다. 그야말로 시간과의 싸움이었다.

나는 시간을 들여 영어로 된 메시지 내용을 우리말로 옮기려고 했다. 직역은 무의미할 수도 있었다. 글씨 쓰기가 서툴러서 등사판의 기름종이에 깔끔하게 옮기는 데도 한참 애를 먹었다. 글씨를 쓴다기보다 그림을 그리는 꼴이었다. 그런 뒤에 미군 병사가 기름종이 위에 까만 잉크를 바른 롤러를 굴려가며 몇 시간이고 수만 매의 전단을 등사판에서 찍어냈다.

전단은 북한 공산군의 점령하에 있는 서울 시민에게 트루먼 대통령이 유엔의 위임을 받아 한국전에 개입하기로 결정했다든가, 맥아더 장군이 16개국으로 구성된 연합군의 최고사령관으로 임명되었다는 등의 내용을 전하기 위한 것이었다. 전단의 앞면에는 맥아더 장군과 참모 등의 사진을 실었고, 뒷면에는 무스탕 전투기 편대의 사진 밑에 "한국 동포들이여! 절망하지 마시오! 공산군을 격퇴하기 위해 미국과 연합군이 한국에 군부대를 급파하기 시작했습니다"라고 써넣었다.

또 GHQ는 한국 국민들이 시간에 맞춰 유엔군 뉴스나 발표문을 들을 수 있도록 실시간 라디오 방송을 보내주었다. 나는 미군 비행기가 이 전단을 20만 내지 30만 매씩 살포했다는 이야기를 들었다.

나는 훗날 로스앤젤레스에서 열린 사진전에서 내가 쓴 전단의 복사본을 발견했다. 이 사진전은 1990년에 한국의 총영사관 문화원이 한국전쟁 발발 40주년을 기념하여 개최한 것이었다.

북한 공산군은 이틀 만에 서울 주변까지 접근했다. 6월 27일 심야에 경무대의 대통령 관저로부터 전화가 걸려왔다. 대통령 보좌관은 나에게 GHQ에 전화를 걸어 이 대통령이 맥아더 장군과 통화가 가능한지 물어봐달라고 하였다. GHQ에 전화를 걸어보니 마침 참모장인 에드워드 아몬드 소장과 전화 연결이 되었다(맥아더 장군은 이 사람을 '너트'라고 불렀다). 내가 소장에게 대통령 보좌관의 이야기를 전하자 그는 혹시 비행기에 관한 것 때문이냐고 물었다. 그래서 대통령 보좌관에게 다시 물어 사실을 확인하고는 그렇다고 대답하자 아몬드 소장은 대통령과 최고사령관이 전화로 이야기할 필요는 없다고 했다.

맥아더 장군은 벌써 침실에 들어가 있었다. 소장은 후쿠오카(福岡)의 이타즈케 공군기지에 10대의 전투기가 대기 중이며, 한국의 파일럿이 거

| 필자가 만든 전단의 앞면(위)
과 뒷면(아래)

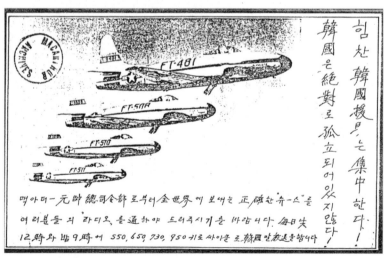

기에 도착하는 대로 인수할 수 있다고 하였다. 전투기는 미 공군의 P-51 스타파이터였다. 전화로 서울의 소음이 들렸다. 북한 공산군의 폭격 소리 같았다.

검은 구름이 잔뜩 덮인 상황에서 그것은 희망과 용기를 북돋아주는 참으로 반가운 소식이었다. 김 공사도 나도 군에서 일한 경험이 없기 때문에 이들 전투기만 가지고도 이 전쟁에서 쉽게 이길 수 있을 것이라고 생각했다. 그러나 그것은 한참 잘못된 생각이었다. 6월 28일에는 서울이 북한군 손에 들어갔고, 대통령과 정부는 서울에서 남쪽으로 약 80킬로미터 지점인 대전으로 도망치지 않을 수 없게 되었다.

전쟁 발발시 정일권 육군참모차장은 미국 시찰 중이었다. 그는 귀국길에 도쿄에 잠깐 들렀다. 정일권 육군참모차장과 나는 그가 대위 시절부터 알던 사이였다. 자정이 되어 수원으로 가는 비행기를 타기 전에, 우리들은 메구로구에 있는 기잔야라는 고급 일본 여관에서 저녁식사를 했다.

상기된 정 장군은 한국군이 8개 사단으로 편성돼 있는데, 전방에 4개단, 후방에 4개단이 배치돼 있다고 했다. 그중 4개 사단만이라도 남아 있으면 재편성하여 반격할 수 있을 것이라고 말했다.

나는 일본 여관을 나와 그를 데리고 밤늦게 가랑비 속을 뚫고 하네다 공항으로 갔다. 심야라 그런지 쌍발 비행기가 대기하고 있었는데, 어쩐지 부실해 보였다.

10여 명의 미군 장교들이 탑승하게 되었는데, 정 장군이 제일 먼저 타게 되었다. 나는 우울한 분위기 속에서도 그를 격려하며 전송하려 했으나, 고뇌와 불안감을 느끼지 않을 수 없었다. 그런데 수일이 지나도 본국으로부터 그에 관한 소식이 오지 않았다. 그러다가 그가 육해공군 총사령관으로 임명됐다는 전문이 날아왔다. 우리 모두는 안도하며 34세인 그의 전승을 빌 뿐이었다.

훗날 그에게 들었는데, 그때 기류가 나빠서 수원에 착륙하지 못하고 규슈의 미 공군기지로 돌아갔었다고 했다.

한국 정부는 그 뒤로도 남쪽으로 더 후퇴하여 서울에서 남쪽으로 240킬로미터 정도 떨어진 대구로 피신해야만 했다. 이즈음 정부로부터 긴급전화가 와 일본 적십자사의 의료장비를 요청하기로 했다.

나는 김 공사와 함께 일본 적십자사의 시미즈 총재를 방문했다. 김 공사는 총재실로 들어가자마자 총재에게 머리를 깊이 숙여 내가 민망스러울 지경이었다.

회담은 부드럽게 진행되어 지원 약속을 받았으나, 나는 대표부로 돌아오는 차 안에서 김 공사의 비굴한 태도에 항의하지 않을 수 없었다. 나로서는 김 공사의 태도가 주일 한국 대표부 공사로서 굴욕적으로 보였기 때문이다. 김 공사는 하급 서기관인 나의 말투가 못마땅해 화를 내면서 나의 말을 되도록 무시하려 들었다. 그런데 내가 계속해서 그의 비서관으로 남아 있었음에도 불구하고, 정작 중요한 일은 다른 대표부 직원에게 시키는 것이 아닌가? 나와 김 공사 사이는 그 뒤로도 몇 달 동안 냉랭했다.

일본 대학의 교육을 받고 식민지 시대에 일본인과 함께 일한 한국 사람이 대개 그러하듯이, 상관인 김 공사 역시 한국에 정부가 수립된 후에도 일본인과의 관계에 있어 저자세였다. 그 사람들은 어떤 의미에서 볼 때, 마치 학교 선배에게 복종하는 오랜 습성에서 벗어나지 못하고 있는 것 같았다.

일본과 한국 문화에서는 상급생과 하급생 사이와 같은 상하관계가 섭게 눈에 띈다. 그것이 학생 신분에서 벗어난 후에도 일본이나 한국 사회에서의 업무관계에 나쁜 영향을 주고 있다. 그러한 관습이 오늘날까지도 계속해서 이어져 파벌 근성을 만든 것이다.

일선에서 싸우는 용감한 병사들을 부지런히 표창해야 할 필요성 때문에 우리들은 국방부의 지시에 따라 일본에서 훈장과 메달을 조달하게 되었다. 나는 도쿄에서 군대 메달을 판매하는 가게를 찾아보았지만 눈에 띄지 않았다. 그런 가게들은 패전 후 모두가 폐업되었다. 나는 도쿄 거리를 며칠이고 뒤진 결과 거우 소형 메달 제작소를 발견하고 한국군 앞으로 수만 개의 메달 꾸러미를 보냈다.

한국전쟁 발발 이래 긴자를 중심으로 자리한 대표부는 미친 듯이 여러 가지 일들을 계속했다. 나는 몇 주 동안 대부분의 시간을 그곳에서 보내며 일도 하고 잠도 잤다. 심적인 부담은 점점 커져만 갔다. 자유 시간도 없었으며 식사 한 번 제대로 한 적이 없다.

대표부에서 나는 별별 일을 다 했다. 도쿄역에 나가서는 한국인 학생 의용군을 전선에 내보냈다. 나는 그럴 때마다 내 고향에서의 송별회를 회상했다. 일본은 태평양전쟁 말기 수개월 동안 나의 많은 동창들을 병역으로 내몰았다. 출발하는 학생이 태극기를 흔들었을 때, 나는 여기서도 남게 되는구나 하는 죄의식을 느꼈다.

요코하마항에 가서 일본조폐공사가 찍어 부산으로 보내는 한국 통화 적재 화물을 확인하라는 지시를 받은 일도 있었다. 수많은 한국 통화를 확인할 방법은 없었으나, 미국인 담당관이 나에게 많은 문서에 서명하도록 했다. 일본은 당시 연합군 물자의 거대한 저장 기지화가 되어 있었다. 한국전쟁의 비극은 일본의 산업 기반을 재건시켜 일본 경제의 발전을 크게 촉진하였다.

9월 초에는 이승만 정권이 부산으로 쫓겨 한국의 지배 지역이 부산 주변으로 한정되었다. 이러한 위기 속에 대통령이 나를 다섯 명의 젊은 외교관 중 한 사람으로 뽑아 워싱턴으로 보내 국무성 외무연수원에서 3개월간 외무 훈련 코스에 참가시키기로 결정했다는 사실을 외무장관으로부터 들었을 때 나는 내 귀를 의심했다. 나는 2주일 이내에 짐을 꾸려 워싱턴으로 떠나도록 지시받았다. 나는 이러한 국가적 위기 아래서도 젊은 외교관을 키우려는 대통령의 결정에 마음속으로 박수를 보냈다. 그것은 미래를 내다본 이 대통령의 용기 있는 결단이었다.

9월 15일 맥아더 장군의 연합군 부대가 서울 서쪽 30킬로미터 밖에 있는 서해안 인천에서 세계 전쟁사에 빛날 최대 규모의 상륙작전을 단행했다. 여기에는 미군의 226척의 함정과 상륙용 선박을 선두로 7개국 261척의 함선이 참가해 7만 명의 미군과 한국군 2개 연대의 해병대가 상륙했다. 한국 해병대는 상륙작전의 경험이 없었으므로 처음에는 맥아더 장군의 계획에서 제외되었으나, 한국군이 직접 공산주의자의 손에서 서울을 탈환한다는 데 의미가 있다는 주장으로 인해 합류하게 되었다.

연합군 부대가 인천에 상륙하고 13일 뒤, 한국의 2개 연대 병력의 해병대가 서울 중앙청에 태극기를 게양했다. 이 태극기는 한국을 구출해낸 트루먼 대통령의 용기 있는 결단에 감사하는 뜻에서 후에 서울을 해방시킨 해병대의 이름을 써넣어 트루먼 대통령에게 기증했다.

3

미국에서의 모험

첫 미국행

우리 일행은 각각 워싱턴 주재 한국 대사관 오일육 3등 서기관(오세창의 막내 아들), 로스앤젤레스 이홍렬 부영사, 호놀룰루 오중정 부영사, 외무부 본부 직원 오길영 등이었다. 나와 동행한 외무부 본부의 오길영은 하네다 공항에서 B-29 폭격기를 개조한 노스웨스트 항공의 스트레이트 크루저 기종에 탑승했다.

나는 미국으로 출국하기 전에 경무대에서 보낸 외교행낭을 받았다. 특별 지시에 따라 그 행낭을 직접 장면 주미 대사에게 전달해야 했지만 나는 그 속에 무엇이 들어 있는지는 알 수 없었다.

미국으로 가고 있는 동안, 우리 모두는 흥분과 호기심을 억제하기가 힘들었다. 나는 파란 눈을 한 금발의 미녀 승무원과 흰 상의를 입고 기내식을 나르는 남승무원을 보며 긴장하고 있었다. 외교관으로서의 예절에 대한 영부인의 조언을 계속해서 떠올렸다. 여성 승객은 거의 눈에 띄지 않았다. 비행기는 오랜 비행 끝에 연료를 넣기 위해 알류샨 열도의 셰미야섬에 착륙했다. 이 외딴 섬이 우리가 처음 밟는 미국 영토인 셈이었다.

나는 공항 라운지에서 향수를 느꼈다. 그러나 애타게 그리워할 집도

전쟁 때문에 없었다. 통신이 두절되고 가족이 어디에 있는지조차 알 수 없었기 때문일는지도 몰랐다. 저녁때쯤 나와 오길영 씨는 알래스카 앵커리지 비행장에 도착하였다. 내가 세관을 통과할 때 백발의 세관원이 외교 행낭 속에 무엇이 들었는지 물어보았다. 나는 상부의 지시를 받아 행낭을 워싱턴 한국 대사관에 배달해야 하며, 그 속에 무엇이 있는지는 모른다고 답하였다. 그 세관원은 미소를 지으며 나를 통과시켜주었다. 나는 정말 그 묵직한 행낭 속에 무엇이 있는지 몰랐지만, 다만 외교 특권의 위력을 처음 맛보는 기분에 들떴다.

공항 대합실에서는 전투복을 입고 무장한 미국의 많은 젊은이들이 한국 전선으로 향하고 있었다. 수백 명의 미국 병사들이 한국을 구하기 위해 전쟁터로 가는 길이었다. 그중에서 많은 이들이 두 번 다시 고향으로 돌아올 수 없을 것이다. 그 반대 방향으로 가고 있는 나는 두말할 것도 없이 무거운 죄책감을 느꼈다. 우리들은 또다시 비행기에 올랐고, 나는 그 안에서 잠을 청했다.

시애틀 공항에서 시애틀 항만 청장의 영접을 받았는데, 그는 해군의 퇴역 제독으로 내가 외무장관 비서관이었던 시절 친선사절을 이끌고 서울에 온 적이 있는 사람이었다. 그는 우리들을 시내로 안내했고 점심식사에 초대했다. 오길영 씨는 나에게 '노랑택시'는 황인종을 위한 것이냐고 물었다. 나는 웃음이 나왔으나 곧이어 1900년 초의 '황색인종 추방법'이 생각났다. 그러나 나는 그 노랑택시가 인종 차별의 수단인지 아닌지는 알 수 없었다.

우리들은 다음으로 미니애폴리스-세인트폴 공항에 닿았다. 공항 식당에서 오씨는 파리를 보고는 "미국 파리나 한국 파리나 같아 보이누만"

하고 말했다. 그러자 내가 "그럼 어떤 파리가 있을 거라고 생각했나? 미국 파리는 하얀 줄 알았나?" 하며 그를 놀리니, 모두가 배꼽을 잡고 웃었다. 우리에게는 모든 것이 새로웠다.

외무연수원에서의 연수

우리들은 만 사흘 후, 꿈에 그리던 미국의 수도 워싱턴에 도착했다. 우리 속담에 '그림의 떡'이라는 말이 있는데, 그 시대의 많은 한국 젊은이들은 미국으로 간다는 것을 참으로 그림의 떡으로 생각했다. 세계에서 가장 강한 미국의 수도는 정말 아름다웠다.

우리들은 도착 즉시 주미 한국 대사관을 방문해 도착 신고를 했다. 깜짝 놀란 것은 그 행낭 안에서 소련제 따발총(기관단총)이 나왔다는 것이다. 그 당시 우리 대사관에는 무관부가 없었다. 직원 중 군에 복무해본 사람도 없어서, 그 분해된 총을 다시 조립하는 데에도 몇 시간이 걸렸다. 이 총이 바로 미국의 유엔 대표인 오스틴 대사가 안전보장이사회에서 높이 치켜들며 소련이 한국전쟁에 직접 개입돼 있다는 증거로 제시했던 것이었다.

일행 중 조지(한국명 오중정)와 나는 워싱턴 북서부 코네티컷 거리 근처 19번가에서 하숙집을 찾아냈다. 호놀룰루 부영사인 오중정은 제2차 세계대전 후 상하이로부터 귀국한 외무부 해외파였다. 방세는 월 40달러였다. 식사는 나오지 않았고 욕실은 홀에 있었다. 취사 조리 시설이 없었으므로 우리들은 외식에 의존했다. 한국 외무부가 외무연수원에서의 수업료를 부담하고, 우리들에게 매월 200달러의 수당을 주었다.

외무연수원에는 7개국에서 온 14명의 젊은 외교관이 있었는데, 그중 한국 출신이 5명으로 제일 많았다. 우리들은 항상 정장을 갖춰 입었다. 나는 도쿄에서 곧잘 매었던 하늘색 나비넥타이를 좋아했다.

연수생은 2명의 미국인을 제외하면 모두가 새로 독립한 식민지의 풋내기 외교관들이었다. 두 미국인은 각각 하버드대학과 예일대학 출신이었다. 당시 까다로운 외교관 시험에 합격하는 사람은 아이비리그 출신들뿐이었으며, 시험은 필기와 구두 두 가지가 매년 교대로 치러졌다.

| 미 국무성 외교연수원 훈련생 시절(필자는 앞에서 셋째 줄 왼쪽 첫 번째, 1950년 9월)

연수생은 이스라엘 사람 하나, 파키스탄 사람 둘, 실론 사람 하나, 인도네시아 사람 둘, 버마 사람 한 명이 포함되었는데, 그들은 모두 선진국이었던 옛 종주국 덕분에 옥스퍼드나 케임브리지, 소르본 등에서 교육을 받은 자들이었다. 우리 한국팀은 일본식 제도 아래 교육을 받은 사람들이었는데, 대학 문턱에도 가본 일이 없는 사람은 나 혼자뿐이었다. 열등감과 두려움이 앞선 나는 그들의 학력이 부러웠다.

우리의 훈련 주임을 맡은 넬슨 존슨은 루스벨트 정권 아래 극동담당 국무차관보와 외교대사를 지낸 사람이었다. 그는 우리에게 자기는 만주 봉천(奉天)에서 부영사로 외교관 생활을 시작했노라고 말했다. 그는 굉장한 유머 감각의 소유자였으며, 나에게는 아버지와도 같은 존재였다.

우리들은 오랫동안 브린마워대학에서 교수를 지낸 찰스 펜윅 교수의 지도하에 국제법 교과서를 몇 주일 만에 독파했다.

당시 이미 70세에 들어선 펜윅 교수는, 1918년 제1차 세계대전 후 베르사유 강화회의에서 윌슨 대통령의 법률고문 역할을 했었다. 교수는 라틴아메리카 문제에도 조예가 깊었는데, 부인이 브라질 여성이었다.

그의 유머는 국제법 강의를 활력 넘치게 하는 중요한 요소였는데, 그것을 이해하는 데 어려움을 많이 느꼈다. 그래도 강의를 듣는 사람들 가운데서는 나와 조지만이 그 일부라도 어떻게든 이해할 수 있었다. 강의가 끝난 후에 우리들은 그 내용을 놓고 자주 이야기했고, 주로 조지와 내가 통역 역할을 했다. 아마 우리는 틀림없이 여러 번 강의 내용을 오도했을 것이다.

1950년 10월 2일, 유엔군은 38선을 넘어 한국전쟁 사상 최대 규모의 반격을 개시했고, 10월 19일에는 한국군 제1사단이 미국 제5기병연대보다 앞서 평양에 돌입했다. 이 두 부대는 북한의 수도 돌입을 다투었다. 그러나 북한 공산주의자들의 수령인 김일성을 생포하는 일은 실패로 끝났다. 그는 그때 이미 중국과의 국경인 압록강 부근의 험준한 산악지대로 도망쳐 있었다.

외교관 활동 중단

11월 초 주말 펜실베이니아주 메디나에 있는 서재필 박사댁을 방문하게 되었다. 나는 한국 근대화와 민주화의 아버지를 다시 만날 수 있게 된다는 기대감 때문에 흥분돼 있었다.

그런데 그 직전에 높은 신열이 나를 덮쳤다. 해열제를 먹었지만 효과가 없었고, 고열 상태는 일주일 이상이나 계속되었다. 결국 구급차를 불러 조지 워싱턴 대학병원으로 갈 수밖에 없었다. 엑스레이 검사 등의 정밀진단 결과 인플루엔자 바이러스로 인한 폐질환이라는 진단을 받았고, 나는 그 즉시 격리 병동으로 이송되었다.

나는 큰 충격을 받았다. 온 세상이 머리 위로 무너져 내리는 것 같은 느낌이었다. 외교관이 되겠다는 평생의 꿈이 산산조각 나는 것 같았다. 나는 이렇게 해서 외국 땅에서 생을 마감하게 되는 것인가? 내 가족은 어디에 있는 것인가? 유엔군이 평양을 넘어 계속 전진하고 있는 지금, 사랑하는 호숙 누님과 그의 가족은 어떻게 되는 것인가. 내가 아무리 희망한들 어머니께 나의 병을 알릴 방법은 없었다. 나는 언제나 가족들의 평생에 걸친 깊고 깊은 한을 푸는 것이 내 숙명이며 의무라고 생각해왔는데, 여기서 죽음의 위험을 맞게 된 것이 아닌가.

하지만 가족들을 생각하자니 그들이 내게 결코 절망하지 말라고 말해주는 것 같았다. 한국인들은 인간이 '사주팔자'에 따라 일정한 운명을 지니고 태어난다고 믿는데, 중요한 것은 운명을 그대로 무기력하게 받아들이는 것이 아니라 스스로의 노력으로 최대한 발전시켜야 한다는 것이다. 한국 민족의 특징 가운데 하나를 꼽자면 탄력성을 들 수 있다. 이는 큰 곤란에 직면하게 되더라도 그것을 극복하고 넘어서는 노력을 뜻한다.

나는 병동 한 귀퉁이에 있는 집중치료실에 수용되었는데, 신열이 상당히 내린 후에는 문병객을 만나도 좋다는 허락을 받았다. 나의 병은 전염성이 있어서 문병 온 사람들은 마스크를 써야만 했다. 한국의 연수원 동료들이 일주일에 두 번씩 병원에 와 용기를 북돋아주며, 빨리 나아서 통역 역할을 맡아야 한다며 나를 위로했다.

미국인 동료인 짐 트루먼은 문병 오는 길에 로버트 프로스트의 두툼한 시집을 가져왔다. 나는 그때까지 미국의 시를 읽은 적이 없었는데, 그것을 몇 번이고 읽으며 그 시의 참뜻이 무엇인지 알고자 애썼다. 그리고 어느 순간 나는 자연의 아름다움이라든가 자연과 인간의 조화가 왜 필요한지를 느낄 수 있었다.

맥아더 장군의 인천상륙작전

9월 15일 인천상륙작전이 성공한 뒤, 맥아더 장군은 10월 2일에 유엔군이 38선을 넘어 북한 공산군을 어디까지 추격할 것인가를 밝히도록 지시했다. 이른바 맥아더라인은 북한 땅에서 가장 잘록하게 들어간 부분인, 황해에 접한 서해안 부근의 정주에서 동해안의 함흥에 이르기까지 그어졌다. 그런데 이 지시는 맥아더 사령부와 워싱턴 사이에 지극히 미묘한 문제가 되었다. 펜타곤(미국 국방부)이나 국무성 그리고 백악관 등은 전쟁이 만주로 확대되어 중국이 참전하게 될까 걱정이었다.

트루먼 대통령과 맥아더 장군은 10월 15일 웨이크섬에서 만나 앞으로의 전쟁 문제를 협의했고, 트루먼 대통령은 맥아더 장군에게 유엔군이 중국 국경까지 진출해 중국을 자극하지는 말아야 한다고 밝혔다. 맥아더 장군은 트루먼 대통령에게 중공군이 북한에 들어와 유엔군과 싸우게 될 가능성은 없으며, 얼마 안 가서 전쟁은 끝나고 미국의 젊은이들이 크리스마스에는 귀국길에 오르기 시작할 것이라고 장담했다.

유엔군의 후퇴

그러나 중국의 전쟁 개입 의도에 관한 맥아더 장군의 장담과는 정반대로 섬뜩한 징후가 나타나기 시작했고, 10월 말에는 전진 중인 한국군 전면에 중공군 정찰대가 모습을 드러내기 시작했다.

10월 24일에는 전면적인 공격 명령이 내려져 한국과 미국의 공격부대가 압록강과 두만강을 향해 북한의 변방 깊숙이 진격했다. 계획상으로는 한국군만이 양대 강을 향해 진격하도록 되어 있었다. 미국의 합동참모본부는 이 계획이 중국을 도발해 전쟁에 개입하게 만드는 것을, 나아가 최종적으로는 소련까지 끌어들이게 되는 것을 두려워했다.

결국 백만이 넘는 중공 의용군이 개입해 진격 중인 유엔군 부대를 향해 이른바 '인해전술' 공격을 가하면서 유엔군은 퇴각할 수밖에 없는 상황에 놓였다. 승리가 눈앞에 있다고 생각했던 한국군에게 퇴각은 한마디로 쓴잔을 마시는 격이었다.

한반도 동북부 산악지대에서는 겨울 기온이 영하 20~30도까지 내려가므로, 많은 병사들이 동상에 걸려 전선에서 떠나지 않으면 안 되었다. 마오쩌둥의 이른바 전설적인 게릴라전이 대대적으로 적용되는 가운데, 미군과 한국군은 굴욕적으로 후퇴할 수밖에 없었다.

놀라운 일은 마오쩌둥 군대가 미군의 강점과 약점을 잘 알고 있었다는 점이다. 포로들로부터 압수한 중국의 미군에 관한 정보자료를 보면, 미군의 강점으로 우수한 전투기와 탱크, 대포류 등을 들고 있었다. 이에 중공군은 진격해오는 미군을 정면으로 공격하는 것이 아니라 험준한 산악을 이용한 야간활동을 강화했다. 미군의 약점으로는 미군이 전선의 배후에서 공격당하면 맥없이 무너진다는 것을 들고 있었다. 사실 미군은 배후로부터 공격당하면 당장에 사기가 저하되는 경향이 있었다.

트루먼 대통령의 맥아더 장군 해임

맥아더 장군은 만주를 폭격해 중공군이나 그 후방의 수송 루트를 괴멸시키기를 바랐지만, 제3차 세계대전을 촉발시킬지도 모른다는 워싱턴의 격한 반대에 부딪쳤다. 트루먼 대통령은 결국 4월 11일에 맥아더 장군을 해임했다.

1월 말에는 유엔군이 38선 이남까지 후퇴했고, 수십만의 북한 피난민이 남으로 내려가려고 동해안의 청진과 홍남항구로 모여들었다. 10만에 가까운 난민이 소형 어선으로 탈출했고, 그와 거의 같은 수의 피난민이 후퇴 중인 미군 LST(상륙용 주정)에 구원을 청했다.

그 비참함은 글이나 말로 다할 수 없는 것이었다. 많은 난민이 물에 빠지고 많은 사람들이 어쩔 수 없이 사랑하는 사람들과 이별해야만 했다. 서해안에서는 1951년 봄까지 피난민의 흐름이 그치지 않았다. 준비가 부족한 한국 해군이 6만 2,000명이 넘는 피난민들을 실어 나르는 일을 맡았다.

이승만 정부는 1월 3일 또다시 부산으로 후퇴를 해야만 했고, 서울 시민도 다음 날 4일 매서운 추위 속에 남으로 도망치기 시작했다. 중공군이 서울을 점령했고, 서울은 이번 전쟁에서 네 번이나 주인이 바뀌었다. 이 해 겨울 유달리 심한 폭설이 내렸고 한강은 얼어붙었다. 난민의 고초는 극에 달했다.

북한의 굶주린 국민들이 불과 2개월 전에 품었던 자유라는 꿈은 유엔군의 후퇴로 산산조각 났다. 남녀노소 할 것 없이 수천의 북한 난민들이 혹독한 추위 속에서 절망적으로 평양 대동강 다리를 건너는 비극적인 광경을 그 누가 잊을 수 있겠는가? 서울의 시민들 역시 공산군(이번에는 북한 인민군과 중공군)의 점령을 피해서 또다시 피난길에 올랐다.

이데올로기 항쟁의 명분을 내세운 이 골육상쟁은 도대체 무엇 때문에 발생한 것인가? 누구 때문에, 누구를 위해 싸운 것인가? 인민을 위한 것이었던가? 그것은 결코 아니며 인민은 이 전쟁의 희생물에 지나지 않았다. 사랑하는 사람을 잃은 것에 대한 이 '한'의 상념은 영구히 계속될 수밖에 없었고, 인민들은 헤아릴 수 없는 물질적 손실을 당할 수밖에 없었다. 심리적인 트라우마를 겪고 상처를 입은 것은 두말할 여지가 없다.

앨버커키로의 기나긴 열차 여행

워싱턴 대사관은 나의 입원이 장기화되는 것을 근심하기 시작했다. 대사관 예산은 적은데 나의 입원비 지출이 큰 부담이 되었던 것이다. 나는 이 사정을 알고 자선 요양원을 물색하기 시작했다.

저간의 사정을 알고 중병환자들을 주기적으로 방문하는 루겐즈 목사에게 어려운 사정 이야기를 털어놓자 목사님은 장로교단에 이야기해보겠다고 약속했고, 일주일 뒤 좋은 소식을 가지고 돌아왔다. 뉴멕시코주 앨버커키의 장로병원이 나를 무료로 받아주겠다는 것이다. 나는 대사관의 무거운 짐을 덜어주게 되어 기뻤지만 미지의 그곳이 너무나도 멀게 느껴졌다.

연수원의 앤 레니엘이 나와 함께 가주겠다고 했지만, 대사관은 다른 누군가를 함께 보내려고 생각했다. 그런데 자원해서 갈 사람이 쉽게 나타나지 않았다. 열차의 격리된 방에서 결핵환자와 장거리 여행을 한다는 것은 누구에게나 위험한 일이었기 때문이다. 그러나 결국 고맙게도 김세선 참사관의 비서 베티 브라휘가 동행을 자원하고 나섰다.

나는 만 26세가 되는 생일날 열차의 좁은 객실 안 침대에 눕고, 베티는 마스크를 하고 창가 의자에 앉아 있었다. 시카고행 열차를 타고 가던 우리들은 남으로 향하는 산타페행 열차로 갈아탔다. 미국 중서부를 향해

달리는 열차의 차창을 통해서 얼어붙은 미시시피강을 보았다. 나는 그 광대한 겨울 경치를 보며 엄습해오는 외로움에 잠겼다.

나는 기운도 없고 움직일 수도 없어서 침대 속에 꼼짝 않고 누워 베티와는 거의 대화도 나누지 않았다. 베티가 나를 돌봐주는 것이 크게 고마웠지만, 베티에게 병이 옮을까 두렵기도 했다.

열차는 밤이고 낮이고 계속 달렸다. 가끔 뿜는 기적소리가 고요한 전원의 침묵을 깼다. 난생처음으로 삶과 죽음이라는 엄연한 문제에 맞서게 되자 별안간 향수에 젖어 사랑하는 고국과 벗들, 그리고 무엇보다도 가족 생각이 간절해졌다. 나의 가족은 예상치 못한 비극적인 사건들과 전쟁을 겪으며 생존을 위한 싸움을 하고 있을 텐데, 나는 지금 멀리 떨어진 미국에서 결핵에 걸려 사느냐 죽느냐의 기로에 서서 병마와 싸움을 하고 있는 것이다. 가족과 나는 서로가 지금 어디에서 무엇을 하고 있는지, 몸은 건강하게 지내고 있는지 아무것도 모르고 있는 것이다.

가족을 생각하면 생각할수록 마음이 처량해지고 무력감이 엄습해 뜨거운 눈물만이 얼굴을 적셨다. 나는 지금 죽을 운명에 놓여 있는 것인가, 아니면 살아남을 수도 있을까? 그렇게 남몰래 눈물 흘리고 있는데 베티는 슬쩍 창밖의 경치를 보는 양 못 본 척했다. 베티가 보기에 내가 참 안돼 보였나 보다.

결핵요양소에서의 생활

결핵요양소에서는 소장인 메리언 반 데반더 여사가 웃음 가득한 얼굴로 나를 반겨주었다. 60대인 아주머니가 나에게 꼭 완쾌될 것이니 걱정 말라고 용기를 북돋아줘서 나의 불안감은 크게 줄어들었다. 사람들은 그녀를 '반 아줌마'라고 불렀다. 그녀는 남부 장로교단에 잘 알려진 인물로, 결핵환자인 남편을 따라 신혼인 20대에 앨버커키에 오게 되었다. 몇 년 뒤 남편은 세상을 떠났지만, 그녀는 그대로 여기에 머무르기로 결심했고 그 뒤로도 이 결핵요양소에서 일했다.

이곳에는 약 30명의 환자가 있었는데, 외국인은 나 하나였다. 결핵요양소의 생활은 단조로웠다. 아침 7시가 되면 수잔이라는 미국 원주민 여성이 아침 밥상을 가져다주는데, 보통은 주스와 강냉이죽이었고, 때로는 계란과 베이컨 또는 햄이 나왔다.

처음에는 소독약 냄새 때문에 음식이 목구멍에서 넘어가질 않았지만, 건강 유지를 위해 영양섭취를 잘 해야겠다고 생각해 나중에는 억지로라도 잘 먹게 되었다. 하루 종일 침대에 누워 있어야 했기 때문에 만나는 사람은 제한되어 있었다. 오전 중에 병실 청소를 하러 오는 수잔과의 대화는 답답한 내 기분을 풀어주기도 했다. 그녀의 얼굴 생김생김이나 인생에 대한 사고방식이 나와 서로 닮은 데가 있어서 어딘지 모르게 친근감까지 느껴졌다.

4월 초가 되자 몸이 상당히 회복되어 매일 15분 정도 의자에 앉아 있을 수 있었다. 반 아줌마는 내가 음악을 좋아한다는 사실을 알고 여러 가지 고전음악 음반을 가져와 들려주었다. 나는 반 아줌마에게 『뉴욕타임스』일요판을 보고 싶다고 말했다. 워싱턴에 있을 때 『뉴욕타임스』가 신문 중의 신문이며 신문의 성경과도 마찬가지라고 들어왔기에, 영어 사전을 뒤적여가며 마치 무슨 교과서나 되는 것처럼 열심히 읽었다.

| 앨버커키에서 김용성 공군 대위
와 함께. 그는 한국전쟁 발발 때
P-51 미 전투기 인수차 일본 규슈
에 급파된 10명의 파일럿 중 한 사
람으로, 당시 유엔군 16개국 장교
들과 미국 주요 도시를 순방 중이
었다(1951년).

결핵요양소의 생활이 조금 달라졌다. 엑스레이 검사를 통해 병세가 차
차 좋아지고 있는 것이 밝혀졌고, 의자에 앉아 있는 시간이 15분에서 30
분으로 연장되었으며, 여름이 되자 한 시간으로 늘었다. 가을에 들어서서
는 시가지로 두세 시간의 드라이브가 허용되었다. 화산지대의 광야는 곰
보처럼 지표가 우툴두툴했고, 동쪽으로는 산이 높이 솟아 있었다.

1951년 10월 말의 어느 날, 언제나 웃음을 잃지 않는 반 아주머니가
내 병실에 들어와 한국에서 손님이 와 있다고 알려주었다. 유엔군 16개
국의 장교들이 북한 공산군의 침략에 대항해서 싸우고 있는 유엔의 노력
에 대해 알리고자 미국 전역을 순회하는 도중 앨버커키에 들르게 된 것

이다. 그 가운데 김용성(金龍成)이라는 한국의 공군 장교가 있었다. 이 도시에는 한국인이 나 혼자여서, 나는 그와 함께 시내의 넓은 거리를 행진하도록 허락받았다.

나는 김 대위와 함께 몇 천 명의 시민들이 지켜보는 가운데 시가행진을 했고, 행진이 끝난 뒤 시청에서 개최한 리셉션에도 참가하였다. 김 대위는 이 작은 도시에서 동포를 만나게 되니 무척 반가운 모양이었다. 그는 맥아더 장군이 한국에 제공한 P-51 무스탕 전투기 10대를 조종하는 10명의 한국인 파일럿 가운데 한 사람이었는데, 우리들이 이렇게 머나먼 앨버커키에서 만나게 되리라고는 꿈에도 생각지 못했었다.

훗날 나는 옛 친구이자 상하이에 있던 우리나라 망명 정부의 김구 주석의 아들인 김신(金信)으로부터 그 당시의 정황을 들을 수가 있었다. 그의 전언에 의하면 P-51 인수차 일본 규슈에 급파된 10명의 파일럿 중 자기만이 P-51에 관해서 잘 알고 있는 한국 유일의 파일럿이었다고 했다. 그는 제2차 세계대전 중 중국군 국부군에 소속되어 있을 때 미국으로 파견되어 P-51의 비행술을 배웠다고 했다.

병세가 충분히 회복되어가고 있던 중에 워싱턴 주재 한국 대사관 1등 서기관 이평석(李平錫)을 통해 영부인 프란체스카 여사에게서 온 폭탄과도 같은 편지를 받았다. 내가 이전에 일본 근무 명령을 받아 여권을 취득했을 때, 나의 엑스레이 사진을 건강한 타인의 엑스레이 사진과 바꿔치기 했다고 비난하는 냉담한 내용의 편지였다.

나는 큰 충격을 받았다. 이보다 더한 오해가 어디 있을까? 나는 깊은 상처를 받았다. 내가 영부인에게 오해를 사도록 누군가가 일부러 조장한 것이 아닌가 하는 생각이 들었고, 영부인과 친한 사이였던 서기관을 의

심하기도 했다. 목숨이 위태롭고 장래가 불투명한 젊은이에게 어떻게 이런 수작을 부릴 수가 있었을까? 나는 생각하면 생각할수록 이 서기관이 의심스러웠다.

나는 물론 건강한 사람의 엑스레이 사진을 바꿔치기 하지 않았기에 이런 터무니없는 비난을 인정할 수가 없었다. 자신을 변호할 기회조차 없었던 나는 그저 서글픈 생각뿐이었다. 영부인의 편지는 나의 잘못이 틀림없다고 단정하는 강하고 비정한 어조로 씌어 있었기에, 마치 이중의 사형 선고를 받은 느낌이었다.

내가 이 이야기를 반 아주머니에게 털어놓았더니, 아주머니는 위로의 말과 함께 자신은 내가 양심적인 것을 확신한다고 말해주었다. 반 아주머니는 그 당시 나에게 있어 어머니와도 같은 존재가 되어 있었다. 놀라운 것은 그분이 나에게 신앙 이야기라든가 교회에 나가보라는 권유를 한 번도 한 적이 없었다는 점이다. 이는 한국의 경우와 대조적이었다. 한국에서는 신앙이 없으면 업보와 같은 고통을 겪게 될 테니 교회에 다녀야 한다고 강하게 주장하곤 한다.

20여 년이 지나 내가 뉴욕의 총영사 겸 유엔 겸무 대사로 임명되었을 때, 나는 그녀를 만나려고 애썼다. 콜로라도주 애스펜연구소의 세미나가 끝난 뒤 반 아주머니를 만나러 아내 혜영과 막내딸 혜림과 함께 앨버커키로 갔다.

벌써 80대가 된 그녀는 반쯤 실명상태였고, 나는 이것이 마지막 만남이 될 것을 알고 있었다. 그러나 재회의 기쁨은 잊을 수 없었다. 그녀는 나와 내 가족을 만난 것을 매우 기뻐했으며, 자기가 고이 간직했던 펜던트를 혜림에게 선물했다. 혜림이는 그때 겨우 일곱 살이었다.

1951년 여름, 나는 여자친구였던 최숙자에게 긴 편지를 보내 내가 결핵에 걸렸다는 사실을 전하며 나를 잊으라고 말했다. 나를 안됐다고 생각할 필요도 없고, 나를 동정한 나머지 그녀의 장래에 방해가 되는 일이 있어서도 안 되지 않겠냐고 썼다.

나는 길어지는 요양 생활을 생각해서 두 사람 사이의 관계를 끊는 것이 최선책이라고 생각했다. 나는 숙자가 어디에 있고, 무사히 있는지의 여부도 몰랐으나, 되도록 빨리 나의 건강상태를 알려야 한다고 생각했다. 숙자와 그의 모친은 내가 도쿄로 가기 전에 약혼하기를 몹시 바랐었는데, 그렇게 하지 않아서 다행이라는 안도감이 들었다.

휴전협정의 조인

한국전쟁 발발 1주년을 전후해서 소련의 야콥 말리크 유엔 대사가 교섭을 통해 이 유혈전쟁에 종지부를 찍을 가능성이 있다는 점을 우회적으로 시사했다.

교섭은 1951년 7월에 시작되었다. 말리크 대사가 교섭 개시를 공식으로 발표하며 교섭에 앞장선 것처럼 행동했지만, 실제로는 국무성 지시를 받은 케넌이 먼저 말리크 대사와 접촉한 것이었다. 교섭은 전쟁이 계속되는 가운데 2년을 끌었고, 1953년 7월 27일 유엔군과 북한 그리고 중국 대표들 사이에 휴전협정이 성립되어 전쟁에 종지부를 찍었다.

이보다 앞서 1951년 봄, 맥아더 장군은 미국으로 귀환해 영웅 대접을 받았다. 수만 명의 시민이 뉴욕시 5번가에서 색종이가 휘날리는 퍼레이드를 지켜보았다. 맥아더 장군은 상·하 양원합동회의에서의 극적인 고별 연설에서 "노병은 죽지 않는다. 다만 사라질 뿐이다"라는 유명한 말을 남겼다.

나는 결핵요양소의 침대에 누워 흑백 텔레비전 영상에 펼쳐지는 역사적 사건을 지켜보았다. 맥아더 장군은 당시 미국인들 사이에서 대단한 인기를 누리고 있었으므로 트루먼 대통령에 의한 그의 해임은 전무후무한 사건이었다. 나는 트루먼 대통령의 대담성과 강한 리더십, 그리고 미국이 민주주의 아래 문민지배의 원칙을 굳게 지키는 것을 존경하게 되었다. 이러한 일들은 권위주의적인 우리나라에서는 상상도 할 수 없는 일이었다.

맥아더 장군의 주장대로 만주폭격이 허용되어 중국 공산주의자들을 원폭으로 위협하는 일이 가능했다 하더라도, 이승만 대통령이 항상 주장했던 대로 무력에 의한 한반도의 통일이 가능했겠는지는 의심스럽다.

결핵요양소에서 신문을 읽는데 작은 기사 한 토막이 눈에 들어왔다. 당시 상원외교위원회 위원장이었던 아서 반덴버그 의원이 "그리고 또한 이것 역시 지나갈 것이다"라고 한 말을 좌우명으로 삼고 있다는 내용이었다.

나는 그 말을 평생 처세훈으로 삼았다. 이 말은 승리와 성공은 변화무쌍하니, 그에 도취되어 교만에 빠지면 안 된다는 교훈을 담고 있다. 또한 패배나 곤경에 빠졌을 때 좌절감에서 슬기롭게 빠져나오라는 뜻을 담고 있기도 하다. 이 명언은 인간이 패배하여 불행할 때 위로와 용기를 북돋아주는 것이다.

요양소에서의 해방

새해를 맞이하자 주치의가 희망적인 소식을 전해주었다. 내 폐 속의 검은 덩어리가 차차 작아져서 이대로만 계속된다면 봄쯤에는 결핵요양소에서 해방된다는 것이다. 그러나 주치의는 내가 바로 한국으로 돌아갈 수 있을지는 잘 모르겠다고 했다. 나는 어서 회복해 퇴원할 수 있길 바라며 마음을 졸였다.

갓 시작된 외교관 생활은 결국 이렇게 무너져 내렸다. 나는 가족에게도 무거운 의무감을 가지고 있었으나, 좋은 기회를 놓치고 고국으로 갈 수 없다고 생각했다. 나는 반 아주머니와 주치의가 모아 준 장학금으로 켄터키주 모어헤드대학에서 공부할 수 있게 됐다.

그렇게 미국 대학에서 배운다는 꿈이 실현될 즈음, 대사관을 방문한 나는 많은 변화를 체감했다. 군의 전 부문을 대표하는 무관부가 설치되어 영생중학교 시절의 같은 반 친구였던 현시학이 해군 중령으로서 초대 무관으로 근무 중이었다. 중학 시절 우리들은 그가 테니스 치는 것을 사내답지 않다고 놀리곤 했었는데, 그는 육군에 끌려가기 싫어서 해군에 지망했던 것이다.

그는 일본의 항복 후, 남한 진해 해군기지에 가서 새 나라 해군에 참가했고, 1948년 8월에는 해군사관학교에 입학했다. 그는 워싱턴에서 동생인 피터 현과 함께 생활하고 있었다. 나는 그들 형제가 있으니 마음이 든든해 한동안 그들과 같이 지내기로 하였다.

시인이 되기를 희망했던 피터 현은 나에게 자신의 여자친구 캐롤 허스티드를 소개했다. 캐롤에게는 헬렌과 프리실라라는 두 여동생이 있었다.

프리실라는 나보다 열 살 아래였다. 이 자매들은 조지타운의 상류 사회 사람들인데, 프리실라는 아나폴리스에 있는 세인트존스대학에 입학허가가 났다. 또한 그녀에게는 예일대학에 남자친구가 있었는데, 그가 나타나면 이 자매들은 나를 데리고 박물관이라든가 기타 명승지를 같이 다녔다.

허스티드 자매에게는 버지니아주 전원지대의 호화 저택에 사는 재클린 부비에라는 친구가 있었다. 어느 무더운 여름날 그녀들과 나는 함께 재클린의 집으로 수영하러 갔는데, 재클린은 그날 집에 없었다. 재클린의 모친은 오친 클로스라고 하는 남자와 결혼한 몸이었다. 나는 재클린이 훗날 존 케네디의 부인, 즉 미국 대통령 영부인이 되리라고는 생각조차 하지 못했다.

모어헤드에서의 대학 생활

나는 1952년 8월 모어헤드대학에 입학했다. 공부에는 재미를 붙였으나 한국에 남은 가족의 행방과 안부가 걱정되어 마음은 늘 무거웠다. 가족과는 연락이 두절된 상태였기 때문이다. 전쟁의 불꽃이 튀는 가운데 가족들은 고통을 겪고 있는데, 나는 가족과 함께 있지 못하는 죄를 의식하며 혼자 마음 아파하고 있었다.

켄터키주 동부 모어헤드는 인구가 고작 수천에 불과했으며, 주변은 완만한 구릉지대로 둘러싸여 있었고 '금주법'을 실시하고 있는 보수적인 마을이었다. 시내에는 식당과 영화관이 각각 한 개씩 있었다. 대학의 전교생은 700명이었고, 나는 첫 한국인 학생으로 정치학부 특별생으로 등록되었다.

나는 수업료와 기숙사비를 충당하는 장학금을 보충하려고 아르바이트를 구하였다. 『트레일 블레이저(개척자)』라고 하는 대학신문에서 신문 구독 지배인으로 일했는데, 하는 일이라고는 해당지역 내의 독자들 이름과 주소를 타이핑하는 것이었다. 주소를 타이핑하던 중 켄터키주를 가로지르는 38도 선상에 '코리아'라고 하는 이름의 작은 마을이 있음을 알고 놀랐다.

나는 일주일 가운데 오후에 세 시간만 일하면 1학기에는 시간당 25센트, 2학기에는 시간당 40센트를 받았다. 카페테리아에서 정식으로 식사를 하는 데 한 번에 1달러를 지불해야 하는 것에 비하면 많지 않은 액수였다.

나의 룸메이트인 제프 호프만은 당시 19세로 인디애나주 출신이었는데, 공부보다는 여자친구에 더 관심이 많은 것 같았다. 미국인과 생활하기는 난생처음이었다. 우리는 나이나 배경 등 공통점이 별로 없었는데도, 그는 언제나 나의 일에 신경을 써주었다. 그는 밤이 되면 곧잘 기숙사를 빠져나가 학교 뒷산에서 여자친구와 데이트를 즐겼다. 기숙사 문이 닫히는 밤 9시가 가까워오면 많은 젊은이들이 여자 기숙사 앞에서 굿나잇 키스를 하는 장면을 자주 볼 수 있었는데, 나는 그때까지 그런 광경을 본 적이 없었다.

고국에서는 전쟁이 계속되고 있는 가운데 나는 미국 대학에서 공부하고 있는 나 자신을 자꾸 되돌아보게 되었다. 대학 내에서야 내가 학생으로서 공부하고 있는 것을 이상하게 생각하는 사람은 없었지만, 나는 미국의 젊은이들이 한국의 전쟁터에서 목숨을 던지고 있다는 사실에 대해 깊은 죄의식을 느꼈다. 스스로의 병력을 이유로 이곳에 있다는 것을 정당화시킬 마음은 없었기에 죄스러운 생각은 더욱 떠날 줄 몰랐다.

사회 생활의 모순

나는 크리스마스나 부활절 휴가가 싫었다. 학생들이 모두 귀향하기 때문이다. 쓸쓸한 것뿐만 아니라 기숙사가 문을 닫는 관계로 휴가 중에는 공부할 장소도 따로 찾아봐야 한다. 제프가 그런 사정을 알고 인디애나주의 자기 집에 같이 가서 부활절을 지내는 게 어떠냐고 초청해주었다. 그의 집은 넓은 평원 가운데 있는 농가였다. 미국 농장을 보게 된 것은 그때가 처음이라 지평선 너머로 펼쳐진 광활한 대지에 그저 압도될 뿐이었다.

또한 미국 농민의 견실하고 일에 열중하는 모습에 강한 인상을 받았다. 모두가 호인이었고 순수했다. 방은 난방이 안 되어 있어서 저녁이면 춥고 으스스했다. 연료를 절약하려는 그들의 검소함 때문이려니 했다. 그런데 아침식사 때 먹을 것이 풍부한 것을 보고 놀랐다. 나는 농부들이 매일 아침 이렇게 많이 먹어야 하는지 처음 알았다.

또한 미국 농민은 신앙심도 깊다는 사실을 알았다. 나는 제프의 가족이 나가는 교회에서 한국의 이야기를 해달라는 부탁을 받았다. 나는 기독교인이 아니었기 때문에 청중 앞의 설교단 위에 올라서자 불안해졌다. 그리고 사람들이 전쟁의 불구덩이 속에서 고생하는 우리나라 사람들의 고초를 마음속 깊이 동정하고 있다는 느낌을 받을 수 있었다.

과거에 서울과 도쿄에서 정부 업무에 종사했기 때문인지 오래 가지 않아 이 작은 마을 생활이 답답하게 느껴지기 시작했다. 정치학 교수는 내 성적을 보고서 좀더 큰 대학으로 가서 좋은 기회를 찾아보도록 권했다. 그러나 그 당시 외국인 학생이 넉넉한 장학금을 손에 넣기란 어려운 일이었다. 나는 학교에서 멀지 않은 미국인 부부의 집에서 청소라든가 정원의 잡일 같은 노동을 해서 매달 100달러를 벌고 있었다.

5월 말 2학기가 끝날 무렵, 휴전회담과 교섭이 진전되어 머지않아 전쟁이 끝날 것 같다는 한국의 소식이 나를 희망에 부풀게 했다. 나는 이곳에서 학업을 계속할지, 아니면 한국의 가족들에게 돌아갈 것인지를 생각하기 시작했다. 그러나 결국 나는 모어헤드를 떠나 워싱턴으로 가기로 결정했다.

워싱턴에서의 방랑 생활

나는 워싱턴에 도착하는 길로 현웅에게 갔다. 그의 형은 벌써 대사관 초대 해군무관 일을 끝내고 한국으로 돌아가 있었다. 현웅과 나는 별일도 없고 해서 그저 거리를 나다녔다. 얼마 안 되는 돈으로 둘이서 함께 생활했다. 나는 많지 않은 저축을 그럭저럭 뜯어 맞춰가며 현웅의 독신 생활에 보탬이 되도록 했다. 둘이서 직장을 구하느라 애써 보았지만 허사였다.

1953년 어느 여름 날 현웅은 이민귀화국(INS)으로부터 공산주의자로 오해받아, 자발적으로 떠나든지 강제로 끌려가든지 미국을 떠나라는 통보를 받았다. 하지만 그것은 순전히 오해였고, 그는 시인을 꿈꾸는 젊은 이에 지나지 않았다. 나는 그의 무죄를 확신했다. 그는 매우 자유분방하고 개인주의적인 성격이기 때문에 지하운동을 하는 공산주의자가 될 사람은 아니었다. 그러나 현웅은 큰 충격을 받았고 완전히 실의에 빠졌다.

당시 미국에서는 매카시즘 선풍이 휘몰아쳐 하원반미활동위원회가 영화나 문학계 또는 노조 내에서 공산주의자로 의심되는 자들과 공산주의 동조분자들을 잡아내고 있었다. FBI는 미국 거주의 피터 현(현웅의 미국식 이름)이라는 한국인의 파일을 지니고 있으면서 그를 미국 공산당 당원으로 의심하고 있었다.

나중에 알게 된 사실이지만, 당시 미국에는 현웅(피터 현)이라는 이름의 한국인이 세 사람 있었다. 워싱턴의 현웅과 로스앤젤레스에서 잡화상을 하며 우량시민으로 인정받는 현웅, 그리고 FBI가 수사 중인 바로 그 현웅이 그들이었다.

서울의 미 점령군 사령부에 현웅의 신원 조회가 진행 중이었다. 그러나 현웅은 한국에 새 정권이 탄생되기 전에 학생 신분으로 미국에 이미 와 있었기 때문에 미군 당국은 그의 공산주의 활동 여부를 의심할 만한 아무런 증거를 찾아낼 수 없었다.

현웅은 자기 입장을 변호할 수 없었기 때문에 언젠가는 미국으로 돌아올 수 있지 않겠는가 하는 기대를 가지고 스스로 미국을 떠나기로 결심했다. 유럽으로 가고 싶었으나 그만한 돈이 없었다. 나는 생각 끝에 그의 여자친구인 캐롤 허스티드에게 지원을 부탁했다. 캐롤은 할머니의 신탁 재산을 아직 수령하지 못한 상태였음에도 불구하고 현웅에게 500달러의 돈을 마련해주었고, 현웅은 그 돈으로 스페인을 향해 떠나는 나그네 신세가 되었다.

그는 그 뒤로도 방랑 생활을 하면서 파리와 런던의 문단과 접촉하며 그들과 교우관계를 맺었다. 그는 세계의 시에 관한 책을 저술했고, 자신의 시집과 우리나라 시의 영역본을 출간했다.

나는 현웅이 미국을 떠난 뒤 혼자 남아 불안했다. 저축 액수는 계속 줄어들었으므로 뉴욕으로 이사해 맨해튼의 상업지구와 주거지구 중간에 위치한 YMCA 숙사의 1달러 50센트짜리 방을 얻었다. 방은 좁았고, 샤워시설은 중앙 홀에 하나밖에 없었다. 나는 하루 종일 밖에서 지냈다. 돈이 떨어져서 하루나 이틀씩 굶는 날도 있었다. 그럴 때는 물을 연거푸 마셔서 얼굴이 붓곤 했다.

그렇게 지내는 가운데 뉴욕의 문화 생활을 접할 기회를 갖게 되었다. 박물관 순례가 산교육이 되었다. 당시엔 피카소의 입체파가 회화 세계에 센세이션을 불러일으켜 논쟁의 대상이 되었는데, 나는 이 선구적 현대예술의 진수를 이해하려고 노력했다. 그 결과 인상파의 그림을 흥미 있게 감상하게 되었다. 내가 인상파의 그림을 가장 선호한 이유는 자연의 아름다움을 청신한 형식으로 표현했기 때문인데, 나는 이것을 보고 좀더 자연에 가까워지길 원하게 되었다.

내 평생 잊을 수 없는 경험은 카네기홀에서 아르투로 토스카니니가 지휘하고 NBC 교향악단이 연주한 차이코프스키의 '비창'을 들은 일이다. 이 연주회는 스탠더드오일(석유회사)의 주최하에 열렸는데, 나는 옛 지인이자 스탠더드오일의 대표인 빌 샌번이 언젠가 서울에 왔던 일을 기억해내고 연주회의 무료입장권을 얻기로 했다.

나는 바로 스탠더드오일 본사로 전화를 걸어 교환원에게 내가 한국에서 온 아무개인데 빌 샌번을 찾고 있다고 했다. 운 좋게도 샌번이 연결되었다. 그는 처음에 잠깐 전화 상대자가 나라는 것을 믿지 못하는 듯했지만 친절하게도 입장권을 보내줘서 나는 난생처음으로 카네기홀의 콘서트를 즐길 수 있었다.

또 나는 뉴욕의 공립도서관에서 국제관계와 외교 분야를 독학했다. 어느 날 소셜 리서치 뉴 스쿨에서 영문학을 가르치던 영생중학교 동창생을 방문하기로 했다. 그의 이름은 강용흘이었는데, 나보다 30세나 연상이지만 나와 같은 홍원 출신이므로 나는 그에게 친밀감을 가지고 있었다.

당시 미국 대학에서 영문학을 가르치는 한국인은 드물었다. 그는 1930년대에 미국에서 『초당(The Grass Roof)』이라는 책을 냈다(초당은 초가지붕 집을 뜻한다). 영어로 한국의 생활을 그린 책인데, 나는 영생중학교에 다닐 때 그 책의 한국판을 읽고 용기를 얻은 적이 있다. 당시 영생중학교 학생들은 미국에서 작가로서 유명해진 그를 크게 자랑스러워했다.

외무부를 통해 지루하고 끈질긴 조회를 계속한 끝에 나는 드디어 가족의 행방을 알게 되었다. 우리 가족은 침공해온 중공군을 피해 대구 남쪽의 작은 마을로 옮겼고, 그로부터 1년 반 만에 더 남쪽인 부산으로 이주해 그곳에 있는 한 난민촌에 살고 있었다.

하루속히 황폐화된 고국에 돌아가 가족과 함께 살고 싶었다. 우리 가족은 1950년 6월 전쟁이 일어난 뒤 나에 관해 아무런 소식도 듣지 못했다. 나는 워싱턴 대사관에 내 소식을 가족에게 알릴 기회가 생기더라도 나의 병에 대해서는 덮어주기 바란다고 부탁했었다. 나는 그 무렵 뉴욕에서의 방랑자 생활에 허무함을 느꼈고, 나의 장래가 어떻게 되든 역시 한국으로 돌아가야 한다고 생각했다.

동족상잔 전쟁의 결말

2년에 걸친 어려운 교섭 끝에 1953년 7월 27일 유엔군과 북한군과 중공군 사이에 휴전협정이 체결되었다. 이승만 대통령은 북한의 공산주의 세력을 완전히 파괴시키지 않는 한 한국의 통일은 불가능하다는 강한 신념 아래 서명을 거부했다. 그러나 미국은 최후까지 싸운다는 우리 대통령의 입장을 지지할 분위기가 아니였다.

아이젠하워 장군은 1952년 가을 대통령 선거 중 자기가 대통령이 되면 한국을 방문해 전쟁을 끝내겠다고 약속했다. 오랜 교섭의 최대 대립점은 북한이 38선을 휴전선으로 해야 한다고 주장한 데 반해, 연합군 측은 전투가 정지된 위치를 휴전선으로 할 것을 요구한 것이었다. 한국군은 중부와 동부 전선에서 38선 북방에 있었으나, 북한군은 한반도 서부에서 38선 남쪽에 있었다. 이 새로운 군사적 분할이 한국을 또다시 갈라놓게 되었다.

한반도에서 일어난 이 동족상잔의 전쟁에서 쌍방의 군과 민간인 사이에 많은 사상자가 발생했다. 30만 이상의 한국군 병사가 죽었고, 유엔군은 3만 3,651명의 미군 병사를 포함해 15만 5,000명의 병사를 잃었다. 수백만 명이 부상당했고, 공산군은 150만~200만 명의 사상자를 냈다. 민간인으로는 한국 측 100만 명, 북한 측 300만 명의 사상자가 발생했다.

한국전쟁의 원인 중의 하나는 한국을 공격해도 미국이 군사적 개입을 하지 않을 것이라는 김일성의 오판에 있었다. 미국 점령군은 전략적 중요성에 관한 합동참모본부의 1948년 보고에 입각해 한국 정부가 수립된 뒤 1949년 말에 철수했다.

이것이 소련과 북한의 오판을 야기한 원인이었다. 합동참모본부는 만일 전면 전쟁이 일어나도 미국이 한반도에 미군을 보내는 일은 없다는 결론을 내렸고, 유감스럽게도 한국이 공격을 받게 되면 미국이 어떤 대응을 하겠다는 말은 하지 않았다.

미국 군사고문단장은 미국으로 돌아가서 산이 많은 한국의 지형은 탱크전에 적합하지 않다고 보고했다. 당시 북한군은 소련으로부터 수백 대의 T-34형 탱크를 제공받았는데, 한국군은 탱크를 한 대도 가지고 있지 못했다.

합동참모본부의 보고에도 나와 있듯이, 미국의 딘 애치슨 국무장관은 태평양에서의 미국 방위선에 관한 내셔널프레스클럽에서의 기자회견에서 북한과 소련에게 오해를 살 만한 발언을 했다. 이때 애치슨 장관은 미국방위선으로 알류샨 열도로부터 일본을 경유해 필리핀에 이르는 선을 지적했는데, 이때 한국과 타이완에 대한 언급은 없었다.

귀국, 그리고 피난민촌에서의 생활

휴전협정이 성립된 뒤, 나는 이를 계기로 귀국해 가족의 뒷바라지를 해야 했는데 수중에 돈이 없었다. 고민 끝에 대사관에 가서 지원 요청을 할 수밖에 없었다. 정부에 부담을 주는 것은 내키지 않았으나, 나는 1등 서기관 이평석 씨를 찾아가 나의 형편을 대통령실에 전해주길 청했다. 그 뒤 2개월간 아무 기별이 없었으나, 11월 초순에 경무대의 대통령 관저에서 여비를 보내왔다.

나는 회한과 실망과 가족 재회에 대한 기대감이 교차하는 가운데 복잡한 심정으로 뉴욕을 떠났다. 뉴욕은 나에게 음악과 연극, 미술에 대한 소양을 풍부하게 해주는 귀중한 기회를 가져다주었다. 공립도서관에도 정이 들었다. 유엔 본부 또한 나의 야심을 북돋워주었다. 언제가 될진 모르지만 그곳에서 일하게 되기를 얼마나 바랐는지 모른다.

나는 시카고 경유 로스앤젤레스행 열차를 탔고, 로스앤젤레스에서 그레이하운드 버스로 갈아타고 샌프란시스코로 향했다. 샌프란시스코에 도착해 여객선 프레지던트 윌슨호를 타려고 부두로 갔다.

나는 아시아 사람 한 명이 부두 위를 걷고 있는 것을 보았다. 금세 그가 한국인임을 알았다. 나도 외로운 나그네 신세였기에 기쁜 마음으로 그 사람과 친해지고 싶었다. 그는 서명원이라는 사람으로, 피바디 사범대학을 막 졸업한 후 귀국해 서울의 이화여대에서 학생들을 가르치기로 되어 있었다. 배는 천천히 암벽에서 멀어지며 골든게이트교를 통과했다. 대교는 안개로 휩싸여 잘 보이지 않는 것이 마치 나의 앞날을 암시해주는 것 같았다. 동양에서 무수히 많은 사람들이 자유와 보다 나은 삶을 꿈꾸며 이 다리를 지나 미국으로 건너왔다. 나는 지금 그와 반대로 한국으로 돌아가려고 한다. 또다시 미국 땅을 밟는 날이 올 것인가. 나는 슬프고도 서글픈 심정이었다.

배는 샌프란시스코를 벗어나 아직 잠에서 깨어나지 않은 이른 새벽 시간에 호놀룰루항에 서서히 입항했다. 하와이 주민 수십 명이 소형 선박을 타고 우리들을 마중 나와주었다. 흥분된 분위기 속에 악대가 불어주는 팡파르가 울려 퍼졌다.

부두에는 나의 친구 조지 오(오중정)가 향내 가득한 화환을 들고 기다리고 있었다. 그와 나는 한국전쟁 전 대한민국 외무장관의 비서였고, 외무연수생으로 뽑혀 1950년 가을 워싱턴의 국무성 외무연수원에 함께 갔던 사이였다. 조지는 내가 결핵과 싸우고 있을 때 연수를 마치고 호놀룰루 총영사관에 복귀했다.

배는 저녁에 출항할 예정이어서, 그날 하루는 호놀룰루 관광으로 시간을 보냈다. 나는 이곳에 사는 미국인들은 참으로 행복할 거라고 느꼈다. 우리들은 와이키키 해변에서 수영을 했는데 해변에는 수천 명의 사람들이 들끓었다. 나는 이렇게 젊고 아름다운 여성들이 수영복을 입고 해변을 가득 메운 광경을 본 적이 없었다. 모두가 행복하고 즐거워 보였다. 나는 그 평화로운 환경이 부러웠다. 청록색 바다를 배경으로 야자수와 코코넛이 서늘한 산들바람에 흔들리는 광경이야말로 지상 낙원이 아니고 무엇이랴 싶었다.

이 지상 낙원을 다시 찾아올 기회가 또다시 있을까. 나는 자신의 고민도 고민이려니와 사랑하는 조국의 황폐화를 생각하니 암담한 심정을 어찌할 수가 없었다. 내가 탄 배가 하와이 민요, 훌라춤 그리고 재회를 노래하는 알로하의 선율을 뒤로하고 노을 진 바닷가를 천천히 지나며 암벽에서 멀어져갈 때, '알로하'라고 하는 말이 나에게는 '다시 만납시다'라고 하는 것이 아니라 영원한 작별 인사처럼 들렸다.

바다는 그 뒤로 며칠 동안은 잔잔했으나 요코하마에 도착하기 이틀 전부터 파도가 일기 시작했다. 나에게는 이것이 내 나라 전쟁의 혼란상을 상징하는 것처럼 느껴졌다.

요코하마에서 통근 전차를 타고 도쿄 외교대표부에 가서 예전 대표였던 김용주 씨가 그 자리를 그만두고 도쿄에 살고 있다는 사실을 접하고는 매우 놀랐다. 이 대통령의 정책에 항의하여 주요 야당지도자의 한 사람으로 갈라진 장면 총리를 지지했기 때문이었다. 장면 총리는 학구적이고 부드러운 말씨로 잔잔하게 말하는 사람으로, 총리가 되기 전에는 주미 한국 대사였다. 그는 총리직을 맡은 후에야 자신의 새로운 임무가 문제점을 많이 지니고 있음을 알게 되었을 것으로 짐작된다.

한국전쟁 초기 대표부에서 김 공사와의 업무상 관계는 껄끄러웠지만, 망명자로서 고생스러운 시기를 보내고 있는 그를 외면할 수 없었기 때문에 그의 소재를 찾았다. 그의 거처로 가는 길에 예전에 그가 일본 적십자사 총재에게 의료지원을 부탁하느라 머리를 깊이 숙인 것을 두고 내가 항의해 그의 노여움을 샀던 일이 생각났다. 그렇지만 우리는 내가 워싱턴으로 떠날 때쯤 화해했고, 그는 나에게 여비까지 건네며 격려했었다.

김용주 씨는 나를 보고 놀랐지만, 조그마한 사무실에서 나를 따뜻하게 맞아주었다. 나는 반이승만 활동 때문에 한국으로 돌아갈 수 없는 그의 처지를 동정했다. 또 그에게 김길준은 어찌 되었느냐고 물었다. 김길준 앞으로 보낸 나의 편지가 개봉도 안 된 채 반송되어 왔기 때문이다. 그는 순간 망설이다가, 김길준이 1952년 어느 날 저녁 송별회 참석 후 집으로 돌아가던 중 도쿄 교외에서 자동차 사고로 부인과 함께 세상을 떠났다고 대답했다. 나는 충격을 받았다. 그나마 집에 남아 있던 두 살 된 딸은 사고를 면했다니 다행이었다.

김용주 씨는 김길준이 1950년 여름 북한 공산군에게 붙잡혔다가 기적적으로 생포되지 않고 도망친 뒤 미국의 군사작전을 위해 행한 그의 정보활동이 높이 평가되었었다고 덧붙였다. 그는 그 뒤 미국 육군 소령으로 승진되었고, 그가 죽기 얼마 전엔 워싱턴으로 가서 국방성에서 일하기로 결정되어 있었다고도 했다.

도쿄는 1953년 12월에 제2차 세계대전의 상처를 천천히 회복하기 시작했다. 그와는 반대로 우리나라는 3년에 걸친 전쟁으로 황폐화된 채였다.

전쟁 초기에 행방불명된 동생

내가 탄 항공기는 부산 부근에 있는 공항으로 향했다. 상업용 항공기는 아직 김포공항을 이용할 수 없었다. 비행기가 수영 비행장에 착륙 태세를 취하는 순간, 가족과의 재회를 생각하니 기쁘고 가슴이 뛰었다.

부산에서 어머니의 오막살이집을 찾는 것은 쉬운 일이 아니었다. 나는 몇몇 골목길을 지나 우리 가족과 많은 피난민들이 살고 있는 작은 언덕에 당도했다. 상수도도 없고 위생시설 역시 수준 이하였다. 나는 바로 내 밑의 동생 호일이가 병역관계로 집에 없을 것이라 생각하고 있었다.

우리가 모여 앉은 작은 방은 곧 울음바다가 되었다. 가족 중의 누구도 고생스러웠던 체험담을 입에 올리지 않았고 좌절 속에 지낸 경험담도 꺼내지 않았지만, 나는 가족들이 세대주도 없이 전쟁을 겪으며 몹시 고생했다는 것을 알 수 있었고, 심한 죄책감을 느끼지 않을 수 없었다.

나는 언제나 형제 중 최고 연장자이자 맏이로서 아버지 역할을 해왔던 것이다. 마음의 안정을 회복한 뒤 어머니가 나의 건강에 대해 물으셨다. 어머니는 내가 건강이 좋지 않았다는 사실을 눈치 채신 듯했지만, 내가 결핵과 싸우고 병을 이겼다는 사실까지는 모르신 듯했다.

어머니에게 호일이는 왜 안 보이냐고 물어보자, 어두운 전등 아래 침묵이 계속되다 얼마쯤 뒤에 어머니가 부드러운 어조로 호일이는 1950년 7월에 행방불명된 채 소식이 끊겼다고 말씀하셨다.

어머니 말씀에 따르면, 호일이는 북한 공산군이 서울을 점령했을 때 우리집 다락방에 숨었다고 한다. 무덥고 찌는 듯한 바람 속에 한여름 한 달간을 다락방에서 숨막히게 지내다가 친구 한 명과 함께 탈출하기로 결심하고 일본으로 건너가 나를 만나겠다며 남쪽을 향해 떠났다는 것이다.

1950년 6월 한국전쟁이 시작된 뒤 많은 한국 사람들이 작은 배로 일본으로 도망쳤으나, 결국 그 대부분이 규슈의 거대한 구금시설에 수용되었다. 나는 어머니에게 내가 도쿄 외교대표부에서 일하고 있을 때 호일이로부터 연락 온 일이 없었노라고 말씀드릴 수밖에 없었다.

호일이가 일본에 도착했다면 바로 나에게 연락을 했을 것이었다. 허나 호일이는 물불을 가리지 않는 무모한 데도 있고 강인하였기에 일본 어딘가에 살아 있을 것이라고 어머니는 믿고 계셨다. 나는 어머니의 짐작에 의심이 갔지만, 최악의 시나리오를 머리에 그리는 게 견디기 어려워 그저 어머니 말씀에 귀를 기울였다.

동생들은 미국에서 내가 어떻게 지냈는지 경험담을 듣고 싶어했지만, 나는 진실을 얘기해서 그들에게 충격을 주기는 싫었다. 형제들은 내가 온 것을 구세주를 만난 것처럼 여겼지만, 실상 나는 호주머니에 단돈 2~3달러만이 남아 있는 빈털터리일 뿐이었다.

남동생 호봉이와 열다섯 살짜리 여동생 호성이는 미군 부대에서 각각 잔심부름이나 청소를 하고 있었다. 어머니는 길거리에서 야채와 과일을 팔고 있었다. 부산은 전화에 휩쓸리지 않은 유일의 대도시였고, 피난민들이 뒤를 이어 흘러 들어와 인구는 과밀상태였다. 피난민의 거의 대부분이 길거리 인파 속에 파묻혀 우리 어머니처럼 이리저리 수단과 방법을 찾아 생계를 이어가고 있었다.

나는 또 어릴 적 친구인 박임철이 죽었다는 이야기를 듣고 큰 충격을 받았다. 박임철의 죽음으로 나는 어릴 적 가장 친했던 친구 두 사람을 다 잃었다. 엄호섭은 태평양전쟁에서 전사한 것이다. 어머니 말씀에 따르면, 임철이는 부산까지 피난해 왔으나 신장병을 앓아 아편을 맞으며 고통을 줄여나가다가, 결국 1952년 봄에 세상을 떠났다고 한다.

우리의 청춘 시절에는 친근한 벗들과의 우정이 서로에게 있어 전부였다. 우리들의 우정에는 질투라든가 이기심 같은 것이 전혀 없었다. 우리들은 서로가 상대방에 대해 참으로 성실했다. 나는 어른들 사이에도 그렇게 '순수한' 교우관계가 과연 가능할지 의문이었지만, 가능할 거라고 믿고 싶었다.

4

기자 생활

전쟁으로 황폐화된 서울로 돌아오다

나는 되도록 빨리 서울로 가서 직장을 구해야만 했다. 1954년 1월 서울로 떠나기 전날 밤, 나는 해군기지인 진해에서 근무하던 현시학 중령을 LST(상륙용 주정) 선상에서 만났다. 이 LST는 개조한 뒤 부산항에 띄워 해군사관 클럽으로 쓰고 있었다.

우리는 밤새 술을 마셨고 나는 다음 날 아침 어떤 여관방에서 잠을 깼다. 현시학이 찾아와 전날 밤 내가 곤드레만드레로 취했었다고 말했다. 그의 손에 이끌려 간 식당에서 술이 덜 깬 채로 아침을 먹었다. 주발에 수북이 담은 쇠고기국과 쌀밥, 그리고 김치가 나왔다. 아침식사 후 그는 나를 자동차로 부산역까지 배웅해주었다.

그날 플랫폼에서 우연히 영생중학교 시절의 친구 유재신을 만났다. 유군은 군복을 입었는데, 피곤하고 초라해 보였다. 그는 곧 제대할 몸이라고 하였다. 내가 중학생이었을 때 그 친구 집에 하숙한 적이 있었는데, 그의 모친이 그를 위해 특별한 반찬을 먹이던 것을 보고 부러웠던 기억이 난다. 바로 그 유재신이 지금은 비참한 몰골을 하고 있는 모습을 보니 안타까웠다. 군에서 살아남기 위해 아마도 큰 고생을 했을 거라는 생각이 들었다.

당시 한국군의 문화는 일본의 그것과 비슷했는데, 병사는 군율을 이유로 언제나 두들겨 맞는 게 관행이었다. 나는 유재신의 행운을 기원했다.

나는 현시학과 작별을 고하고 열차에 몸을 실었다. 현시학은 전쟁 전에 내가 이승만 대통령과 안면이 있었기 때문에 그 연줄에 힘입어 좋은 자리를 얻게 될 것으로 생각한 모양이었다. 물론 현시학은 영부인과 나 사이에 일어난 일을 알 리가 없었다.

열차는 보따리를 짊어진 피난민들로 가득 찼다. 부산에서 서울까지 약 400킬로미터 되는 연선에서 내가 본 것은 황폐한 토지와 우왕좌왕하는 사람들뿐이었다. 이들은 오래 지속된 전쟁으로 많이 지쳐 보였다.

열차는 8시간 뒤 서울에 도착했다. 시가지는 고대의 폐허처럼 보였지만 경복, 창덕, 덕수 이 세 궁전은 거의 옛 모습 그대로 보존되어 있어 적잖이 안심이 되었다. 이 세 궁전은 우리나라 역사의 상징물이며 우리나라의 혼이기도 하다. 전투에서 쌍방이 역사적 건조물은 포격하지 않기 위해 신경을 썼던 모양이다.

나는 호섭의 사촌 엄호웅의 집으로 가면서 폐허가 된 여기저기에 판잣집이 수없이 줄지어 있는 것을 보았다. 호웅의 집은 다행히 조금 파괴되었을 뿐 옛날 그대로였다. 나는 호웅의 건강한 모습을 보고 기뻤으나, 이 재회의 기쁨은 오래가지 못했다. 호웅이 부친에 대한 비극적인 얘기를 꺼내며 눈물을 보였기 때문이다. 부친은 전쟁 초기에 북한군 병사에게 끌려가 북한으로 연행된 뒤 아무런 소식이 없다고 했다. 북한은 그의 부친이 일본 식민지 시대에 당국의 곡물 검사관이었다는 이유로 그를 일본의 협력자요, 농민의 적이라고 생각했을지 모른다.

호웅과 나는 밤새도록 이야기를 나누었다. 나는 호웅에게서 외무부의 몇몇 동료 등 아는 사람 일부가 전쟁 중에 북으로 도망친 사실을 듣게 되었다. 또 한국전쟁이 일어났을 무렵 도쿄에서 일하던 『경향신문』의 정국은 기자가 북한 공산주의 정권을 위한 스파이 활동으로 처형되었다는 말을 듣고 큰 충격을 받았다.

그는 당시 도쿄에 상주하였던 극소수의 한국특파원 중 한 사람이었다. 『경향신문』은 한국의 주요 신문이 아니었음에도, 그가 넉넉한 돈을 써가며 나 같은 젊은 외교관을 잘 대접해주던 일이 선명하게 떠올랐다.

하지만 나는 한국의 2류 신문사에서 일하는 이 사내가 어떻게 도쿄에 주재하며 충분한 돈을 쓸 수 있었는지에 대해서는 생각해본 적이 없었다. 그는 늘 우리들이 있는 대표부에 기웃거리며 공사의 집무실에도 자유로이 출입했었다. 나는 당시 공사의 비서관이었는데, 그는 예고도 없이 나타난다든가 나의 허가도 없이 공사의 방을 드나드는 등 공사의 친구처럼 처신하고 다녔다.

나는 그들이 이 전쟁에 관해 귀중한 정보를 서로 알려주고 있는 것으로 짐작했다. 그의 스파이 활동이 사실이라면, 그것은 북한의 공산주의 정권이 일본에서 가장 크게 성공한 정보활동의 하나였던 셈이다. 그에게 있어서 도쿄는 일본의 자유로운 신문이나 정보를 이용할 수 있는 천국이 아니었을까?

북한의 공산주의 정권은 일본 국내에 20만 명이 넘는 친북단체인 '조총련' 속에 강력한 동맹자를 가지고 있었다. 그들은 김일성에게 충성을 맹세하며 이데올로기 측면이나 물자 면에서 북한을 지원하고 있었다.

호웅은 또 1953년 휴전 후 한국의 많은 저명인사들이 공산주의 협력자로 낙인찍혔는데 그 대다수가 무고한 희생자라고 이야기해주었다. 그들은 북한 공산군 점령하에 서울을 빠져나가지 못했고, 생명을 부지하기 위해 북한군에 협력할 수밖에 없었던 것이다.

또 호웅은 미국에 관해 많은 질문을 던졌다. 그는 미국으로 가서 사업가로 성공하고 싶다는 야심을 품고 있었다.

동족상잔의 전쟁으로 모두가 경제기반을 잃고 피난민이 됐지만, 경제가 무너지면서 조선시대부터 내려온 뿌리 깊은 지역주의도 아주 조금이나마 와해됐다. 우리나라는 예로부터 각 지방 사투리에 대한 편견, 타 지방 사람과의 혼사 기피, 지역 간의 갈등과 멸시 등이 팽배해 사회 발전이 저해됐었기 때문에, 나는 지역의 경계를 조금은 무너뜨렸다는 점에서 한국전쟁을 무조건 부정적으로만 보지 않았다.

옛 여자친구의 결혼

엄호웅은 전쟁 전에 나의 여자친구였던 숙자가 어느 외국 외교관과 결혼한 사실을 조심스럽게 일러주었다. 나는 그 일에 관해 좀더 자세히 알고 싶었다. 숙자는 서울 주재 국제연합위원회 필리핀 대표의 구혼을 받아들여 지금은 그의 부인으로 마닐라에서 살고 있다는 것이다.

나는 그날 밤 온돌방에서 호웅의 곁에 누워 숙자와의 짧았던 첫사랑을 회상했다. 내가 미국에 있었을 때 그녀가 나의 진심을 오해하지나 않았는지 두려웠다. 그녀를 버리고 다른 여자를 사귄 것이 아님을 알아주기 바랐다. 다만 나의 병이 깊어서 그녀가 스스로 떠나주길 마음속으로 원한 것뿐이었다.

나는 서울에 닿자마자 바로 경무대로 연락을 취해 대통령 비서관에게 내가 무사히 서울로 돌아왔음을 대통령과 영부인에게 보고해달라고 부탁했다. 나는 대통령 내외에게 미국에서 겪은 일련의 사건들을 해명하고 사과드릴 기회를 갖기를 원했다. 가능하다면 영부인을 만나 나에 대한 오해를 풀고 영부인에게 엑스레이 사진을 건강한 사람의 것과 바꿔치기 한 사실이 없다고 설명하고 싶었다.

외무부의 가건물 청사를 방문해보니 전쟁 중에 많은 사람들이 채용되어 있었다. 친구인 이수영은 정보국장이었다. 이 국장은 휴전교섭 때 주임통역을 맡아 교섭에 크게 공헌했기 때문에 중요한 직책을 맡을 수 있었다. 내가 축하한다고 했더니 그는 나에게 외무부로 복귀해서 정보국의 문화 부문을 맡아 일해볼 생각이 없느냐고 물었다. 믿기지 않을 정도의 좋은 제안이었기 때문에 나는 그 자리에서 승락했다. 그러나 이 제안이 실현 가능성이 없다는 것은 내가 더 잘 알고 있었다.

몇 주일 기다렸으나 아무 소식이 없어서 이 국장에게 연락을 취해 어떻게 되었는지 물었다. 예상한 대로 그의 제안은 벽에 부딪쳐 있었다. 어느새 나는 경무대의 '기피인물'이 되어 있었던 것이다.

『뉴욕타임스』의 특파원이 되다

서울에 체재하는 동안 조선호텔도 방문했다. 1946년부터 나는 그곳에서 저녁 시간에 프런트를 담당한 적이 있었다. 그곳 로비에서 우연히 옛

날 친구 존 리치를 만났다. 조선호텔에 식사하러 다니곤 했던 그는 NBC 특파원이었는데, 내가 직장을 구하고 있다는 것을 알고는 칵테일파티에 초대했다.

파티는 분위기가 밝고 시끌벅적해 마치 군대에서 열리는 모임과 비슷했다. 외국특파원은 계급장은 안 달았지만 모두가 군복 차림이었다. 가슴에 소속 통신사나 방송국 배지를 달고 팔뚝에는 국제연합 종군기자 표시인 완장을 달고 있었다. 나는 이 파티에서 『뉴욕타임스』의 빌 조던 기자를 만났다.

조던은 마침 『뉴욕타임스』 서울지국에서 일할 한국인 통역관을 구하고 있는 중이었다. 전에 있던 통역관이 전쟁 초기에 북한으로 도망쳤기 때문이다. 그가 한국인 통역관을 소개해줄 수 있냐고 묻길래 난 지금 미국에서 갓 돌아왔기 때문에 저명인사들을 잘 모른다고 했다. 그러자 그는 나에게 혹시 기자에 관심 없느냐고 물었다. 나는 정치학 공부는 다소 했지만 저널리스트 경험은 없다고 말했다. 하지만 결국 나는 그때까지 생각조차 하지 못했던 신문기자, 그것도 『뉴욕타임스』의 특파원으로 일하게 되었다.

국제연합군의 종군특파원

나는 이런 경로로 국제연합군과 주한 미 제8군 종군기자의 자격을 얻었다. 미국인 기자들은 뉴스 미디어 전용의 미군 숙소에서 생활했다. 거실이 곧 직장이었는데, 입구 출입문에 소속 회사명이 붙어 있었다. 미군

| 필자가 사용하던 『뉴욕타임스』 지프 　　　 | 휴전 후 판문점 군사위원회 취재 당시의 필자

이 텔렉스를 얼마든지 무료로 사용하게 해주어 기자들은 그것으로 본사에 특전을 보냈다.

　군에서는 지프도 빌려주었고 휘발유도 얼마든지 쓸 수 있게 해주었다. 지프의 방풍 장치 전면 아래에는 하얀 글씨로 쓴 '뉴욕타임스'라는 로고가 붙어 있었다. 『뉴욕타임스』 기자들은 주방이 딸린 방 두 개를 『타임라이프』 기자들과 공동으로 같이 썼다. 기자들은 접었다 폈다 하는 식의 작은 2단 침대에서 잠을 잤다. 『타임라이프』 기자인 내 룸메이트는 짐 그린필드라고 했다.

　나는 『뉴욕타임스』로부터 성과급 지불방식이 아닌 고정급으로 매월 700달러를 받게 되었다. 그 당시 한화로 환산하면 상당한 금액이었다.

　조던은 나를 능력 있는 기자로 만들려고 했다. 나는 우선 타자 치는 방법을 배웠는데, 기사를 잘 정리해서 완성하는 일은 생각처럼 쉽지 않았다. 처음에는 조던을 위해 우리말을 영어로 번역하고, 한국에 관한 정보를 수집하는 일을 했는데, 차차 일이 손에 익음에 따라 기사를 작성하게 되었다.

마감 시간을 지키는 것은 예나 지금이나 신문기자의 생명이었다. 나는 이 흥미진진한 일을 통해 한국의 정치 · 경제 · 사회 각 분야에 걸친 다양한 인사들과 접촉할 수 있었다. 또한『뉴욕타임스』기자 신분으로 한국의 정치 지도자들과도 자연스럽게 만나게 되었다.

이승만 대통령의 기지

휴전 뒤 긴장에 휩싸인 한국과 미국 간의 관계를 부드럽게 하고, 몰락한 한국 경제의 재건 전략을 수립하기 위한 아이젠하워 대통령과 이승만 대통령의 회담이 미 백악관에서 서둘러 마련되었다. 이 회담에서 존 포스터 덜레스 국무장관이 동북아시아의 안정과 평화 유지를 위해 일본의 역할이 중요함을 강조해 이승만 대통령을 몹시 화나게 했다.

이 대통령은 미국이 항상 일본을 동북아시아의 중요한 대리인으로 보는 것에 대해 불만을 갖고 있었다. 이 대통령은 화가 나 회담 중이던 방에서 밖으로 뛰쳐나와 아이젠하워 대통령을 애먹였으나 결국 오해가 풀렸고 회담은 계속되었다. 미국과 한국의 유대관계에 금이 간 것을 북한이 눈치 채지 못하게 하려고 당시 이 촌극은 엄중하게 비밀에 부쳐졌다. 한국은 그 뒤 미국으로부터 경제 부흥을 위해 7억 달러를 받아냈다.

서울에서 약 40킬로미터 떨어진 판문점에서는 지루한 군사위원회 회합이 계속되었다. 서울에서 판문점까지는 포장도로가 아니어서 논 가운데로 꼬불꼬불 이어지는 좁은 흙탕길을 통과해야만 했다. 한국은 휴전협정에 조인한 바 없었지만, 미국과 한국의 장성들이 유엔군을 대표했기에 이들 위원회가 휴전협정 위반사항을 취급했다.

　북한의 교섭전술은 서방 측에서 볼 때는 전혀 이해가 안 되는 것이다. 북측이 휴전협정을 위반했다는 문제가 발생하면, 북측은 처음부터 이를 부인하며 자기들을 중상모략하기 위한 날조라고 비난했다. 북한 측 대표는 하루 종일 그러한 부인과 선전활동으로 일관했다.

　판문점 교섭을 취재하는 일은 인내가 필요한 작업이었다. 북한 병사는 비열하고 적대적이었으며 아예 싸움을 걸려고 작정한 것처럼 우리에게 침을 뱉기도 했다. 취재 기간 동안 우리는 매일 소득 없는 긴긴 하루를 끝내고 지칠 대로 지쳐 밤늦게 철수했다. 얼굴이나 복장은 먼지를 뒤집어써서 허옇게 되었다.

　1954년 가을 이 대통령이 기자회견을 가졌다. 나는 미국에서 서울로 돌아온 후 대통령을 처음 뵈었다. 대통령은 서로 간에 아무 일도 없었다는 듯 나를 따뜻하게 대해주었다. 이 기자회견에는 내외신 기자 50명 정도가 참석했다. 나는 정중하지만 미묘한 질문을 했다. 대통령은 이제 79세를 맞이한 고령이었기에, 대통령이 후계자로 누구를 생각하고 있는지 알고 싶었다. 나는 대통령이 이러한 질문을 완곡하게 넘길 것으로 생각했다.

　한데 대통령은 나의 의도를 간파하고 전혀 딴 이야기로 화제를 돌렸다. 이러한 '동문서답' 식의 처신은 이 대통령이 곤란한 질문을 받을 때

| 이승만 대통령과 만나는 필자(1954년)

마다 사용해오던 방법이었다.

　우리들이 줄지어서 대통령에게 작별인사를 했을 때, 이 대통령은 나에게 지금 뭘 하고 있냐고 물었다. 그는 내가 『뉴욕타임스』의 기자가 된 것을 뻔히 알면서 그런 질문을 한 것이다. 내가 『뉴욕타임스』 특파원이라고 대답하자, 대통령은 "아, 그래서 자네 키가 그렇게 크구먼"이라고 말하며 문으로 향했다. 내 뒤에서 이 말을 듣고 있던 영국 『데일리 텔레그래프』 신문 특파원이 이 대통령의 함축성 있는 비유에 감탄했다.

　기자회견 뒤 기자들에게 커피나 홍차 등의 다과가 나왔다. 당시 한국에는 설탕이 귀한 때라 한국 기자들은 큰 탁자 주변에 모여들어 커피에 설탕을 많이 넣었다. 대통령은 이 광경을 보다 못해 미국과 유럽 기자들에게 "당신네 나라에서는 커피에 설탕을 타서 먹지만, 우리나라에서는 설탕에 커피를 넣어 먹는다오"라고 농담을 던졌다. 이 재치 넘치는 발언으로 다과회장 안은 웃음바다가 되었다.

미국 여성과의 결혼 이야기

나는 1954년 늦은 봄에 가족을 위해 서울 서북쪽에 위치한 작은 집 한 채에 세 들었다. 어머니는 되도록 빨리 동생들과 함께 서울로 돌아와 가족 모두와 함께 지내고 싶어했다. 나는 미군의 보도실 숙소에서 지내야 했지만, 그래도 드디어 가족에게 몇 해 동안의 피난 생활 끝에 적어도 먹고 잠잘 수 있는 장소를 만들어주게 된 것이다.

1954년 늦가을에 뉴욕에서 알게 된 돌로레스 보드킨으로부터 편지를 받았다. 그녀는 당시 미술반 학생이었는데 국제연합 한국재건단이 한국에서 일할 각종 서비스 요원을 모집한다는 신문 광고를 봤다고 했다. 그녀는 나에게 자신이 그 일을 해보면 어떻겠냐는 조언을 구했다. 그러나 편지의 분위기로 보아 그녀가 내게 마음이 있는 것이 분명했다.

나는 며칠간 어떤 대답을 해야 할지 망설이다 결국 마음을 분명히 정한 뒤에 긴 편지를 써서 그녀에게 한국에 올 생각은 말라고 했다. 나는 외국인 여성과 결혼할 생각은 없었다. 솔직히 말해 그녀에 대한 호감을 부정할 수는 없었으나 결혼할 생각은 없었다. 결혼이 이루어질 수 없는 관계를 계속한다는 것은 공정한 처사라고 생각되지 않았다.

놀라운 일은 미국은 물론 외국 땅을 밟아본 적도 없고 외부세계에 대해 아무것도 모르시면서도 어머니께서 나와 돌로레스와의 관계에 대해서는 관심을 보였다는 것이다. 나는 29세로 당시 기준으로 보자면 이미

혼기를 놓친 나이였다. 어머니께선 말할 것도 없이 내가 빨리 결혼해서 집안을 꾸려나가기를 원하셨다. 게다가 내가 돌로레스를 사랑하고 있다면 주저 없이 결혼해야 한다고 하신 어머니의 말씀에 큰 충격을 받았다. 어머니의 보수적이고 유교적인 사고방식과 가훈은 어디로 갔다는 말인가? 어머니의 이 말씀에 나는 그저 놀랄 따름이었다.

김일성이 남한 공산당 간부들을 숙청하다

1955년 여름, 판문점의 분위기는 극적으로 변했다. 1953년 스탈린이 죽은 이후로 이미 서방 측에 대한 소련의 전략이 다소 변화된 조짐은 보였다. 니키타 흐루시초프가 소련 공산당 제1서기에 취임했다. 서방 측에 대한 흐루시초프의 '미소' 전략이 판문점 북한 병사들의 행동에도 영향을 주었는지, 그들은 지금까지의 비열한 태도와는 대조적으로 우리를 미소 띤 얼굴로 대하게 되었고 침을 뱉는 따위의 행동은 더 이상 하지 않게 되었다. 물론 우리도 이에 대응하는 태도를 취했다.

어느 날 아침 한 북한군 장교를 만났다. 그는 북으로 가기 전 『뉴욕타임스』서울지국에서 통역일을 맡았었다. 그는 북한군 중령 계급장을 달고 수석 통역관으로 있었다. 우리는 서로 인사를 나눴고, 나는 그에게 북한에서의 생활이 어떠냐고 정중하게 물었다. 그는 그저 미소를 띠고 머리를 아래로 떨군 채 무언가 중얼거릴 뿐이었다. 나는 더 이상 깊이 있게 말을 잇지 않았다. 북한 공산당(노동당)의 수령 김일성은 이 해에 역사상 최대의 피비린내 나는 숙청을 단행해 친소·친중국 파벌 가운데 잠재적인 라이벌들을 조직적으로 숙청했다. 최종적으로는 전쟁 전에 남한 공산당에서 활발히 활동한 박헌영 당수와 그와 가장 가까웠던 동지들을 숙청했다.

판문점에서의 긴 휴전교섭에서 북한 대표단의 주임 통역을 맡았었고, 북한의 부수상격이라는 높은 지위에까지 오른 바 있는 설정식(薛貞植)도 추방됐다. 박헌영이나 설정식 그리고 월북한 많은 공산주의자들이 미국 CIA의 간첩으로 몰려 사형선고를 받았다.

박헌영과 그의 추종자들은 이른바 '토마토 공산주의자'였다고 하지만, 설정식이 그러한 쪽에 속해 있었다고는 생각되지 않았다. 그는 이른바 '사과 공산주의자'였다. 토마토는 속까지 새빨간 진짜 공산주의자를 말하며, 사과 공산주의자는 표면은 빨개도 속까지 빨갛지는 않은 공산주의자를 말한다. 나는 설정식이 제2차 세계대전 뒤에 인도적 사회주의로 기울었던 많은 지식인들과 마찬가지로 그러한 사회민주주의자파에 속해 있다고 생각하고 있었다.

1955년 3월, 『뉴욕타임스』 외교문제담당 칼럼니스트 C. L. 설즈버거가 주한 미국 대사 엘리스 브릭스의 초청으로 서울을 방문했다. 이 대통령은 스티븐스 육군장관을 비롯한 맥스웰 테일러, 라이먼 램니처 장군 등의 방한을 기념해 진해 해군기지에 있는 그의 별장에서 개최한 칵테일 파티에 설즈버거를 초청했다.

설즈버거는 오랫동안 『뉴욕타임스』의 해외특파원으로 있었다. 그는 전쟁이 끝난 뒤에도 세계의 많은 지도자들을 만날 수 있는 특권을 가진 몇 안 되는 저널리스트의 한 사람으로, 처칠, 드골, 아데나워, 나세르, 티토, 흐루시초프, 네루, 아이젠하워, 케네디 등을 면담한 사람이었다. 그리고 나는 그가 쓰는 신랄한 논평을 읽는 독자 중 한 사람이었다.

나는 그와의 첫 대면에 흥분했고, 들뜬 마음으로 그와 동행했다. 진해 해군기지는 매우 넓었다. 1905년에 이곳에서 출격한 일본 함대가 쓰시마 해협에서 러시아 함대를 격파한 일이 있었다.

우리들은 미 공군 중위가 조종하는 3인승 단발기로 진해까지 갔다. 기상이 좋지 않아 안개와 구름에 시야가 가려 조종사가 방향을 정하기 어려웠기에 굽이치는 철도 선로를 따라 비행하지 않으면 안 되었다. 고도를 낮추고 저공비행을 했기 때문에 혹시 충돌하면 어쩌나 불안했다.

대통령의 별장에 도착했을 때, 주빈으로 초청된 스티븐스 육군장관이 날씨가 나빠 아직 일본에 머물고 있다며 전화를 통해 대통령께 불참하게 된 것을 사과했다. 전화회선의 상태가 나빠 통화를 하던 대통령이 버럭 화를 내기도 했다.

고령의 대통령은 지구상에서 공산주의를 싹 쓸어버려야 한다는 생각을 지니고 있었다. 북한으로 군대를 진격시킨다는 대통령의 협박은 진지한 것이었기에, 미국은 군대에 연료나 탄약을 보름치밖에 배당하지 않았다. 유능한 베테랑 외교관인 엘리스 브릭스가 파견된 것도 이처럼 호전적이고 비타협적인 대통령을 달래겠다는 의도였다.

칵테일파티가 끝난 뒤 설즈버거는 국방장관 손원일의 초대로 손 장관과 함께 한국 해군 초계정을 타고 부산까지 동행했다.

우리들은 강풍이 부는 가운데 구식 모델인 미 해군의 PT보트(쾌속 초계어뢰정)로 해안선을 따라 부산으로 향했다. 변영태 외무장관과 정일권 육군참모총장도 동행이었다. 그들은 우리를 부산 교외에 있는 온천장으로 초대했다. 그렇게 많은 '별'과 고관들과 함께 온천장에 간 것은 그때가 처음이었다. 목욕 뒤에는 성대한 잔치가 열렸다.

　잔치의 화제는 주로 정치에 관한 것이었는데, 참석한 외무장관과 국방장관 그리고 참모총장 등 모두가 미국이 일본을 재무장시키려는 데 대한 이 대통령의 불안에 동조했다. 그들은 더 이상 한국이 일본에 의존하지 않아도 되도록 군수산업을 포함한 중공업을 발전시킬 수 있기를 간절히 희망했다.

　전쟁으로 인해 '조용한 아침의 나라' 한국은 혼란과 무질서, 빈곤과 절망에 뒤덮인 상태가 되었다. 기자들 대부분이 부패해 있는 가운데 뇌물 수수가 다반사로 이루어졌다. 그에 따라 한국의 젊은 기자들은 신문의 역할을 생각하고 신문의 자유를 강화하며 저널리즘의 질을 향상시킬 목적으로 '관훈클럽'을 만들었다.

　나의 하숙집에서 발기된 이 클럽 설립에 직접 참가하지 않았으나, 관훈동에 있는 하숙집에서 그들의 사고방식이나 활동을 마음속 깊이 지지했다. 관훈클럽 창립 멤버의 일부는 후일 우수한 저널리스트로 성장했고, 같은 숙소에 있던 세 동료 기자들도 후일 한국의 지도적 3대 신문의 편집국장이 되었다. 관훈클럽은 한국에서 가장 권위 있고 존중되는 정책논쟁의 요람이 되었고, 그곳에서 대통령 선거에 관한 논쟁 등도 벌어지곤 했다.

　나는 1955년 그믐날 외무부 통상국장에게서 봉투 하나를 받았다. 거기에는 2만 원이 들어 있었다. 대통령실과 정부 각 부처 출입 기자들은 당시 정기적으로 현금을 증여받고 있었다.

　그렇지만 나는 당혹스럽고 모욕당한 것 같은 기분이 들어 당장 외무부로 가서 옛날 동료이자 친구였던 통상국장에게 그 돈을 받을 수 없다고 했다. 나는 『뉴욕타임스』에서 넉넉한 월급을 받고 있으니 굳이 돈을 주지 않아도 된다고 익살스럽게 말했다.

그런데 이번에는 그 친구가 크게 당황했다. 외무부 출입 기자 20명 가운데 새해 촌지를 안 받겠다고 한 것은 아마도 나 혼자였을 것이다.

최초의 서명 기사

1956년 1월, 『뉴욕타임스』 신년판에 연차별 경제 평론이 내 이름으로 게재됐다. 나는 기사를 보고 순간 내 눈을 의심했다. 나는 영생중학교에

| 『뉴욕타임스』 로버트 트럼벌 도쿄지국장과 이승만 대통령을 단독 인터뷰하는 필자(1956년). 필자는 유엔군 종군기자 유니폼을 입고 있다.

다니던 시절, 길을 걸으면서도 단어를 암송해가며 영어와 싸웠던 일을 상기했다. 그때는 내가 『뉴욕타임스』 최초의 아시아특파원으로서 자기 서명이 들어간 기사를 쓸 수 있게 되리라고는 생각해본 적이 없었다.

1956년 3월 15일 대통령 선거가 실시됐는데, 이승만 대통령이 3선을 목표로 출마를 결정했다. 야당인 민주당 후보는 국회의장 신익희로, 그는 예전 상하이에 있던 망명 정부의 김구 주석 보좌관이었다. 하지만 그는 유세 도중 심장마비로 세상을 떠났다.

나는 1956년 봄 아시아에서 가장 역사가 오랜 여자대학인 이화여대 창립 70주년에 관한 기사를 썼고, 이 기사는 이화여대와 총장 김활란 박사를 칭송하는 사설과 함께 『뉴욕타임스』에 게재되었다.

그 결과 나는 이 대학에 잘 알려지게 되었는데, 김활란 박사는 나에게 이화여대 졸업생 중에서 신붓감을 찾아보도록 제안하기도 했다. 매력적인 제안이었지만, 나는 돈 많고 힘 있는 사람들의 정략적 결혼이 마음에 안 들거니와 내게는 이화여대 졸업생에 걸맞은 학력이나 혈연관계 또한 없었다.

『뉴욕타임스』 사장에 대한 정부 대변인의 항의

나는 또 『타임라이프』지에도 커트 프랜더개스트 도쿄지국장의 요청으로 이화여대 창립 70주년 기사를 썼고, 그에 대한 대가로 125달러를 받았다. 하지만 나는 이 잡지에 실린 나의 기사 내용이 대폭 수정된 것을 보고 놀랐다.

훗날『타임라이프』잡지가 뉴욕 본부의 유능한 기자들에게 기사를 재구성하도록 한다는 사실을 알았다. 그와는 대조적으로『뉴욕타임스』는 나의 영어가 다소 서툴더라도 나의 기사를 주물러서 바꾸는 짓은 하지 않았다.

대통령 선거가 있은 뒤『뉴욕타임스』의 로버트 트럼벌 도쿄지국장으로부터 한 통의 편지를 받았다. 그 편지에는 한국 정부의 수석 대변인인 오재경의 편지 사본이 같이 들어 있었는데, 내가 대통령 선거전을 보도하며 야당 후보의 편을 들어줬다고 항의하는 내용이 들어 있었다. 하지만 나는 선거전을 되도록이면 객관적이고 양심적으로 보도하려고 노력했었다.

『뉴욕타임스』의 사주 설즈버거는 오재경에게 보내는 답신에서 나를 옹호하며『뉴욕타임스』에 실리는 기사의 책임은 전적으로『뉴욕타임스』에 있다고 단언했다.

그 다음 주 정부 공보처의 사환이 나에게 큰 봉투 하나를 가지고 왔다. 그 속에는 서울의 양대 호텔 중 하나인 반도호텔의 두툼한 쿠폰 다발이 들어 있었다. 당시 이 호텔의 쿠폰은 양주나 양식 값을 지불하는 데 쓸 수 있는 아주 귀중하고 유용한 수단이었다. 나는 당장 뛰쳐나가 자전거를 타고 돌아가려는 사환을 붙잡아 봉투를 되돌려보낸 다음 공보처장에게 경솔한 회유책에 대해 항의했다.

일본에서의 특별 임무

나는 1956년 여름 『뉴욕타임스』로부터 재일한국인의 지위에 관해 특집기사를 쓰라는 지시를 받았다.

일본에는 60만 명 이상의 한국인이 살고 있었고, 그 대부분의 사람들이 제2차 세계대전 중 일본 식민지 당국에 의해 강제로 일본에 끌려와 광산이나 군수시설 등에서 강제 노동에 동원되었다.

그들은 전후에도 아무런 보상을 받지 못한 채 일본에서 제2급 시민으로 지내며 교육이나 거주, 고용 등에서 전반적으로 심하게 차별받으며 고생하고 있었다. 거기다 공산주의자들이 이러한 현실에 눈독을 들인 결과 60만 명 정도의 한국인 중 3분의 1 이상이 공산주의자 혹은 공산주의 동조자가 되었다. 이러한 상황은 인위적으로 분단된 한국에서의 이데올로기 투쟁의 축소판과 같았다.

나는 오사카와 교토를 방문해 각양각색의 인생을 걸어온 수십 명의 한국인들을 만나보았다. 한국인은 오사카에 가장 많이 모여 살고 있었는데, 특히 츠루하시의 빈민가에 약 4만 명이 조그만 판잣집에서 근근히 삶을 이어가고 있었다. 게다가 이곳은 공산주의자들이 많기로 유명했다.

나는 좁은 골목길을 지나 일반 거주 지역과 동떨어진 변두리까지 가서 많은 재일한국인들을 만났다. 어떤 이들은 노골적으로 적의를 나타냈다. 대부분이 남한 출신인데도 북한의 김일성에게 충성을 맹세하고 있었다. 이들은 독자적인 신용조합을 만들고, 김일성의 자조자립사상에 입각한 교육을 위해 학교도 열었다. 또 빈약한 수입의 일부를 떼어 북한으로 송금하기도 했다.

이 지구에 들어가 인터뷰하는 동안 그들에게서 스스로의 법과 질서 이외에는 아무것도 중요하지 않다고 생각하는 인상을 받아 신변의 위험을 느꼈다. 그리고 국제사회가 재일한국인의 지위와 처지를 오랫동안 무시해온 것도 심각한 인권 침해라는 생각이 들었다.

나는 도쿄에서 영광스럽게도 다시 이은 전하를 뵙게 되었다. 당시 나의 오랜 지인이며 나보다 스무 살 이상이나 손위인 조택원 씨가 정치적으로 이 대통령과 대립되어 망명 생활을 하고 있었다. 조택원 씨는 한국 현대무용의 선구자이며 일본의 저명인사들과도 친분이 있었다. 그는 이은 전하와 친구 사이였는데, 내가 도쿄에 온 것을 전하에게 알리자 전하께서 나와 같이 제국호텔에서 차를 나누기를 희망한다고 전했다.

내가 제국호텔에 도착했을 때, 놀랍게도 총지배인과 간부직원들이 모닝코트 차림으로 로비에 도열해 전하를 맞았다. 나는 매우 기뻤다. 적어도 제국호텔 직원만큼은 그를 여전히 전하로 모시고 있었기 때문이다.

우리들은 케이크와 차를 들었다. 전하는 예의바르게 조용조용히 나의 일에 대해 물었으나 당신 의견을 내비치지는 않았다. 차를 드시고 나서는 친절하게도 나와 함께 사진을 찍어주셨다. 나는 훗날 전하의 바깥 나들이가 매우 드문 일이라는 것을 알고 크게 영광스러웠다.

개인적으로 일본 부수상을 만나다

서울을 출발하기 전에 이 대통령의 정치보좌관 박찬일이 나에게 일본 정치인에게 한국과의 단절된 관계를 개선할 의사가 있는지 알아봐줄 수 있겠느냐고 연락해왔다. 박찬일은 나의 친지였기 때문에 나는 한번 알아보겠노라고 답했다. 나는 조택원 씨의 지인 가운데 집권당의 리더 중 한 사람인 후나다 나카(船田中)라는 사람이 있다는 것을 알았다. 후나다는 자민당의 정조회장이었다.

나는 조택원 씨에게 후나다가 당시 외무대신을 겸하고 있던 기시 노부스케(岸信介)와 나와의 개인적 회합을 주선해줄 수 있겠는지 물었다. 나는 외상으로서의 기시를 만나고 싶었다. 후나다는 오랫동안 믿을 만한 친한파로 알려져왔고, 친절하게도 나와 기시와의 만남을 한번 주선해보겠다고 전해왔다. 하지만 결국 외상과의 만남은 이루어지지 못했다. 그는 내가 일개 한국 시민이므로 외무대신이 나와 만나는 것은 부당한 억측을 낳을 염려가 있다고 했다. 후나다는 부총리인 이시이 미쓰지로(石井光次郎)와 만나는 것은 어떠냐고 제안했다.

나는 차로 부총리의 집무실이 있는 총리관저로 안내되었다. 이시이는 운동 선수 같은 체격에 사교적인 사람이었다. 그는 미국 젊은이들과 만날 때처럼 영어로 이야기하고 싶다고 했다. 그는 나를 『뉴욕타임스』에서 일하고 있는 한국계 미국인쯤으로 생각하는 듯했다. 나는 그의 제의를 받아들이며 일본말로 대답하고 싶다고 했다. 이 회견에는 후나다도 동석했는데, 그는 서투른 일본어와 어설픈 영어로 이야기를 주거니 받거니 하는 모습이 재미있는 듯했다.

나는 이시이에게 이 대통령은 36년간에 걸친 식민지 지배에 대해 일본이 한국에 공식적으로 사죄하기를 바라고 있다고 했다. 사죄하는 것이 양국 간에 냉각된 관계를 정상화시키는 모든 일에 전제가 되며, 한국 또한 분위기 개선을 위해 일본의 사죄사절단을 환영할 것이라고도 말했다.

| 〈설국〉 로케 중인 배우 이케베 료(왼쪽에서 두 번째)와 함께(맨 오른쪽이 필자, 1955년경)

　　이시이는 이웃 국가와의 관계를 정상화시키기 위한 전향적인 자세와 비전을 가질 필요가 있다는 것은 인정했으나, 일본이 사절단을 보내는 일은 정치적으로 도저히 받아들이기 어렵다고 말했다. 그렇게 회견은 끝이 났다.

　　후나다는 그날 밤 조택원 씨와 나를 아카사카에 있는 오랜 단골 요정으로 초대해 게이샤 파티를 열어주었다. 후나다는 부드러운 어조로 이시이와 나의 어설픈 말투를 흉내 내면서 좌중을 웃음바다로 만들었고, 그후로 후나다와 나는 좋은 친구가 되었다.

　　훗날 그는 중의원 의장이 되었고, 한일관계를 긴밀하게 하는 데 중요한 역할을 맡았다. 그의 노력으로 양국은 결국 1965년에 외교관계를 수립했다. 후나다는 맥아더 장군 점령시대에 7년 동안이나 숙청 대상이었다. 그가 없는 동안 도쿄대학에서 로마법의 저명한 교수였던 동생 교지가 입후보해 당선되었다. 후나다 교수는 일본 식민지 시대 때 서울에 있는 경성제국대학에서도 학생들을 가르쳤고, 그를 계기로 한국에 많은 지인을 만들었다. 조택원 씨도 그중 한 사람이었다.

나는 서울로 돌아와 이 대통령의 정치보좌관에게 회견 결과를 보고했다. 나는 일본과의 오랜 불편한 관계를 누그러뜨리려면 세월이 많이 필요할 것이라고 결론지었다. 이러한 적대적 분위기는 결코 새삼스러운 것이 아니었다. 한국전쟁 전에도 맥아더 장군이 두 국가의 중재에 나선 적이 있었다. 맥아더 장군의 초청으로 이 대통령이 도쿄를 방문해 요시다 시게루(吉田茂) 수상과 만났던 것이다.

이 두 지도자는 완고한 정치가로 알려져 있었다. 처음 만났을 때 요시다 수상이 이 대통령에게 유명한 한국의 호랑이에 대해 물었을 때, 이 대통령은 외국인들의 잔혹한 수렵 때문에 거의 전멸 상태라며 한국에 대한 일본의 약탈을 빈정대는 어조로 비판했다. 양국의 화해 시도는 처음부터 이처럼 잘 풀리지 않았다.

1956년 초 루이지애나주 출신의 알렌 상원의원이 상원세출위원회 석상에서 한국을 미국의 대규모 경제원조를 탐내는 거머리에 비유했다. 이에 한국인들은 대단한 모욕감을 느꼈다.

우리는 우리나라의 무력함을 한탄했다. 그 비극의 원천은 1910년 일본에 의한 한국 병합에 이르는 여러 가지 사건으로 거슬러 올라간다. 우리들은 제2차 세계대전이 끝난 뒤 '누가 우리나라를 인위적인 분단국가로 몰고 갔는가' 하고 묻지 않을 수 없었다.

| 한국을 비난하는 성명을 발표한 후 김포공항에 도착한 알렌 상원의원 (가운데가 필자, 1956년)

1956년 늦은 봄 조사단의 일원으로 한국을 방문한 알렌 상원의원과 인터뷰를 하기 위해 공항으로 나갔다. 나는 그가 남부 출신의 지극히 보수적인 정치가이며 고립주의자라는 인상을 받았다. 한국은 스스로의 생존뿐 아니라 일본과 미국의 생존을 위해 공산주의와 싸웠노라고 굳게 믿고 있었다. 나는 그의 태도에 어처구니가 없었다.

수도 경찰청장과의 소동

1956년 가을, 한국의 거리에서는 반일 데모가 계속됐다. 한국 측의 갖

가지 주장을 둘러싸고 한국과 일본 사이에 다년간 단발적이긴 하지만 교섭이 진행되었으나 성과는 없었다. 어느 날 나는 외무부 문전에서 수백 명의 데모 대원이 외무부에 난입하려다 50명 이상의 헬멧을 쓴 경관에게 저지당하는 광경을 보았다.

난투 중인 가운데 내가 외무부로 들어가려고 하니까 평복을 입은 사내가 나를 밀어 쓰러뜨리려 했다. 나는 그를 물리쳤다. 그런데 다음 날 아침 두 사람의 형사가 우리집으로 찾아와 종로경찰서로 동행하자는 것이었다. 순간 어제 외무부 앞에서 일어난 데모에서 무슨 일이 일어났구나 싶었다. 나는 같은 집에 동숙하던 동료를 시켜 곧바로 치안국장에게 연락을 취하도록 했다. 국장은 이 대통령의 경비 주임이었을 때부터 나와 아는 사이였다.

나는 서장실로 안내되었다. 서장은 『뉴욕타임스』기자로서의 나의 입장을 고려해 조심스럽게 다루었다. 서장은 차분한 어조로 나를 징병 위반 혐의로 취조한다고 말했다. 나는 폐결핵이라는 병력도 있고, 외교관으로서 해외에 부임했었기 때문에 병역 복무를 요구받은 일이 없었다.

우리들이 옥신각신하는 도중 보좌관이 뛰어들어와 서장 귀에 대고 뭔가를 속삭이더니 두 사람이 방 밖으로 나갔다. 서장이 돌아오는 것을 기다리는 동안 나는 그의 책상 위에 놓인 서류를 보았다. 놀랍게도 내가 징병법 위반뿐만 아니라 반미분자 리스트에 올라 있는 게 아닌가. 정부는 반미 한국인을 공산주의자 또는 공산주의 동조자로 취급하는 경향이 있었기 때문에 이것은 중대한 용의인 것이다.

나는 그해 초, 미 제8군 본부 정문에서 나의 운전기사가 미 군표를 소지했다는 의심을 받고 조사받은 것에 항의한 결과 반미분자로 낙인찍힌

것은 아닌가 싶었다. 그런데 잠시 뒤 서장이 돌아와 싱긋 웃으며 내가 이곳에 잘못 불려 왔노라고 말했다. 서장은 폐를 끼쳐 미안하다고 사과했다. 나는 순간 동료가 치안국장에게 연락해 조치를 취했다는 것을 짐작할 수 있었다.

나는 지국으로 돌아와 당장 치안국장 김장흥에게 전화를 걸어 도움을 주어 고맙다고 인사했다. 내가 전날 외무부 앞에서 밀어제친 사내가 바로 수도 경찰청장이라는 것을 알았다. 나는 경찰을 동원해서 정치적 반대세력을 협박하는 일은 권력의 남용이라고 항의했다. 하지만 그는 이 사건을 무시했다. 김장흥은 내가 대통령의 총애를 받고 있는 인물 중의 한 사람임을 알고 있었기 때문에 나를 구한 것이다.

첫눈에 반한 사랑

1956년 크리스마스 시즌에 다가온 한 우연한 만남이 결국 내 인생을 크게 바꾸는 계기가 되었다. 내가 사용하던 미군 지프가 전쟁이 끝나면서 회수되는 바람에 그 대신 『뉴욕타임스』 도쿄지국이 폰티악형의 오래된 컨버터블(지붕을 접을 수 있는 차종)을 보내왔다. 당시 한국에서는 이런 차가 한 대도 없었다. 서울에서도 사람들이 나를 일컬어 가장 부러운 총각이라고 불렀다.

어느 날 나는 천병규 형을 찾아갔다. 그의 집에 우연히 한 젊은 여성이 와 있었는데, 그는 당시 사회의 관례에 따라 그녀를 내게 소개시키지 않았다. 정면으로 그녀를 바라볼 기회는 없었지만 나는 그녀가 얌전한 성격이겠거니 생각했다. 나는 그녀의 우아한 아름다움에 반해 차츰 그녀에게 눈길이 끌렸다. 이유도 모른 채 갑작스레 그녀에 대해 알고 싶어졌다.

나는 그녀가 자리를 뜬 다음 천병규에게 그녀가 누구냐고 물었다. 천병규는 그녀는 김혜영(金惠英)이며 자신이 근무하는 한국은행 총재의 딸이라고 했다. 혜영은 스물셋이었고, 일본 학습원대학과 비슷한 학풍인 세이조대학에 재학 중이었다.

학습원은 당시 귀족계급이나 황실 가족의 자녀들이 다니던 학교였는데, 세이조대학 학생들도 거의가 상류 가정 자제들이었다. 혜영은 그 이전에는 성심여학원 고등부를 다녔다. 미치코(美智子) 황후도 혜영과 동급생이었다. 혜영은 현재 방학 중이라 도쿄에서 집으로 돌아온 터였다.

| 서울에서 단 한 대밖에 없던 컨버터블 자동차 앞에 선 필자(1957년)

| 비밀 데이트 시절(1957년)

　천병규의 부인이 혜영의 부모님에게는 알리지도 않고 혜영과 나의 만남을 주선해주었다. 우리들의 처음 만남은 잘 진행되었고, 혜영도 나에게 관심이 없지 않다고 느꼈다.

　처음 데이트 때 내가 얼마나 혜영의 호감을 사고 싶어했는지 스스로도 놀랐다. 지금 생각하면 좀 지나치지 않았나 싶지만, 나는 혜영의 차분한 태도에 좋은 인상을 받았다. 그녀는 자기 집안이 잘사는 것을 과시하려 들지도 않았고, 유복하고 이름 있는 집안의 딸들에게서 느껴지기 쉬운 교만함도 없었다. 나는 그녀에게 첫눈에 반했고, 두 사람이 이 세상에 태어나기 전부터 하늘이 인연을 맺어놓은 것이 아닌가 하고 생각하기 시작했다.

　우리들은 정기적으로 데이트를 시작했다. 혜영의 부모님은 아직 이 사실을 모르고 있었다. 나는 혜영이 대학으로 돌아갔을 때 도쿄로 가서 처음 혜영의 양친을 만났는데, 그의 양친은 내가 막내딸과 결혼하는 일에 무척 반대하였다. 특히 풍족한 환경에서 자란 모친께서 강하게 반대했다. 혜영의 부친은 은행가의 자제였고, 오빠도 한국은행에서 근무 중이었다.

혜영의 어머니는 여러 가지 이유를 들어 우리의 결혼을 허락하지 않으셨다. 첫째는 내가 북한에서 내려온 난민이라 집안 내력을 알 수 없었기 때문이다. 혜영 모친은 나의 나이로 보아 이미 홍원에 처자가 있지 않을까 하는 데까지 의심하는 눈치였다. 둘째로 혜영의 어머니는 딸을 은행가와 결혼시키고자 하였다. 그녀는 은행원이 안정적이며 존경받을 수 있는 직업이라고 생각했기 때문이다. 셋째로 그녀는 신문기자를 좋아하지 않았는데, 기자들은 모두가 부패했다고 생각하고 있었기 때문이었다. 넷째로는 내가 집을 가지지 못한 것을 못마땅하게 여겼다. 나는 북한에서 결혼한 일이 없고, 뇌물에 손을 벌린 일도 없었다는 사실 이외에, 혜영 모친이 나에게 호감을 갖도록 할 만한 매력을 단 한 가지도 가지고 있지 못했다.

부모님의 반대를 무릅쓰고 결혼하다

그러한 반대에도 불구하고 우리는 1년 이상 교제를 계속하며 그녀 부모님의 생각이 바뀌기를 기다렸다. 천병규의 가족도 도움을 주어서 결국 혜영의 부모님은 결혼을 허락했다. 우리 두 사람은 1958년 5월 31일 혜영의 모교인 경기여자고등학교 강당에서 결혼식을 올렸다.

국회의장 이기붕 씨가 결혼식 주례를 맡아주겠다고 했다. 이기붕 씨와

| 김혜영과의 결혼(1958년 5월 31일)

혜영의 부친은 친구 사이였고 나도 그를 잘 아는 처지였다. 하지만 나는 정치가의 주례를 좋아하지 않았고 혜영의 아버지 역시 나와 같은 의견이 었다. 혜영과 나는 크리스천은 아니었지만 감리교회 목사에게 주례를 부탁했다. 결혼식에는 500명 이상의 하객이 참석했다.

권력 있는 사람과 돈 많은 사람의 정략 결혼이 흔한 가운데, 우리 두 사람의 결혼은 많은 점에서 이례적이었다. 독일 대사는 여러 어려움을 극복한 우리의 낭만적인 싸움의 승리를 칭송하는 헌시를 지어 보내기도 했다.

결혼하고 얼마 뒤 혜영의 오빠가 연희대학 학생으로 스물한 살의 나이에 북한 공산군에게 끌려간 사실을 알게 되었다. 그 당시 북한군은 서울을 점령한 3일 동안에 '학도의용군'을 끌어 모았다. 몇 만 명의 의용군이

다시는 돌아오지 못했다. 그 대부분이 반격에 나선 한국군과 미군으로부터 북한군을 지키는 인간 방패에 동원되었다. 그들은 군사훈련도 안 받고 준비도 없었기에 수많은 희생자가 발생했다. 전쟁으로 남과 북의 가족들 모두가 큰 상처를 입었으며, 혜영의 가족도 예외가 아니었다.

4·19와 이 대통령의 실각

1957년 봄, 이승만 대통령의 정치보좌관으로 있던 지인 박찬일로부터 주미 한국 대사와 유엔 주재 한국 대사 쌍방이 나를 필요로 하고 있다는 이야기를 들었다. 두 사람 모두 내가 자신들의 대변인이 되어주었으면 한다는 것이다.

유엔 대사는 임병직 씨로, 나는 한국전쟁 전에 외무부에서 그의 비서관으로 근무한 적이 있었다. 주미 대사 양유찬 박사는 제2차 세계대전이 끝나기 전에 호놀룰루에서 오랫동안 산부인과 의사로 있었으며 이승만 대통령의 친구이기도 했다.

그로부터 일주일이 지난 어느 날 박 보좌관으로부터 대통령이 경무대에서 나를 만나고 싶어한다는 전화 전갈이 왔다. 내가 대통령 집무실에 들어서는데, 대통령은 내가 자리에 앉기도 전에 느닷없이 "유엔을 통해서는 한국이 통일될 수 없어"라고 말했다. 이 대통령은 그때까지 공식적으로 일관되게 유엔을 통한 통일을 주장해온 터였으므로 나는 이 말에 크게 놀랐다. 그는 또한 15분간의 회견이 진행되는 동안 대사 두 사람의 요망사항에 관해 언급이 없었다.

| 경무대 정원에서 이루어진 이승만 대통령의 기자 회견(마이크 앞에 앉은 사람이 필자)

이 대통령은 이처럼 인사 문제나 용건을 우회적으로 돌리는 버릇이 있었다. 나는 이분이 나를 만나게 되어 기분이 좋으시구나 하고 느꼈지만, 무슨 생각을 하고 계시는지 정확하게 알 길은 없었다. 면회는 짧았고 결론도 없었거니와 요령부득이었다.

1959년 11월, 아내가 첫 아기를 낳았다. 여자아이였다. 우리나라에서는 딸보다 아들이 환영받는데, 첫 자식의 경우는 더욱 그러했다. 그러나 나는 딸을 원했다. 나는 잡지에서 푸른 눈을 한 금발의 아름다운 여자아이의 사진을 오려 벽면에 걸어놓고는 내가 여자아이를 원하고 있다는 마음을 아내에게 은근히 알리곤 했다. 그러나 가족들은 아들을 낳는 것이 아내의 의무라고 생각했고 태어난 아기가 여자아이라 다소 실망하는 분위기였다.

나는 아내의 이름 가운데서 '혜(惠)'라는 한자를 골라 아이의 이름을 '혜미(惠美)'라고 지었다. 혜미는 현숙하고 아름답다는 뜻이다. 내가 지은 딸의 이름은 이례적이었다. 유교 전통에 따르면 세대 간에는 엄밀한 질서가 지켜져야 하며, 양친의 이름 가운데 어떤 문자도 아이들 이름 속에 쓰지 못하게 되어 있었다. 어머니께선 처음에 실망이 컸으나 손녀딸의 귀여운 모습을 보며 차차 기뻐하셨다. 가족 모두가 얼마 안 가서 혜미를 애지중지하게 되었다.

자식을 두게 되자 양 어깨가 무거워진 듯했다. 나는 자신의 장래에 대해 심각하고 진지하게 생각하기 시작했다. 무엇을 할까가 아니라 무엇이 가족을 위하는 길인가가 문제였다. 신문기자 생활에 만족할 것인가 아니면 다른 방면의 일거리를 찾을 것인가. 『뉴욕타임스』의 일은 일상생활을 안정시키긴 했지만 한국 이외의 곳에서 저널리스트로서 활약하게 될 전망은 없었고, 또한 서서히 싫증을 느끼고 있었다.

대통령 선거는 1960년 3월에 실시될 예정이었다. 이 대통령은 이기붕 국회의장을 부통령 후보로 뽑아 역사상 없었던 4선을 목표로 했다. 야당인 민주당은 노련한 조병옥을 대통령 후보, 장면을 부통령 후보로 지명해 이에 맞섰다. 조 박사는 미군정하에서 경무부장을 지냈고 한국전쟁 때는 내무장관이었다.

그는 이승만의 독재에 항거하며 사임한 뒤 민주당에 가담한 것이다. 나는 그의 열정적인 정신을 좋아했고, 한국의 민주화를 위해 오랫동안 노력해온 그의 투쟁을 존경하는 터였다. 그는 나를 남산 기슭에 위치한 외교클럽 점심식사에 초대해 비밀당원이 되어달라고 권한 일이 있었다.

나는 『뉴욕타임스』에서 근무하고 있는 한 정치활동에는 참가할 수 없다고 그것을 거절했다. 내 결정을 그분도 이해했으며, 우리들의 교우관계는 지속되었다.

조 박사는 선거 전 막바지에 신장병 치료를 위해 워싱턴으로 갔다. 그런데 1956년 대통령 선거 때도 그러했듯이 이번에도 야당 대통령 후보가 병으로 투표 전에 워싱턴에 있는 월터 리드 육군의료센터에서 사망했다.

투표 과정에 부정행위가 있었다는 비난이 퍼져나가는 가운데, 이승만 대통령이 제4대 대통령에 재선됐다. 그 뒤 대학생 데모가 전국으로 퍼졌고, 급기야는 고교생까지 참가하기 시작했다. 시민들이 데모에 동조하는 가운데 사회질서가 붕괴되기 시작했다.

데모는 격화일로로 치달아 경찰이 데모대를 향해 실탄을 발사해 몇 명의 사망자를 내게 되었다. 부산 경찰은 데모 물결을 막아보려고 사망자의 호주머니에 공산당 선전 조직의 가짜 전단을 밀어 넣어 마치 데모가 공산주의 잠입분자의 선동에 의한 것인 양 몰아갔다.

그러던 와중에 한 고등학생이 실종되었고, 몇 주 뒤에 마산항에서 산탄이 관통된 시체로 발견되었다. 급우들과 함께 가두데모에 참가한 열일곱 살의 김주열 군으로, 이 사실은 전국에 큰 충격을 주었다.

나는 사건 취재를 위해 마산으로 내려갔다. 김주열의 시신은 도청 부지에 있는 일본의 낡은 신사 구역 내 제단 멍석 위에 안치되어 있었다. 분노한 수백 명의 시민이 매일 그곳에 모여 그를 애도했다.

군중들은 가끔씩 슬픔과 노여움에 가득 차서 이 젊은 학생의 시체를 머리 위로 치켜들고 김주열을 서울로 운구해 부통령에 선출된 이기붕 국회의장 집으로 가자는 등 소란을 피웠다. 내 마음속에 갑자기 어두운 그림자가 번졌다. 우리나라의 운명은 대체 어디로 가고 있는 것인가. 너무나 불투명한 상황이었다.

경찰의 무자비한 대응이 김주열의 죽음을 부른 사실이 알려져 가두의 데모는 더욱 격화되었다. 나는 마산에서 가두데모를 취재했다. 젊은 어머니들이 제복 입은 여고생들과 합류하여 경찰과 대치하고 있었다. 경찰은 여고생들 머리 위로 총탄을 발사했으나, 그들의 기는 꺾이지 않았다. 데모는 더욱 거세졌다.

나는 서울로 돌아오는 길에 경찰을 지휘 중인 홍진기 내무장관을 만나러 갔다. 나는 그를 잘 아는 처지여서 내가 보고 온 것을 알려주고자 했다. 그러나 유감스럽게도 그는 현지 상황을 잘 파악하고 있다고 하는 말만을 되풀이했다. 나는 국법의 최고 집행당국자가 이토록 혼란스러운 중대 사태를 제대로 알지 못하고 있는 사실이 슬플 따름이었다.

열일곱 살 소년의 죽음이 불씨가 되어 일어난 4·19혁명으로 결국 12년 동안의 이승만 독재정권이 붕괴되었다. 이 사건은 민중이 부정과 실정에 반대하여 궐기했을 때 군의 힘도 이것을 막을 수 없다는 귀중한 교훈을 남겼다.

이승만 대통령이 경무대를 떠나는 날 수십만의 시민이 대통령을 한 번 더 보겠다고 거리로 쏟아져나왔다. 대통령은 그때 이미 여든다섯 살이었다. 많은 사람들은 대통령 측근의 보좌관이나 각료들이 대통령에게 제대로 진실을 전달하지 않았을 거라고 의심했다. 사실 영부인은 나이 든 남편의 건강을 염려하여 좋지 않은 보고서를 가져온 보좌관이나 각료를 언제나 나무라곤 했다.

대통령이 직접 선거의 부정행위를 지시했는지의 여부는 의문으로 남아 있지만, 대통령의 나이나 측근 인사들의 불성실함을 생각해볼 때, 그가 당시 상황 파악에 어두웠던 것은 분명한 것으로 보인다.

이 대통령과의 최후 회견

나는 그 다음 날 그가 대통령이 되기 전인 1948년에 내가 자주 방문하던 이화장으로 찾아갔다. 저택 주변의 분위기는 놀랍도록 고요했다. 대문을 들어서니 영부인이 짙은 보라색 작은 안경 너머로 마치 내가 대통령의 실각에 책임이라도 있다는 양 날카롭게 바라보았다.

대통령은 몹시 피로해 보였으나 평온한 표정을 지으셨다. 모자를 쓰고 단장을 짚으셨는데 코커스패니얼종의 애견 해피가 주변을 깡충깡충 뛰어다녔다. 나는 말없이 머리를 숙이며 그의 손을 잡았다.

그는 국민들이 그렇게 강한 정치의식을 가지고 있으리라 생각하지도 못하였다고 말했다. 좀더 빨리 상황을 깨닫지 못한 것에 낙담하신 듯이 단장으로 애견을 가리키며 "나의 충실한 친구는 이 해피뿐이야"라고 말씀하셨다. 나는 그분의 말씀을 듣고 충격과 실망이 컸다. 1945년 가을, 내가 처음 그분을 만난 때부터 나를 항상 아껴주신 일을 생각하자 슬픈 생각만이 들었다.

그는 20세기 초 조선왕조를 폐지할 것을 주장했고, 오랜 미국 망명 생활 동안 배운 민주주의 원칙을 주장하여 투옥되었으나 그의 독재정치는 결국 그가 반대한 왕조정치와 비교해서 크게 다를 바 없는 것이었다. 그러나 그가 나에게 관심을 보이고 나를 훈련시켜 외교관을 만들어보려고

| 필리핀 마닐라에서 개최된 유네스코 아시아회의에 한국 대표로 참석 중인 필자(1960년)

한 일을 잊을 수가 없었다. 이승만 전 대통령은 나와 헤어져 천천히 샘물 터 쪽으로 걸음을 옮겼는데 나는 무거운 심정으로 그 자리를 떠나지 않으면 안 되었다. 그것이 우리의 마지막 만남이었다. 그는 1965년 호놀룰루에서 망명 생활을 하던 중에 세상을 떠났다.

그러나 이것이 최후는 아니었다. 그로부터 5년 뒤 나는 김포공항에서 호놀룰루로부터 도착한 그의 유해를 모신 관을 맞이하게 되었다. 그는 고국에 매장되기를 원했다. 내각은 명예를 잃고 국외로 추방당한 초대 대통령의 유해를 어떻게 예우할 것인가를 놓고 몇 시간 동안 검토했다. 이 문제는 군사정권인 박정희 정권으로 볼 때 대단히 미묘하고 또한 정치적 위험도가 따르는 문제였다.

최종적으로 의전장만이 정부를 대표하여 장례식에 참가하기로 결정이 났다. 그러나 정부는 국립묘지에 매장할 것을 승인했다. 이 박사와 나의 오랜 관계는 특별한 것이고, 또한 드문 관계이기도 했다. 이것은 어쩌면 우리 둘의 숙명적인 인연이었는지도 모르겠다.

이 대통령이 떠나기 직전에 권력은 허정에게 인계됐다. 허씨는 이전부터 이 대통령의 동지이며 교통장관, 사회장관을 역임했으며 자립심이 강한 정치가로서 청렴성 때문에 온 국민의 존경의 대상이 되었다.

그의 당면 임무는 사회질서의 회복과 되도록 빠른 시일 내에 선거를 실시하는 일이었다. 국회는 헌법을 개정하여 대통령중심제에서 내각책임제로 바꿈으로써 내각이 통치상의 주된 권력을 가지도록 했다.

내각책임제와 장면 총리

우리나라는 1960년 후반기에 일찍이 없었던 행복한 분위기에 휩싸여 있었다. 대한민국 정부 수립 이래 가장 민주적인 총선거가 실시되었고, 민주당 후보가 압도적으로 많이 선출됐다. 장면이 내각책임제를 확립할 책임을 지고 총리에 취임한 동시에 윤보선이 주로 의례적 지위를 가지는 대통령에 선출됐다.

그러나 원맨(이승만)에 의한 다년간의 철권정치의 반동으로 코르크를 뽑은 샴페인처럼 시내 도처에서 온갖 종류의 희망, 불평, 욕구 등이 터져나와 매일같이 가두데모가 되풀이되었다.

장면 총리는 자택 앞에서 일어나는 매일의 데모를 피하여 반도호텔로 옮겼다. 우리들이 이야기를 나누고 있는 동안에도 장 총리는 나에게 "나는 저 소음 때문에 견딜 수가 없소" 하고 말하였다. 나는 웃으면서 영어로 "저것은 정부 수뇌인 당신의 책임이오"라고 답하였다.

장씨는 식민지 시대에는 중학교 교장이었고 훌륭한 교육자로서 존경받는 존재이자 신앙심 깊은 가톨릭 신자이기도 했다. 그는 의문의 여지 없이 도덕적이고 윤리적 인물이지만 조병옥처럼 카리스마가 강한 사람도 아니고 대담성과 너그러운 면에서도 부족했다. 사람들은 그를 약하고 무능한 수상으로 보았고, 그가 신뢰하여 등용한 몇몇 추종자들은 얼마 뒤 국민의 이익을 위해 봉사하기보다 축재에 더 열중하게 되었다.

쿠데타

1961년 5월 15일 밤 둘째를 임신 중이던 아내가 진통이 시작되어 나는 급히 그녀를 병원으로 데려갔다. 아내를 병원에 남겨두고 집으로 돌아왔는데, 마음이 산란하여 아무 일도 손에 잡히질 않아 밤이 어지간히 깊은 다음에야 잠자리에 들었다.

나는 동이 트기 이른 시간에 기관총의 연발 소리 같은 요란한 소리에 눈을 떴다. 총성이 처음에는 한강교 쪽에서 들려왔는데, 한강 다리는 멀어서 우리 후암동 집에서는 보이지 않았다.

박정희 소장에게 충성을 맹세하는 수천 명의 부대원이 시내로 돌입해 정규군 부대와 충돌했다. 쌍방이 유혈을 피하려고 했으나 어쩔 수 없이 다수의 사상자가 발생했다. 방송 프로그램이 중단되고 "군사혁명에 의

| 1961년 5·16군사쿠데타로 국가재건최고회의 의장에 취임한 박정희 소장과 『뉴욕타임스』
의 단독 인터뷰(왼쪽이 필자, 가운데가 박정희 소장)

해 '부패하고 무능한 장 정권'이 타도되었다"는 흥분된 소리가 들려왔
다. 이것을 마지막으로 부패를 비롯한 정치적, 사회적 병폐를 일소하고
빈곤과 부정의 근절을 맹세하며 나라의 근대화를 약속하는 혁명 선언이
발표되었다.

나는 집을 뛰쳐나와 지국으로 향했다. 육군본부나 국방부와의 전화는
연결되지 않았으나 온갖 시도 끝에, 전선 방위를 맡은 이한림 제1군 사
령관하고 접촉이 되었다. 그는 쿠데타 측에 편들지 않고 윤보선 대통령
에게 충성을 맹서하고 있는 듯했다. 그러나 박 장군에게 충성하는 부대
는 큰 저항 없이 육군본부를 점거했다.

헌법에 위배되는 이러한 정권 교체는 복잡한 외교 문제를 일으켰다.
쿠데타의 지도자는 윤 대통령을 설득해서 쿠데타를 승인받고자 했으나

잘 되지 않았다. 나는 경무대에서 이 사건을 취재했다. 대통령의 관저(청와대)는 긴장에 휩싸였고 장교들은 전투에 대비해 가슴에 수류탄을 달고 대통령과의 교섭에 임했다.

몇 시간의 엄격한 교섭으로 윤 대통령과 쿠데타 지도자들 간에 타협이 이루어졌고, 윤 대통령은 대통령 지위를 계속 유지하되 그 역할은 의전 문제에만 국한되었다. 그리고 정부 실권은 박 장군 이하의 쿠데타 지도자들에게 인도하도록 결정되었다. 이렇게 함으로써 외국으로부터 새로운 외교승인을 얻을 필요가 없게 되었다.

장 정권 붕괴와 동시에 국회가 해산되고 박 장군이 육군참모총장 송요찬을 총리 겸 외무장관에 임명했다. 쿠데타 지도자들은 즉각 국가재건회의를 설치하고 이 최고회의가 입법기관에 준하는 역할을 하게 했다.

에이브 로젠탈이 서울로 날아와 군사쿠데타 이후의 정세를 취재했다. 나는 그가 서울에 체류하는 동안 한국 측으로부터 수집된 정보를 모두 그에게 제공하고 필요에 따라서는 번역도 했다.

나는 이 취재 작업을 위해 3일간 밤낮없이 동분서주했고 집에 들러 새로 탄생한 아이의 얼굴을 볼 기회도 없었다. 아내는 나의 형편을 이해해 주었지만, 나는 맏아들 성범이 태어났을 때 아내 곁에 같이 있어주지 못한 일에 죄의식을 느낄 뿐이었다.

5

신출내기 대사 시절

주미 한국 대사관의 공보담당관이 되다

1961년의 5·16군사쿠데타는 움트기 시작한 민주주의의 싹을 잘라버렸다. 1960년 4·19혁명으로 이승만 대통령의 12년에 걸친 독재에 종지부를 찍고 민주적 총선거로 가는 길이 막 열리려던 참이었다.

영국의 어떤 저널리스트가 한국에서 민주주의를 기대하는 것은 쓰레기통에서 장미꽃을 찾으려는 것과 같다고 혹평한 것도 이 무렵의 일이었다.

그런데 7월 초 어느 날 군사정권에 대한 국제적 지지를 얻는 데에 골몰하던 외무부의 친구 방덕희 차관에게서 연락이 왔다. 방덕희는 새로들어선 정권이 미국에 정통하면서 그곳의 많은 인맥과 통하는 사람을 워싱턴에 보낼 필요를 느끼고 있다고 말했다. 그러고는 내게 한번 해보지 않겠느냐고 했다. 나는 몹시 놀랐다. 외교관이 되고자 했던 최초의 시도가 결핵으로 인해 수포로 돌아가 얼마나 실망이 컸던가. 그런데 내 평생소원이 성취될 새로운 기회가 찾아온 것이다.

나는 아내와 며칠을 곰곰이 생각한 끝에 방덕희에게 한번 해볼까 한다고 말했다. 내 나이 벌써 서른여섯이었다. 외무부는 나를 참사관급 촉탁으로 워싱턴 대사관에 파견하고 싶다고 제안했다. 나는 물론 『뉴욕타임

| 박정희 장군, 정일권 대사와 함께(가운
데가 필자, 1961년 11월)

스』통신원으로 8년간 근무한 경험을 바탕으로 대사관의 공보담당관으
로서 대변인 역할을 할 용의가 있었다.

　마침 나의 오랜 지인인 정일권 장군이 주미 한국 대사로 임명된 참이
었다. 정 대사는 5 · 16군사쿠데타의 지도자인 박정희 장군의 친구로서,
1930년대 만주 일본군 군관학교 간부후보생 시절부터 박 장군과 아는
사이였다.

　촉탁직이 외무부 정규직원은 아니었지만 그래도 워싱턴으로 갈 수 있
게 되었다는 사실이 기뻤다. 신문기자라는 이유로 결혼을 완강히 반대했
던 장모는 내가 새로운 일을 맡게 되는 것을 몹시 기뻐해주었다. 어머니
역시 워싱턴에 가는 것을 기뻐하셨지만 마음속 한편으로는 먼 타국으로
가는 것을 섭섭해하셨다.

　아내와 나는 1961년 8월 초에 두 아이를 데리고 워싱턴으로 향했다.

혜미가 1년 9개월, 성범이는 아직 3개월째였다. 나는 감개무량한 심정으로 미국에 도착해 키브리지 앞 알링턴에 두 개의 침실이 있는 아파트를 얻었다. 당시 우리나라 1인당 국민소득은 겨우 100달러였고 외교관 급여도 거기에 맞추어 낮게 책정되었는데, 주택수당이나 자녀부양수당 같은 것도 없었다. 그렇지만 우리는 어떻게 해서든 그럭저럭 생활을 꾸려 나갔다.

1961년 10월 하순에 정일권 대사는 나에게 캔자스시티에서 개최되는 '피플 투 피플 프로그램' 행사에 한국 대사관 대표로 참석하라고 지시했다. 이 프로그램은 아이젠하워 전 미국 대통령이 창설한 것으로, 국제

| 『US뉴스&월드리포트』의 주필 마븐 스톤과 함께한 필자 부부. 그는 필자가 『뉴욕타임스』 특파원으로 있을 때 INS 서울지국장이었다.

적 이해를 민간 교류를 통해 증진시킴으로써 세계평화에 이바지하자는 운동이었다.

행사 첫날은 트루먼 전 미국 대통령과 자동차 퍼레이드에 참가했고, 둘째 날은 아이젠하워 전 대통령이 주최한 리셉션에 참석했다. 후자에는 워싱턴 주재 외국 대사관 대표 40여 명이 참석했다.

나는 트루먼 전 대통령이 주최하는 '트루먼 도서관' 리셉션에도 참석했다. 거기서 태극기를 발견했는데, 그 태극기는 한국전쟁 중인 1950년 9월 서울을 수복할 때 맥아더의 인천상륙작전에 참전했던 우리 해병대원들이 서울 중앙청에서 북한의 인공기를 찢어내고 다시 게양했던 역사적인 태극기였다. 트루먼 전 대통령이 한국전 참전 결정을 내린 데 대한 고마움으로 트루먼에게 기증된 것이었다. 내가 그에게 한국 국민과 나라를 대표하여 그의 용단에 감사한다고 말했더니, 그는 고맙다고 하면서 한국의 군사정권이 어떻게 하고 있는가를 물었다. 박 정권의 국가재건사업에 대한 나의 설명을 들은 트루먼은 "난 군인이 나라를 다스리는 것이 싫소"라고 답했다.

박정희 · 케네디 회담

주미 대사의 임무는 박정희 장군과 케네디 대통령의 회담을 주선해 양국 간의 전통적 우호관계를 회복하는 데 있었다. 군사쿠데타는 기정사실이었다. 또 한국에는 한미 방위조약의 일환으로 대규모 미군이 주둔 중이었다. 때문에 양국관계가 흔들리면 북한에게 새로운 공격의 빌미를 주

| 케네디 대통령과 박정희 장군의 회담(뒷줄 오른쪽이 필자, 1961년 11월)

는 것이기도 했다.

　나는 박 장군의 워싱턴 방문의 세부사항을 결정하기 위해 미 국무성과 교섭하는 역할을 맡았다. 박 장군은 국가원수는 아니었지만 실질적인 정부의 수반이었으므로 의전 문제가 큰 걸림돌이었다.

　미국 측에서는 박 장군이 앤드루스 공군기지에 도착할 때 딘 러스크 국무장관이 나오는 것으로 전했는데, 그것은 받아들일 수 없는 일이었다. 박 장군은 정부의 실질적인 수반으로 거기에 상응하는 의전 절차에 따라 대우받아야만 했다.

　그러다 교섭이 결렬될 위기에 처하자 나는 박 장군의 방미 목적에 중점을 두고 다시 문제를 풀어가자고 제안했다. 쌍방의 입장에서 중요한 일은 양국 간의 전통적 우호관계를 바로잡는 것에 있었기 때문이다. 나는 해럴드 맥밀런 영국 수상이 워싱턴을 방문했을 때 그가 국가원수는 아니었지만 케네디 대통령이 공항까지 나와 맞이한 사실을 지적했다. 그렇다면 박 장군을 국가원수에 걸맞게 대우하는 것도 의전상 예외이기는 하지만 결코 이례적인 것은 아니라고 논평했다.

그렇지만 영국의 예와 박 장군의 방미 사이에는 유사성이 있다고 한 나의 주장은 받아들여지지 않았다. 나는 대사관으로 돌아와 백악관 대변인인 피어 샐린저에게 전화를 걸었다. 나는 1950년대에 서울의 미국 대사관에서 공보 업무를 담당했던 찰리 데이비스의 소개로 그를 알고 있었

| 필자의 멕시코 전근에 즈음하여 백악관에서 베풀어진 오찬을 마치고 케네디 대통령 대변인 피어 샐린저와 대통령 수석 군사보좌관 체스터 클리프턴 소장 부부와 함께(1963년)

다. 피어에게 국무성 측의 완고함에 실망했다고 하자 그는 '국무성 관료들'을 비난하며 이 문제에 대해 검토하겠노라고 약속했다.

이틀 뒤 국무성에서 린든 존슨 부통령이 앤드루스 공군기지에 나와 박 장군을 맞이하게 되었다는 전갈이 왔다. 이로써 박 장군과 케네디 대통령의 만남은 잘 준비되었지만, 미국 측은 이것을 '정상회담'이라고 지칭하기를 거부했다.

한창 회담을 준비하던 중에, 박 장군이 너무 엄격한 군인으로만 보이는 게 아닌가 싶어 국가재건최고회의 앞으로 일련의 건의 전문을 띄워 박 장군이 미국에 올 때 짙은 색의 안경을 안 썼으면 좋겠다고 했다. 박 장군은 언제나 짙은 색의 안경을 썼다. 그것이 혹시 그분의 작은 키와 관계있는 게 아닌가 하는 게 나의 생각이었다.

나는 1961년 11월 중순쯤 시카고로 가서 박 장군과 그의 일행을 맞이했다. 시카고는 일행의 첫 도착지였다. 박 장군 일행은 미국 공군참모총장 전용의 4발 프로펠러 비행기로 날아왔다.

저녁 무렵 비가 내리는 가운데 장군이 비행기에서 내려섰을 때 짙은 색안경을 쓰고 있는 것을 보고 놀랐다. 몇 번이나 이쪽에서 건의했는데 어찌된 일인가. 나는 일행이 호텔에 체크인한 뒤 최고회의 공보담당에게 안경 건에 대해 물었다.

그는 박 장군이 나의 제안을 존중해서 원래보다 옅은 색의 안경으로 바꿨다고 했다. 저녁 무렵이었으니까 나에게는 그 색깔이 매우 짙게 보였던 것이다.

박 장군과 케네디 대통령의 회담은 순조롭게 진행되었고, 미국 측은 예정 외의 회견까지 열어 박 장군에 대해 좀더 알고자 했다. 쌍방 모두

이 회담이 성공이었다고 판단했다. 그런데 마지막에 가서 우리는 또 의전상의 벽에 부딪혔다. 미국 측이 이 회담은 진정한 의미에서 정상회담이 아니니까 공동선언문을 낼 수 없다고 했고, 그 때문에 우리들은 공동으로 보도자료를 내고 이에 만족할 수밖에 없었다.

나는 피어 샐린저에게 한국어로도 발표문을 실어주었으면 좋겠다고 부탁했다. 나는 그에게 한국어를 존중하는 것이 곧 한국인을 존중하는 것이기에 이는 우리에게는 특별한 의미가 된다고 설명했다. 피어는 케네디·네루 정상회담 때도 인도 측은 힌두어의 성명을 요구하지 않았다며 웃었다.

나는 계속해서 성명문 번역 때문에 예정보다 발표가 좀 늦어지겠지만, 그것이 한국인에게는 상징적으로 중요한 일이라고 주장했다. 결국 그는 나의 의견을 받아들여 성명문에 한국어판을 추가하기로 하였다.

하지만 예정에 없던 일이라 급하게 번역을 해야 했고, 거기다 러시아워까지 겹쳐 신문 발표가 한 시간이나 늦춰지는 바람에 피어는 지방 강연을 연기했다. 나는 이 같은 피어의 관대한 배려에 깊이 사의를 표했다.

박 장군의 대변인인 육군의 원충연 대령이 백악관 기자단 앞에서 흥분된 표정으로 한국어판 성명문을 자랑스럽게 읽어 내려갔다. 미국 및 유럽의 백악관 출입 기자들은 이해되지 않는 우리말을 들으면서 웅성거릴 뿐이었다.

유엔총회 한국 대표단의 대변인을 맡다

나는 1961년 가을 프린스턴대학의 우드로 윌슨 국제대학원 초청으로 한국 세미나에서 주제 발표를 했다. 나는 경제 및 산업개발을 통해 한국이 빈곤으로부터 해방되고 국민의 경제적 안정을 이뤄내면, 새로 등장하게 될 중산층을 토대로 정치개혁이 자연스럽게 이뤄질 것이라고 역설했다. 그러나 일부 학생들은 한국의 군부 통치에 반대했다.

나는 친한 지인인 뉴저지주 주지사 내외의 초청으로 그들의 관저에서 하룻밤을 지냈다. 주지사 내외는 내게 농담을 하면서, 내가 잔 침대가 바로 케네디 대통령이 후보 시절 재클린 여사와 자고 갔던 바로 그 침대라고 했다. 난 그 사실에 흥분돼 잠을 설쳤다. 그 관저 역시 조지 워싱턴 미국 초대 대통령이 묵은 적이 있어 역사적 건물로 지정돼 있다고 한다.

나는 박정희 · 케네디 회담이 끝나고 바로 유엔 대표단에 임명되어 1961년의 유엔총회에서 한국 대표단의 수석 대변인을 맡게 되었다. 송요찬 장군의 뒤를 이어 외무장관에 취임한 최덕신 장관이 한국 대표단을 인솔했다. 최 장관은 태평양전쟁에서 중공군에 소속되었다가 한국이 일본의 식민지 지배로부터 해방된 후에 한국군에 복귀했고 퇴역 전에는 3성 장군에까지 승진했었다.

그는 1950년대 초 판문점에서 장기간에 걸친 휴전 교섭 대표단장으로 근무한 적도 있다. 소련의 거부권 행사로 한국의 국제연합 가입이 좌절되는 바람에 한국은 유엔에 옵서버를 보낼 뿐 총회에서의 한반도 문제 토의에서는 투표권조차 없었다. 북한은 유엔의 권한이나 권능을 계속 무시했기 때문에 옵서버 자격도 부여받지 못했다. 한국의 주요 지원국은

| 유엔총회에서 최덕신 외무장관과 전략회의 중인 필자(뉴욕, 1961년 가을)

미국이며 소련은 북한의 권익을 위해 돌봐주고 있었다.

유엔을 좌우하는 미국은 '한국 단독 초청안'을 채택하도록 해서 북한의 참가를 노리는 공산권의 시도를 저지할 수 있었다. 미국은 대한민국이 유엔 감시하의 총선으로 탄생했는 데 비해 북한은 유엔위원단을 받아들이지 않았고 자유선거 실시를 거부했기에 자격이 없다는 논리를 폈다.

나는 언론을 위해 우리들의 전략을 소개하는 입장 설명서를 준비했다. 이것은 가장 중요한 선전 정책이었다. 최 장관은 오랜 군 생활로 인한 단순하고 고지식한 반공주의 자세를 취해 미국의 아들라이 스티븐슨 대표단장의 지적 수준에 대항할 수가 없었다.

최 장관은 공산주의자는 비이성적이고, 전쟁이나 파괴활동을 포함한 모든 수단을 동원하여 세계 제패를 노리고 있기 때문에 그들을 이론으로 굴복시키는 일은 불가능하다고 믿고 있었다.

라디오 방송을 통한 군사쿠데타 논쟁

나는 5 · 16군사쿠데타 1주년 기념일에 군사정권의 의미에 관한 라디오 프로그램에 출연했다. 워싱턴과 필라델피아, 뉴욕, 보스턴을 연결하는 공영방송으로서 나 이외에도 하원외교위원회의 월터 저드 의원(공화당 소속 미네소타주 출신), 프린스턴대학의 글렌 페이지 교수, 유엔의 서울 주재 원조담당관 테드 코넌트, 하버드대학의 에드워드 와그너 교수가 참가했다. 내가 아는 사람은 서울에서 만난 적이 있던 코넌트뿐이었다. 그의 부친은 한때 하버드대학 총장과 독일 대사를 역임한 인물이다.

나는 1시간 반 동안 진행된 이 프로그램에서 여러 번 신랄한 비판의 표적이 되었다. 특히 페이지, 와그너 교수 등은 군사정권이 헌법에 따라 탄생한 장면 정권을 쓰러뜨린 일이라든가 군사정권에 의한 인권의 무시를 강렬히 비난했다. 나는 정권의 근본 정책을 대변해야 했기에 곤란한 입장에 처했다.

나는 '군사쿠데타'가 사회질서의 붕괴와 혼란의 결과로 불가피하게 일어났다고 강조했다. 현재 한국은 우선 빈곤부터 벗어나야 하는 상황이며 생활수준이 향상되면 민주적 참여에 입각한 정치가 강화될 것이라고 주장했다.

민주주의는 각각 다른 나라의 역사와 문화를 배경으로 서로 다르게 발전하는 것인데, 충분히 발전된 미국형 모델이 모든 나라에 들어맞을 수는 없다고 주장했다. 하지만 내게 공감을 표한 사람은 하원의 아시아 전문가인 저드 공화당 의원뿐이었다.

외무부에 복귀하다

1962년 가을 좋지 않은 소식을 들었다. 정부 기구의 개편으로 공보담당 업무가 공보부 소관이 되었다는 것이다. 공보장관은 내게 환영한다는 전갈을 보냈다. 그러나 우리나라 속담에도 있듯이 외나무다리 위에서 원수를 만났구나 싶은 생각이 들었다.

신임 공보장관은 내가 1956년 대통령 선거에서 야당 후보의 편을 드는 기사를 썼다고 주장하여 『뉴욕타임스』에 항의한 일이 있는 바로 그 사람이었다. 당시 그는 신문의 자유를 억압하려 했었다. 나는 솔직히 그의 제안을 받아들일 수 없었다. 그것은 내게 원칙의 문제였다. 나는 바로 답신을 보내어 공보부에서 일하기를 거절했다.

외무장관은 내가 워싱턴 대사관에서 공보담당 업무를 계속하기를 바랐기에 매우 난처해했다. 그는 내가 공보장관 밑에서 일할 바에야 차라리 사직할 생각임을 알고 해결책을 강구한 끝에 나에게 국가고등전형 시험을 치지 않겠느냐고 제안했다. 영어 논문이라든가 국제법, 영문 조약의 한글 번역, 정부행정 등의 어려운 문제들이 나왔는데, 나는 이럭저럭 합격하여 외무이사관직을 얻게 됐다.

쿠바 위기와 볼쇼이 발레 공연

1962년 10월 중순 미국의 U-2 정찰기가 소련이 쿠바 서부에 건설 중이던 탄도 미사일 시설의 사진을 촬영했다. 미국과 소련 사이에 발생한 쿠바 미사일 위기로 인해 세계는 최초의 핵전쟁 가능성에 직면했다.

케네디 대통령은 동부 표준시각으로 10월 22일 오후 7시, 텔레비전 방송을 통해 소련의 미사일 시설이 발견되어 해군이 쿠바를 봉쇄했다는 극적인 발표로 전 세계의 간담을 서늘케 했다. 무슨 일이 일어날지 모른다는 공포 분위기가 감돌았다.

당연하지만 우선 가족의 안전이 염려됐다. 거기다 나는 다른 시민들과 마찬가지로 자신의 운명이 어찌될지 모르는 불안감에 사로잡혔다. 모든 사람들의 마음속에 죽음에 대한 문제가 무겁게 가라앉아 있었다.

발표가 있던 밤에 마침 아내와 나는 볼쇼이 발레 공연을 보러 갔었다. 한데 놀랍게도 나의 옆 자리에 턱시도 차림의 딘 애치슨이 앉아 있었다. 내가 한국 대사관의 참사관이라고 소개하자, 그의 표정은 매우 긴장된 듯 보였다.

나는 그 후에 그가 쿠바 위기에 관하여 케네디 대통령이 국가안전보장회의에 설립한 특별위원회의 위원이었음을 알게 되었다. 나는 그가 국무장관이었던 1950년 봄 한국을 제외시킨 채 미국이 태평양 방위선을 그으며 행한 운명적인 발언이야말로 북한의 남침 결정 요인 중 하나가 되었다고 믿고 있던 터였다.

케네디 대통령과 영부인은 극장 우측의 대통령 특별석에, 그리고 소련의 아나톨리 도브리닌 대사 부부는 좌측 발코니에 자리하고 있었다. 공연 도중 나는 좌우로 그들의 동정을 훑어보았다. 제1막이 끝나자 케네디 대통령이 자리를 떴고 영부인만 남았다. 다음 날 워싱턴의 각 신문에는 영부인이 공연이 끝난 뒤 무대 뒤에서 소련 무용수들을 축하하는 사진들로 가득 찼다. 쿠바의 미사일 위기를 둘러싼 사태의 심각성을 생각할 때 이는 굉장히 극적인 데가 있어 아직도 잊지 못하는 추억으로 남았다.

나의 친우인 케네디 대통령의 공보관 피어 샐린저와 백악관의 참모들은 2주 동안이나 대통령 관저에 묶여 있었다. 그동안 그들의 부인들이 집에 갇히다시피 했기에 나는 피어의 부인 낸시를 식사에 초대했다. 낸시는 반갑게 나의 초대에 응해주었다. 우리들은 정일권 대사와 함께 쇼어햄호텔에서 식사를 하고 춤도 추었다.

핵전쟁의 위험 아래에서 우리는 무력했고, 죽음에 대해 체념한 상태였다. 핵으로 인한 대량학살이 일어나면 만사가 끝이라는 생각이 들자 차라리 실컷 생을 즐기자고 마음먹었다. 다행히 소련의 흐루시초프가 양보하여 미사일을 싣고 쿠바로 가던 화물선이 방향을 바꾸어 쿠바 수역을 떠났기 때문에 핵전쟁을 모면하게 되었다.

중앙정보부장의 워싱턴 방문

같은 해 10월 김종필 한국 중앙정보부 부장이 워싱턴을 방문하게 되어 그 준비 때문에 분주했다. 김종필 씨는 5·16군사쿠데타를 배후에서 지휘했었는데, 그가 설립한 중앙정보부는 엄청난 영향력을 가졌기에 당시 공포의 대상이 되었다. 쿠바 위기로 인해 김 부장의 방미 일정은 예정보다 짧았다.

김 부장은 워싱턴을 떠나기 전에 대사관저에서 기자회견을 가졌다. 기자회견 1시간 전에 부장 보좌관이 나에게 와서 자기는 통역을 못하니 나더러 대신 해줄 수 있느냐고 부탁했다. 나는 부장을 잘 알지 못해서 혹여나 기자회견에서 잘못될까 걱정이었다.

한국어와 영어는 언어가 전혀 달라서 말하는 사람의 사고방식이나 개인적인 신념에서 서로 통하지 않으면 통역하기가 매우 어렵다. 그래서 거절하려고 했지만 먹히질 않았다.

기자회견장에는 미국을 비롯해 외국 기자들이 많이 있었다. 그들은 김

| 김종필 중앙정보부 부장의 워싱턴 방문 시 내외신 기자회견장에서 통역하고 있는 필자(1962년)

부장이 5·16군사쿠데타에서 수행한 역할이라든가 강압적인 정보기관을 설치한 이유에 관해 집중적으로 질문했다. 그러나 김 부장은 되도록 이면 현 군사정권의 북한에 대한 반공 태세나 국제적 캠페인을 통해 아시아의 공산주의, 특히 마오쩌둥의 중국이나 호치민의 북베트남을 제압할 필요성 등에 관해서만 이야기했다.

그 논거라든가 설명이 너무나 단순하고 노련미가 없어서 웃고 싶은 기분이 들었으나 그의 발언을 되도록 충실하게 통역했다. 그는 공산주의가 치명적인 독사와 같은 것이라고 했다. 아시아 대륙에는 하노이에서 베이징까지 닿을 수 있는 거대한 코브라가 있어서 세계평화를 위협하고 있으며 이러한 괴물의 꼬리가 하노이이고 대가리가 베이징인데 그 꼬리를 자르면 결국 대가리도 죽게 된다고 역설했다.

유엔총회 대표단의 대변인 업무와
유엔에서의 한반도 문제

10월의 마지막 주에는 그 전해와 같이 뉴욕에서 유엔 한국 대표단의 대변인을 맡았다. 대표단은 또다시 유엔에서 한반도 문제를 논의할 것에 대비해야 했다. 남북한은 유엔 가맹국이 아니었기 때문에 작년처럼 투표권 없이 토의에 참가하려면 미국 대표단과 사전에 협의해야 했다. '한국 단독 초청' 결의안에 대한 한국의 입장은 1961년의 경우와 같았다. 즉, 한국 정부는 유엔을 통해서 탄생했고 이제껏 유엔의 권능을 일관되게 지지해왔다. 그러나 북한은 그러한 입장을 수용하지 않았다. 그러니 남한만이 유엔 토의에 참가할 합법적 권리를 가지게 된다'는 입장이었다.

하지만 국무성의 한반도 문제 담당자들은 미국 결의안이 충분한 표를 얻을 수 있게 그 전해에 비하여 내용을 '다소간' 변경하려 했다. 새 결의안은 한국과 북한이 유엔의 권능을 받아들인다면 모두 초청한다는 것이었다. 미국의 안과 한국의 안은 표면상 같은 것으로 보였지만 외교 용어의 미묘한 점에 있어서 상당히 다른 뜻을 내포하고 있었다.

최덕신 외무장관이 다시 대표단장을 맡아 워싱턴으로 와서 국무성 국제기구담당인 할런 클리블랜드 차관보와 만나 한반도 문제에 관한 양국 공통의 입장을 최종적으로 조정했다. 정일권 대사는 내가 이 회합에 쓸모 있다고 보고 내가 국무성에 동행하기를 바랐다. 클리블랜드 차관보는 케네디 대통령이 그를 국무성으로 보직시키기 전까지 시러큐스대학의 '맥스웰 시민권·사회 문제 학부'의 학부장으로 있었다.

차관보는 결의안 수정안이 나오게 된 배후의 이유를 설명하며 아프리카에 친소파인 나라들이 자꾸만 늘어가는데, 북한은 비동맹 운동에 참가했기에 어려운 사정이 생겼다고 설명했다.

최 장관과 정 대사가 오랜 시간을 들여 클리블랜드 차관보에게 한국을 단독 초청해야 할 이유를 설명했으나 의견의 일치를 보지 못했다. 나는 최 장관에게 내게도 발언 기회를 달라고 요청해, 한국과 아프리카는 좋은 외교관계를 유지하고 있으니 유엔총회에서 미국이 예상하는 것보다 더 많은 표를 얻을 수 있을 거라고 주장했다.

미국은 초강대국으로서 세계적인 책임을 지고 있어서 한반도 문제는 많은 문제 가운데 하나일 뿐 이 문제로 표결에서 진다고 해도 위신에 약간 손상이 가는 정도이다. 그러나 나는 그것이 북한의 파괴활동에 맞서 싸우는 한국으로서는 사활이 걸린 문제가 되는 것이라고 주장했다. 우리들은 이기건 지건 미국보다는 훨씬 크게 영향을 받기 때문에 위험 부담을 질 각오가 있었다. 나의 발언은 미국 측에 다소간 영향을 준 듯 결국 미국 측이 결의안을 취하하고 양국의 입장을 반영하는 용어를 검토하기로 하였다.

최 장관은 돌아오는 길에 나의 수완을 칭찬하며 정 대사에게 나를 다른 나라에도 파견하여 좀더 외교적 수완을 연마하고 경험을 쌓아나갈 기회를 주어야 한다고 말했다. 정 대사 역시 그 뜻을 환영하며 외무장관에게 부임지로는 라틴아메리카 쪽이 좋지 않겠느냐고 했다. 공교롭게도 나는 몇 년 전부터 스페인어를 학습 중이었다.

멕시코로의 전근과 백악관에서의 송별연

나는 1963년 봄 대사관 차석 참사관으로 멕시코시티의 대사관으로 발령받았다. 멕시코 대사관은 반 년 전쯤에 설치된 터였다. 멕시코로 출발하기 전에 피어 샐린저가 아내와 나를 백악관으로 초대하여 송별의 뜻으로 점심을 대접했다. 여기에는 대통령의 수석 군사보좌관 체스터 클리프턴 소장도 동석했다.

식사 후 클리프턴 소장은 아내를 백악관의 홀로 안내하여 트위스트를 추자고 했다. 아내는 한복을 입고 있어서 동작이 빠른 춤을 추기가 어려웠다.

이 유쾌한 광경은 백악관 사진사의 눈을 끌었다. 클리프턴 소장은 내

| 케네디 대통령 수석 군사보좌
관인 체스터 클리프턴 소장의
요청으로 트위스트를 추는 필
자의 아내(1963년 3월 백악관)

게 멕시코시티 주재 미국 대사관 육군무관으로 있는 웨스트포인트 육군
사관학교 동기생을 소개한다며 작은 메모를 건네주었다.

멕시코의 민족주의

3월 초순에 멕시코의 수도에 도착한 나는 미국과 너무도 다른 멕시코의
상황에 충격을 받았다. 지리적으로는 미국의 바로 이웃이지만 멕시코는
언어뿐만 아니라 사람들의 정신적 측면에서도 미국과는 완전히 달랐다.

나는 그들에게 미국에 대한 국민적인 반감이 있다는 것을 눈치 챘다. 양국의 역사를 보면 미국은 1840년대에 이 약소한 나라에 몇 번이나 침입하여 텍사스와 캘리포니아의 거대한 영토를 탈취해갔다. 이 북쪽의 거인에 대하여 멕시코 사람들이 역사적인 원한을 품는 것은 놀랄 일이 아니다.

나는 20세기 초부터의 일본 제국주의에 대한 한국의 투쟁을 생각하며 멕시코 사람들에게 동질감을 느꼈다. 한국과 멕시코는 인접한 대국의 약자에 대한 무자비한 침략으로 똑같은 민족적 굴욕을 맛보았던 것이다.

아내와 나는 어린 두 아이들을 자동차에 태우고, 애틀랜타, 뉴올리언스, 텍사스주의 러레이도, 멕시코의 누에보 라레도를 거치는 8일간의 여정 끝에 멕시코시티에 도착했다. 우리 속담에 '모르는 것이 약'이라는 말이 있는데, 이 긴 자동차 여행은 말 그대로 큰 모험이었다. 후일에 안 것이지만, 멕시코 북부 산악 고지대는 마적들이 빈번히 출몰하는 곳으로 유명한 지역이었다.

내가 부임했을 때 외교관은 대사를 포함하여 겨우 다섯 명이고 대사는 한국군의 예비역 소장이었다. 이성가 대사는 한국전쟁 때 군에서 박정희 대통령의 상관이었다. 나는 참사관으로서 그의 대리를 맡게 되었다. 미국의 외교관 세계에서는 정치적으로 임명되는 외교 대표 밑에 직업외교관인 상급 직원을 임명하여 외교 대표단의 차석 자리를 만들어 대사가 외교적인 실수를 하지 않도록 하는 것이 관례였다.

그러나 한국의 경우는 좀 달랐다. 박 대통령은 많은 장군 출신들을 대사로 임명했다. 그 가운데 일부는 한국 정계에서 잠재적인 라이벌이라고 간주되는 사람도 있고, 또 일부는 그의 쿠데타에 반대하여 추방된 사람들이었다. 그러나 이성가 대사는 인품이 온화한 사람이어서 나는 별문제 없이 그의 밑에서 근무할 수 있었다.

한국 대사관은 1960년대 초에는 그리 활발한 활동이 없었고 통상 면에서도 거래가 거의 없었다. 우리는 주로 유엔에서 해마다 되풀이되는 논쟁에 대해서 멕시코가 한국 편을 들어주게 하기 위해 힘썼다.

그러나 멕시코는 오랜 기간 동안 미소 양대 강국의 대립을 심화시키는 국제 문제에는 관여하지 않는다는 중립정책을 택하고 있었고, 이는 곧 멕시코가 유엔에서 한반도 문제에 대해서는 기권함을 뜻했다. 멕시코는 미국과는 별도의 독자적 외교정책을 전개하기 원했고, 라틴아메리카에서 유일하게 쿠바와의 외교관계 단절을 거부한 나라였다.

한국에서 온 이주민의 고생

이 무렵 멕시코에는 수백 명의 한국 사람이 살고 있었다. 1900년대 초기에 이주한 제1세대나 제2세대의 아들딸들이었다. 금세기 초에는 수천 명의 한국 사람이 하와이에 끌려와 사탕수수농원에서 노예처럼 노동했다. 더 나아가 그 일부는 서부 멕시코와 쿠바로 이주했다.

이들 한국 사람들은 1962년 한국 대사관이 개설되었을 때 현장에 나타나 이 역사적인 행사를 지켜보았다. 대부분의 사람들은 이주한 지 거의 50년이 지나서야 모국의 국기가 휘날리는 광경을 보게 된 것이었다. 그들은 멕시코에서의 오랜 고생 끝에 남은 한이 풀리는 듯이 남의 눈치도 보지 않고 기쁨의 눈물을 흘렸다. 그 대부분이 일제 강점기에 조국을 등질 수밖에 없었던 이들로, 소박한 마음과 따뜻한 인정을 품은 사람들이었다.

멕시코에서는 투우가 스포츠가 아니고 일종의 격이 높은 예술이었다. 이것을 운동경기라고 부르는 것은 멕시코 사람에게 모욕을 주는 것이 된다. 멕시코를 방문하는 한국 사람은 예외 없이 바로 투우를 보고 싶어하고 또 보고 나서 예외 없이 실망한다. 모두가 스페인의 낭만적인 투우 영화를 보고 흥미를 가지게 되는 것이지만 실제로 투우는 잔인한 것이었다. 나 역시 투우는 즐길 수가 없었다. 어릴 적부터 살생은 질색이었다.

멕시코에서 그럭저럭 지내던 중 서울의 어느 대표적 신문사에서 투우에 관해 문의를 해왔다. 한국에서 투우를 해보겠다는 것이었다. 한국 농촌에서는 이미 '소싸움'이 오락으로 인기를 끌고 있었는데, 이 신문은 스페인이나 멕시코의 투우를 모르니까 수소 몇 마리 수입하면 야외에서 여러 번 쓸 수 있겠다고 생각한 모양이었다. 웃음이 나왔지만 멕시코 투우에 관해서 상세한 정보를 보냈고, 그들은 곧바로 그러한 구상을 취소했다.

한국 함정 아카풀코 기항

이 무렵 미 해군 무관이 전화로 한국 함정이 아카풀코에 기항해 태평양 횡단을 위한 식량을 보급받기로 했다는 연락을 해왔다. 그는 해군 함장으로부터 필요한 품목을 적은 긴 리스트를 받았다.

배에는 130명의 수병이 타고 있었는데, 리스트에는 김치용으로 수백 통가량의 배추가 포함되어 있었다. 한국인들은 언제나 김치를 먹으니 당연한 숫자였지만, 미국인 무관에게는 이 '천문학적인' 양의 배추가 큰 수수께끼였기에 혹시나 인쇄가 잘못된 것이 아닌가 생각하고 있었다. 한국 식사에서는 김치가 큰 비중을 차지하기 때문에 숫자가 잘못된 것이 아니라고 설명하자 그는 곧 납득했다.

미국 대사관에서 보내준 군비행기로 대사와 나, 그리고 우리 가족들은 아카풀코로 갔다. 우리들은 자동차로 아름다운 항구가 내려다보이는 언덕 위까지 올라가 한국 군함의 입항을 기다렸다. 사실 나는 대형 전함같이 큰 배를 예상했었기에 의외로 군함의 크기가 작은 것에 좀 놀랐다. 우리는 급히 항구로 내려가 입항하는 배를 맞이했다. 배가 부두에 정박하자 멕시코 해군 악대가 행진곡을 연주하는 가운데 이 지역 해군 사령관이 함장을 맞이했다. 우리 대사도 간단한 의장대 사열을 치렀다.

우리들은 사병들과 따뜻한 인사를 나누었다. 수병들은 대사 부인으로부터 김치가 든 커다란 독을 받고 놀랐다. 아내는 대사 부인이 해군 군인을 위해 김치 담그는 일을 도왔다. 함장에게 이렇게 작은 배가 태평양을 건널 수 있느냐고 묻자 그는 이런 초계정으로도 문제 없다며 쿠바 부근의 카리브해에서 큰 폭풍을 만났던 이야기를 들려주었다.

케네디 대통령 암살

1963년 11월 22일에는 오랜만에 집에 가서 점심을 들기로 했다. 우리 집은 외국공관이 서로 처마를 맞대고 있는 라스 로마스 고급주택가에서 가까웠다. 점심때면 마리아치 악단이 시장에서 베사메 무초나 말라게나 등의 멕시코 음악을 연주하는 소리가 우리집에까지 들려 매우 즐거웠다. 점심을 먹고 대사관으로 돌아오려는 참에 라디오에서 케네디 대통령이 암살되었다는 긴급속보를 들었다.

나는 어안이 벙벙해서 대사관으로 급히 돌아왔다. 이런 일이 있으리라고 생각이나 했겠는가. 나는 케네디 대통령이 취임한 그해와 그 다음 해 워싱턴의 대사관에서 참사관으로 일했던 당시의 일을 회상했다. 이 젊은 멋쟁이 대통령은 나에게 뉴 프론티어 정신을 불어넣어주었다. 그의 이상은 신선미와 낙관주의로 가득했다.

나는 대통령의 어린 자녀들, 캐롤라인과 존 주니어를 깊이 동정했고 대통령의 집무실 벽에 두 아이의 사진이 걸려 있던 모습을 떠올렸다. 백악관 잔디 위에서 그물을 가지고 나비를 쫓는 캐롤라인의 모습과 집무실 안에서 아장아장 걷는 존의 모습을 대통령이 책상에서 앉아 미소지으며 바라보는 장면을 찍은 사진들이었다. 이 천진난만한 아이들이 사랑하는 아버지를 잃은 것을 생각하니 몸서리가 쳐졌다.

나 역시 두 아이들의 아버지였기에 심장에 굵은 못을 박은 듯했다. 바로 케네디의 대변인인 피어 앞으로 위문 전보를 띄웠는데, 나는 그를 통해 간접적으로나마 이 비극과 관계가 있는 듯한 심정이었다.

로스앤젤레스에서 강영훈 장군을 만나다

나는 그해 겨울 옛날 친지로서 총리 겸 외무장관으로 있는 정일권 씨에게 편지로 그가 한때 공부하러 갔던 하버드대학의 국제문제센터에 가서 공부하고 싶다는 뜻을 전했다. 그가 추천인이 되어주면 상당한 효과가 있으리라 생각했기 때문이다. 그런데 2~3주일이 지나 회답이 오기를, 나의 '미국 지향'은 이미 충분하며, 차라리 육해공군 대표들과 같이 외무연수원의 고급 외교 프로그램에 참가했으면 싶다고 했다.

이 프로그램은 그가 국방대학의 실례를 본떠서 설립한 계획이며, 국방대학은 외무부를 포함한 주요 부처의 고급 공무원을 참가시켜 장교들을 위한 고위급 프로그램을 이미 실시하고 있었다. 나는 정 총리의 이 제안을 받아들여 서울로 돌아올 준비를 했다.

우리들은 다음 해 1964년 봄 3년 만에 귀국길에 올랐다. 도중에 로스앤젤레스에 들러서 서던캘리포니아대학에서 공부 중인 옛 친구 강영훈 장군을 만나보기로 했다. 나는 그가 앨버커키로부터 로스앤젤레스로 옮겨와서 부인과 같이 경제적으로 어려움을 겪고 있다는 소식을 듣고 있었기 때문이다.

우리들은 로스앤젤레스의 오래된 한국 음식점에서 만나 냉면을 먹으며 회포를 풀었다. 많은 이야기가 오갔지만 되도록 정치 이야기는 피했다. 그는 내가 오기 전까지 누구 한 사람 자신을 찾아온 일이 없어서 마치 유폐 생활을 하고 있는 것 같다고 말했다.

나는 이 옛 친구가 정부의 우악스러운 압력에도 굴하지 않고 예의바른 태도, 청렴한 생활 그리고 비굴하지 않은 모습을 그대로 지니고 있는 것을 보며 깊은 존경의 마음이 우러났다. 그는 경제적 곤란에도 불구하고 10년 동안 열심히 정치학 학습에 전념하여 박사 학위 취득에 성공했는데, 그러는 동안 그의 부인이 줄곧 그의 뒷바라지를 하였다.

육해공군 장교들과 함께한 외교연수

외교연수원에서 처음으로 고급 외교 프로그램이 개강되어 육군 대령과 해군사관학교 학생대장 그리고 공군 전투기 조종사 출신의 대령과 나를 포함해 4명의 고급 외교관이 참가했다. 군 출신 대표들과 함께 외교연수를 수강하는 일은 처음이었는데, 나라와 세계에 대한 각 군 동급생들의 견해라든가 사고방식을 알게 되어 개인적으로 배운 바가 많았다.

나는 그들보다 연장자여서 형님 대접을 받았고, 그들은 매일 아침 군용 지프로 우리집에 들러 나를 태우고 연수원으로 출근했다. 프로그램이 끝났을 때, 우리들은 5·16군사쿠데타 이래 군사정권하에 있기는 했지만 한국군의 다수는 그들처럼 그저 평범한 군인일 것이라고 생각했다.

나는 1년 동안 이 프로그램을 이수하면서 나라의 장래와 최종적인 통일 문제에 대해 그들과 비공식적으로 많은 이야기를 나누었다. 그들은 군이 정치에 개입했다는 사실을 혐오하는 것 같았다. 그들의 태도는 쿠데타에 참가해 1961년에 민주적으로 선출된 문민정권으로부터 정권을 탈취한 몇 안 되는 장교들과는 아주 대조적이었다.

갑작스러운 뉴델리 전근 제안

나는 1965년 새해 설날 박정희 대통령에게 신년 인사를 하기 위해 수백 명의 시민과 함께 청와대를 방문했다. 시민들은 접견실에 늘어서서 대통령에게 인사할 순번을 기다렸다. 나의 차례가 되어 대통령과 악수를 나누었을 때 대통령이 나를 알아보고 기뻐하는 듯했다. 그러더니 잠시 후 나에게 "임병직 총영사가 당신을 뉴델리로 부르고 싶다고 하는데, 갈 수 있겠소?" 하고 묻는 것이 아닌가.

나는 몹시 놀랐다. 임병직 총영사는 1949년 말에서부터 한국전쟁 초기까지 외무장관으로 있었고, 나는 그의 비서관으로 근무한 일이 있었다. 그가 박 대통령의 제의로 인도 총영사가 되어 부임한 것은 대통령이 요청하면 어디라도 가야 한다고 굳게 믿고 있었기 때문이었다. 한때는 외무장관으로서 한국 외교를 총지휘했고, 유엔에서 한국 옵서버단을 이끄는 대사직에도 있었던 임씨가 현재 나와 같은 직급의 총영사를 하고 있다는 사실은 틀림없이 전례 없는 외교 인사였던 것이다.

한국은 이 시기에 네루의 비동맹정책 때문에 인도와의 외교관계를 수립할 수가 없었다. 박 대통령은 아마도 제3세계에서의 인도의 중요성을 생각해 그 중요한 자리에 임병직 전 외무장관 같은 수완가를 보낼 필요가 있다고 생각했던 게 틀림없다.

나는 청와대를 나오자마자 바로 친구인 외무차관을 찾아가 나를 인도의 임씨 밑으로 보낼 움직임을 어떻게든 막아달라고 부탁했다. 나는 해외 근무로부터 돌아온 지 얼마 안 됐고, 그때 당시 외무연수원에서 연수 프로그램을 수강 중이었다. 결국 나의 인도행 전근은 취소되었다.

대통령의 워싱턴 국빈 방문 준비

3월 말쯤 외무장관 수석 비서관이 급한 전화로 곧 외무부에 와달라고 연락해왔다. 그는 외무장관이 나를 의전장으로 임명해 5월 중순으로 예정된 박 대통령의 워싱턴 국빈 방문 준비를 시키려 하고 있노라고 털어놓았다.

나는 영예로운 일이라는 생각은 하면서도 의전에 관해서는 잘 모르는데다가 대통령의 국빈 방문이 이제 겨우 6주일 앞으로 다가와 있었기 때문에 크게 당황했다. 외무부에서의 의전장은 장관, 차관, 기획관리실장 다음의 직위이며, 의전장 임명은 총리와 대통령의 사전승인을 필요로 한다는 점에서 부내의 다른 국장들과는 그 위상이 달랐다. 그러나 나는 다음 임무가 어디가 되든 국제정치에 관계되는 일을 맡아보고 싶었다.

결국 나는 서둘러 대통령의 워싱턴 국빈 방문을 준비한다는 두렵고도 성가신 작업에 착수했다. 대통령은 1961년 11월 국가재건최고회의 의장으로서 케네디 대통령을 만나러 워싱턴을 방문한 일이 있다. 그러니까 이번은 대통령으로서의 최초의 공식 방문이 되는 것이다.

존슨 대통령은 이 정상회담에서 특히 베트남 정세를 놓고 이야기를 나누기 위해 대통령을 공식 초청한 것이었다. 미국은 베트민과의 반공산주의 싸움에서 동맹국의 지원을 얻어내려고 노력했는데, 주요 동맹국들은 베트남에서의 미국의 이와 같은 싸움에 대해 애매모호한 태도를 취해왔던 것이다.

미국의 의전장이 인솔하는 선발팀이 존슨 대통령의 전용기인 공군 1호기를 타고 김포공항으로 날아왔다. 의전장 로이드 핸드는 20명에 달하는 보안 요원을 대동했다. 우리들은 1965년 4월 중순에 조선호텔에서 최초의 준비 회담을 가졌다.

한국 측 대표단에서는 나를 비롯해 대통령 경호실장 박종규와 대통령실 의전담당 비서관 조상호가 참석했다. 로이드 핸드가 백악관에서의 환영식에 대해 설명했을 때, 나는 환영 연단에 미국 측 의전장의 자리는 있는 데 반해 한국 측 의전장의 자리는 마련돼 있지 않은 것을 발견했다.

환영 연단에 자리가 있는 한국 측 인사는 대통령과 영부인, 부총리, 외무장관, 국방장관, 주미 대사, 합동참모본부장이 전부였다. 나는 핸드에게 국빈 방문에 있어서 방문국의 대통령과 수행원은 초청국의 의전에 따르는 것이 관례라고 말하고는, 미국 측 의전장은 연단에 오르게 되어 있으면서 한국 측 의전장의 자리가 없는 것은 무슨 이유인지 물어보았다.

나는 이 회담에 앞서 과거 국빈이 미국을 방문했을 때의 실례를 신중하게 조사했고, 아프리카의 어느 국가원수가 미국을 국빈 자격으로 방문했을 때 그 나라의 의전장이 미국 측 의전장과 함께 환영 연단에 오른 적이 있음을 확인해두었다.

핸드는 과거 자료를 찾아보고는 매우 당혹스러워했다. 그는 바로 실수를 인정하고 환영 연단에 내 자리를 마련하겠다고 했다. 나는 백악관에서의 정확한 식전 절차와 의전 양식을 알고 싶었을 뿐이라고 했다. 테이블을 사이에 두고 서로 웃음을 나누는 가운데 회담은 유쾌한 분위기 속에 끝이 났다. 그날 밤 나는 핸드와 그의 일행을 파티에 초대했다. 파티는 밝은 분위기 속에 진행되었고, 우리들은 그 뒤로 사이좋은 친구가 되었다.

나는 워싱턴에서 진행될 대통령의 공식행사뿐만 아니라 뉴욕시라든가 웨스트포인트, 피츠버그, 케이프커내버럴, 로스앤젤레스 등지에서의 일정을 하나하나 꼼꼼하게 작성해야만 했다. 의전상의 착오나 실수가 하나라도 생기면 나는 그 자리에서 물러나야 했다. 나는 대통령의 방미 준비에 너무 몰두한 나머지 밤에는 몇 번씩 일정표를 잃어버리는 꿈을 꾸었다.

대통령의 상세한 일정을 짜면서 예상치 못한 벽에 부딪혔다. 대통령은 워싱턴을 방문한 뒤에 꼭 피츠버그에 있는 미국 최대의 제철소를 보고 싶어했다. 그래서 워싱턴 주재 대사 앞으로 US 스틸 회사와 의논해 대통령 시찰을 주선하도록 지시했다.

그런데 대사는 미국 정부의 반대로 인해 외무부의 이러한 지시 사항을 실현시키지 못했다. 당국자는 그 이유를 한국은 중공업이 필요없기 때문이라며 거절했다. 나는 지인이었던 김현철 대사를 대통령 지시에 따라 어쩔 수 없이 견책하는 수밖에 없었다.

그러자 박 대통령은 그렇다면 3류의 것이라도 좋으니 꼭 피츠버그의 제철소를 보고 싶다고 했고, 우리는 피츠버그 북쪽으로 29킬로미터쯤 떨어진 곳에 위치한 존스-러플린 제철이라는 2류 제철소의 시찰을 수배할 수 있었다.

중공업을 육성하겠다는 대통령의 결의는 요지부동인데, 미국 측은 한국과 협력해 한국에 제철소를 세우는 일을 거부했다. 결국 한국은 오스트리아에서 기계류를 수입해 제철소를 건설했다. 그 뒤로 20년의 세월이 흐른 뒤 한국의 포항제철소는 세계 최대의, 그것도 효율적으로 가동하는 제철소의 하나로 성장했다.

의전장에게 주어지는 특전 중 하나는 단독으로 또는 외무장관과 같이 대통령을 만나 방미 계획에 대해 대통령에게 설명하거나 직접 대통령의 지시를 받을 기회가 많다는 점이었다. 청와대에서 영부인을 포함한 수행원을 위한 설명회를 여는 것도 내 임무였다. 나는 도표를 만들어 전원에

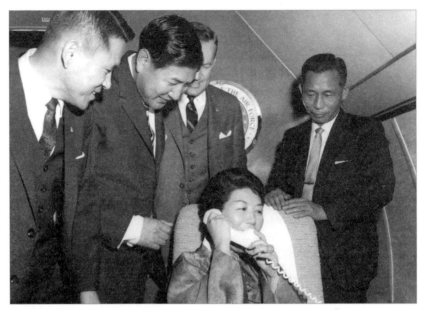

| 태평양 상공의 미 대통령 전용기 안에서 자녀들에게 전화하는 육영수 여사(왼쪽부터 이후락
대통령 비서실장, 필자, 핸드 의전장, 박정희 대통령)

게 이번 미국 방문의 모든 측면에 관해 세세하게 설명했다. 설명회에서
는 테이블 매너라든가 복장 등의 에티켓도 화제에 올랐다.

   존슨 대통령의 전용기가 김포공항으로 대통령과 영부인 그리고 수행
원 일동을 맞이하러 날아왔다. 1965년 5월 16일 우리 일행은 공항에서
국무총리, 대법원장, 국회의장 등이 참석한 가운데 출발 식전을 끝내고
서울을 뒤로했다. 외교사절단 대표들과 정부나 정당에서 나온 수백 명의
인사들이 출발을 지켜보았다. 우리 일행은 다음 날 아침 오전 3시 45분
첫 기착지인 알래스카 엘먼도프 공군기지에 도착하여 2시간가량 쉬고
난 후에 다시 미국 버지니아주 윌리엄스버그로 향해 떠났다. 윌리엄스버

그로 향하는 비행기 위에서 나는 대통령에게 필요한 게 있는지 물어보았다. 대통령은 나에게 스카치위스키를 마시자고 했고, 나는 영광스럽게도 창가의 자리에 앉아 대통령과 둘이서 위스키를 마실 수 있었다. 대통령은 태평양을 가로질러 날아가는 미 대통령 전용기 안에서 아이들에게 전화도 거는 등 기분이 좋아 보였다.

나는 스카치위스키 잔을 기울이며 대통령에게 1961년 11월 이후 상황이 어떻게 변했는가를 말했다. 불과 4년 반 전에 케네디 대통령을 만나려고 공군참모총장의 4발 프로펠러 비행기로 기나긴 여행을 해야만 했던 일이 생각났다.

당시에는 뉴욕에서 샌프란시스코까지 11시간이나 걸렸다. 내가 "각하께서는 지금 미국 측의 국빈으로 미 대통령 전용기를 타고 존슨 대통령과 정상회담을 하러 가고 계십니다"라고 말씀드리자 대통령은 만면에 웃음을 띠셨다.

나는 또 대통령의 워싱턴 국빈 방문을 계기로 『타임』지가 대통령에 대한 커버스토리를 만드는 중이라고 알렸다. 대통령이 베트남전에 동맹국으로서는 최대 규모인 5만 명의 파병을 결정한 것이 미국 시민에게는 대단한 환영을 받고 있어, 미국에서는 특별한 홍보가 필요 없다고도 했다.

한국에서는 한국군 부대의 베트남 파병을 놓고 시비논쟁에 열을 올리고 있었다. 비판하는 측에서는 한국군을 용병처럼 베트남에 파견해서는 안 된다고 주장했으나 결국 박 대통령이 승리했다. 대통령은 이것은 도의적 문제이며, 자기는 앞장서서 이 문제를 다루고 싶다고도 했다.

1950~1953년 한국전쟁 때 미국은 북한 공산주의자들의 침략으로부터 방대한 인적, 물적 희생을 치르며 남한을 지켰다. 대통령은 미국이 그

| 1965년 5월 백악관에서의 박 대통령 환영식. 박 대통령은 존슨 대통령에 비해 키가 너무 작아 받침대를 놓아 그 위에서 답례 연설을 했다. 필자는 러스크 국무장관 뒤에 서 있다.

러한 희생을 지불한 것은 다른 모든 고려 사항 중에서도 우선되는 일이라고 넌지시 말했다.

우리 일행은 앨런버드하우스에서 하룻밤을 보냈고, 다음 날 5월 17일 아침에 미 대통령 전용 헬리콥터로 백악관까지 날아가 21발의 예포가 울리는 가운데 백악관 잔디밭 위에 내려앉았다. 존슨 대통령과 영부인은 박 대통령을 환영하려고 밀려드는 군중들을 앞에 놓고 환영 연단에 올라섰다.

박 대통령은 키가 160센티미터 안팎으로 매우 작은 편이었다. 나는 의전장 핸드와 사적으로 이야기를 나누면서 박 대통령의 키는 유난히 작은 데 비해 미국 대통령은 남달리 키가 크다고 말했다. 핸드는 내 말의 뜻을 금방 알아차리고 존슨 대통령의 환영 연설이 끝나자 보좌관에게 일러 급히 연단 뒤에 높이 30센티미터쯤 되는 나무 상자를 가져다놓았다. 박 대통령은 그 위로 올라가 답례 연설을 했다.

나는 그때 대통령이 짙은 색안경을 쓰고 있지 않아서 마음이 흐뭇했다. 대통령이 이전에 케네디 대통령을 만나러 워싱턴을 방문했을 때, 나의 조언을 묵살하고 짙은 색안경을 쓴 것처럼 보였던 일이 있었기 때문이다. 나는 대통령이 키 큰 미국 사람과 만날 때면 열등감을 느끼는 것은 아닐까 걱정됐다.

한반도 분단에 얽힌 딘 러스크

역사는 때로는 뜻하지 않게 묘한 인연을 만들어낸다. 환영식이 진행되는 동안 나는 환영 연단 위에서 바짝 긴장해 딘 러스크 국무장관과 핸드의 뒤쪽에 서 있었다. 장관을 이룬 식전이 시작되었을 때, 러스크에게 얽힌 슬픈 추억이 불현듯 나의 머리를 스쳤다.

운명의 장난이라고나 할까. 태평양에서 제2차 세계대전이 끝났을 때 한반도가 인위적으로 분단된 책임의 일단은 바로 내 앞에 서 있는 러스크에게 있었다. 그 분할이 1950년 6월의 비극적인 한국전쟁의 근본 원인이 된 것은 천하가 아는 사실이다. 러스크 자신도 인정하고 있듯이 사태 진전의 정치적 의미를 깊이 생각하지 않은 채 무명의 젊은 대령과 더불어 잠정적이라는 명목하에 경솔하게도 38선을 선택했고, 그것이 한국의 비극을 불러왔다.

박 대통령과 그 수행원은 환영식이 끝난 뒤 펜실베이니아 거리를 행진하며 20만 명에 달하는 워싱턴 시민의 성대한 환영을 받았다. 이 관중은 외국 국가원수를 환영하는 관중으로는 최대의 인파를 이룬 것이었다. 나는 한국이 베트남에 최대 규모의 병력을 파견하기로 결정한 것이 미국 시민으로 하여금 이와 같은 이례적인 호의와 환영을 낳게 했구나 싶었다. 미국 대중은 그때까지만 해도 그 유혈이 낭자한 전쟁을 통해서만 한국이라는 나라를 겨우 인식했으며, 한국을 빈곤에 찌들고 아무 쓸모 없는 나라로 보고 있었을 뿐이었다.

국무성에서 열렸던 박 대통령 부처 환영 오찬회에서는 딘 러스크 국무장관 부처가 파티를 주관했다. 그 리셉션에서 핸드 의전장은 나를 러스

| 1965년 5월 박 대통령 내외를 위한 오찬에서 핸드 의전장이 러스크 국무장관에게 필자를 소개하면서, "서울에서 열린 합동준비회의에서 윤 의전장에게 황소처럼 끌려 다니느라 혼이 났다"고 말했다. 이에 필자가 즉흥 폭소하는 장면. 육 여사는 놀란 나머지 손으로 입을 가리고 있다.

크 국무장관에게 소개하며, 장관에게 서울에서 열린 박 대통령 방미를 위한 합동준비회의에서 이 한국 의전장에게 "황소처럼 끌려 다니느라고 혼이 났다"고 농담을 했다. 나는 웃음이 터져나왔다. 핸드는 아마도 백악관 환영 연단에 한국 의전장의 자리를 마련하는 일을 잊었던 실수를 염두에 두었던 듯하다. 러스크 장관은 흥미 있어 했다. 미 육군의 4중창단이 한국의 민속 음악을 우리말로 즐겁게 불러 박 대통령과 영부인을 놀라게 했다. 그것은 주도면밀하게 준비한 환영의 의사 표시여서 잊을 수 없는 추억으로 남았다.

백악관 만찬회에서 춤을

그날 밤 존슨 대통령 부처 주최로 박 대통령 부처를 환영하는 공식 만찬회가 열렸다. 검은색 나비넥타이를 매야 하는 격조 높은 만찬회인데, 여기에는 미국 의회, 대법원, 정부, 실업계, 학계, 예술계, 연예계의 저명인사 약 200명이 참석했다. 넓은 홀에 20개의 원탁이 마련됐고, 각각 10명씩 합석했다. 나도 그 가운데 한 자리를 차지했는데, 그 테이블에는 프리먼 농무장관이 있었다.

만찬회가 끝난 뒤 존슨 대통령은 춤을 출 기분이 났는지 한국 측 빈객에게도 춤을 권했다. 나는 존슨 대통령이 사교춤의 열렬한 팬이라고 들은 바 있다. 그런데 한국 측의 누구도 자진해서 춤을 추려고 하지 않았다.

결국 박 대통령이 합동참모본부 의장인 장창국 대장과 나에게 춤을 추도록 권했다. 악단이 무용 음악을 연주하기 시작했고 분위기 있는 곡과 밝고 활기찬 곡이 번갈아가며 흐르자 사교춤을 추는 커플들이 넓은 홀에 넘쳤다.

나는 같은 테이블에 있던 윌리엄 번디 부인에게 손을 내밀어 춤을 신청했다. 부인은 딘 애치슨 전 국무장관의 딸이었다. 그런데 부인 쪽이 나보다도 키가 훨씬 커서 스텝을 맞추느라 애를 먹었다.

그날 밤 늦게 박 대통령이 침실에 들기 전 블레어하우스(미국의 국빈 전용 숙소) 리셉션 룸에서 각료들에게 "윤 의전장이 미국 사람들만큼 키가 훤칠해서 괜찮았어" 하고 말했다. 우리 모두는 환하게 웃으며 각자 자기 방으로 돌아갔다.

나의 방은 4층에 있었다. 나는 다음 날 아침 6시에 일어나 일을 시작했다. 우선 박 대통령 부처에게 그날 있을 워싱턴에서의 행사를 미리 알려야 했기에 7시 조금 지나서 대통령방 문을 두드리고 들어갔다. 그런데 방은 아직 커튼이 그대로 드리운 채 어두웠다. 놀랍게도 영부인은 나이트가운을 입은 채 대통령의 구두를 닦고 있었다.

나는 바로 영부인에게 손님 신발은 블레어하우스 종업원이 닦게 되어 있다고 하자 영부인은 알고 있었지만 남편을 위해 언제나 버릇처럼 그렇게 한다고 했다. 나는 부인의 헌신적인 마음에 깊은 감명을 받았다. 이처럼 영부인은 남편의 오랜 군 생활을 검소하고 겸손하게 뒷바라지해왔고 그 생활방식은 이미 정평이 나 있었다.

박 장군은 그 당시 군의 고급장교들이 부패와 부정으로 가득 차 있던 가운데 청렴결백하고 나무랄 데 없는 인물로도 잘 알려져 있었다. 젊은 장교들이 박 장군을 받들어 쿠데타를 일으켜 헌법을 근거로 선출된 장면 정권을 타도한 이유도 바로 여기 있었다. 그들은 그 무렵 장면 정권을 부패하고 무능한 정권이라고 비난했다.

이틀째의 정상회담이 끝날 무렵, 존슨 대통령은 한국의 많은 학생들이 미국에 와서 우수한 성적으로 엔지니어와 과학자 등 고도의 기능 보유자와 전문가가 되었는데, 이러한 유능한 인재들이 한국의 경제발전에 큰 공헌을 할 수 있을 것이 분명한데도 대부분이 고국으로 돌아가려 하지 않는 것을 매우 유감으로 생각한다고 했다. 대통령은 그런 이야기를 하면서 과학담당 보좌관을 서울에 파견해 한국 정부가 과학기술연구소를 설치하는 것을 도와줄 용의가 있다고 제안했다.

그렇게 미국의 지원으로 한국과학기술연구소가 설립되었다. 그 설립과 함께 정부가 보조금을 지급한 결과 과학기술 분야에서 뛰어난 사람들이 다수 한국으로 돌아오게 되었다. 연구소는 얼마 안 되어 한국 과학기술을 주도하는 기관으로 발전했고, 한국 경제발전의 중추적 역할을 하게 되었다.

존슨 대통령은 정상회담을 가진 뒤 박 대통령을 자신의 텔레비전실로 안내해 정치만화의 견본을 보여주었다. 존슨 대통령을 희화화한 만화도 들어 있어서 박 대통령은 즐거운 표정이었다. 대통령의 권위주의적 지배 하에 있는 한국에서는 대통령을 다루는 이런 정치만화는 생각조차 하기 어려운 일이었다.

박 대통령의 미국 여행

박 대통령과 우리 일행은 워싱턴 공식 방문을 성황리에 끝내고서 뉴욕으로 날아갔다. 여기저기서 색종이가 눈보라처럼 날리고 관중과 빌딩 창문의 사람들이 환영 일색인 가운데 오픈카 퍼레이드가 펼쳐졌다. 나는 그 뒤편에서 따라갔는데 이때처럼 흥분을 느낀 적도 없었다. 그것은 대부분의 보통 사람들이 경험하기 어려운 경험이었다.

종이 눈보라 퍼레이드는 보통 우주비행사나 아이젠하워, 맥아더 장군 등 미국 영웅에 대해서만 벌어지는 행사였다. 퍼레이드는 뉴욕 시청 앞에서 끝이 났는데, 에드워드 와그너 시장이 박 대통령에게 뉴욕시의 열

| 뉴욕 시민들의 열렬한 환영에 답례하는 박정희 대통령

쇠를 증정했다. 워싱턴에서도 그러했지만 이와 같은 전무후무한 환영은 박 대통령이 한국군을 파견해 베트남전을 지원하기로 결정한 결과였다.

다음 날 박 대통령 일행은 플러싱에서 열린 월드 페어를 시찰했고, 한국관에서는 대통령의 방문을 축하하는 환영식이 열렸다. 대통령은 한국 최초의 경제개발 5개년 계획을 밝히고, 조국의 근대화라는 자신의 비전을 실현시키려 하고 있었다. 대통령의 비전과 계획 아래 미국 및 기타 선진 공업국가를 겨냥한 수출산업이 확대되기 시작했다.

저녁에 나는 록펠러 체이스맨해튼 은행 회장이 박 대통령을 위해 베푼 만찬에 참석했다. 록펠러는 미국의 최고 기업가와 금융계 인사 30여 명을 초청했는데, 그들과 박 대통령 사이에 한국의 경제개발에 대한 진지한 대화가 오가는 중인데도, 나는 시차로 인한 졸음 때문에 눈을 뜰 수가 없어 졸고만 있었다. 만찬이 끝난 뒤 나는 몹시 불안하고 민망해서 대통령 옆으로 다가가 "각하, 저는 백만장자가 될 소질이 없는 것 같습니다" 하고 말씀드렸더니, 각하는 왜냐고 물으시며 활짝 웃으셨다. 다행이다 싶었다.

대통령 일행은 5월 21일 뉴욕시를 떠나 웨스트포인트로 향했다. 대통령은 오랜 군 경력도 있고 해서 더없이 유쾌한 기분으로 육군사관학교를 방문했다. 대통령이 의장대를 사열하고 나서 교장인 제임스 램퍼트 소장의 안내로 교내 시찰을 했다. 대통령은 한국전쟁에서 겪은 많은 어려운 전투 경험으로 만든 사례 연구로 가득한 육군의 매뉴얼에 대해 특별한 관심을 보였다.

램퍼트 소장은 교내 생도식당에서 점심식사 모임을 열었다. 박 대통령 일행은 램퍼트 소장과 학교 상급 참모진들과 함께 발코니의 긴 테이블에 정좌했다. 착석하자 바로 전교 500명 이상의 생도가 손에 손에 한미 양국 국기를 가지고 일제히 기립해 대통령을 환영했는데, 그 광경은 대통령을 특히 기쁘게 했다.

이것은 군 경력이 없는 나에게도 흥분되고 잊을 수 없는 광경이었다. 대통령은 전통에 따라 이 나라를 방문한 국가원수로서 벌을 받고 있는 생도들의 '특별사면'을 명하여 250명의 생도가 영창이나 규제로부터 해방되었다.

우리들은 그날 오후 웨스트포인트를 떠나 피츠버그로 향했다. 대통령은 여기서 존스-러플린 제철소를 시찰했는데 용광로로부터 불덩어리로 달궈진 철의 로드가 나오는 광경을 지켜보았다. 저녁에는 한국 울산에 울산정유공장을 건설해 운영 중인 걸프오일사가 대통령의 방문을 기념해 정중하게 턱시도 차림의 만찬회를 열었다.

만찬회에서 대통령은 특히 피츠버그를 방문하게 된 이유로 울산을 '한국의 피츠버그'로 만들 생각을 하고 있다는 말을 하였다. 울산을 한국의 주요 공업도시로 만들려고 하는 대통령의 노력은 오래지 않아 결실을 보았다. 대통령은 또 울산과 피츠버그가 걸프오일사의 주선으로 자매 도시 결연을 한 사실을 지적했다.

다음 날 박 대통령 일행은 케네디우주센터가 있는 플로리다주 케네디 기지(현재의 케이프커내버럴)로 날아갔다. 박 대통령은 달에 기착할 우주선 아폴로에 대한 계획과 아폴로를 운반할 새턴 로켓 계획에 대해 커트 데비스 우주센터 소장으로부터 브리핑을 받았다. 그리고 외국 국가원수로는 처음으로 아틀라스 로켓 발사를 참관했다.

박 대통령 내외를 위한 데비스 소장의 오찬이 시작될 무렵, 기지 사령관이 상기된 모습으로 내게 오더니 "어떻게 대통령 경호실장이라는 자가 대통령과 함께 식사할 수 있느냐"고 큰소리로 따지는 것이었다. 몹시 당황스러웠지만, 우리나라 정서상 그렇게 돼 있는데 어떻게 설명해야 할지 무척 난감했다. 잠시 망설이던 나는 우리나라 관례상 그런 것이라고 대답할 수밖에 없었다. 대통령 신변을 보호해야 하는 책임자가, 공식 석상에서 대통령과 한자리에서 동시에 식사를 한다는 것은, 미국으로서는 상상도 못할 일이 아니겠는가.

로스앤젤레스에서 만난 영화배우들

대통령 일행은 미국 방문의 최종 목적지 로스앤젤레스의 비벌리 힐튼 호텔에 여장을 풀었다. 그날 밤 로스앤젤레스의 샘 요티 시장이 계곡이 내려다보이는 스튜디오 시티 관저에서 만찬회를 열었고, 여기에는 밥 호프, 셜리 매클레인 등 많은 영화 스타들과 연예계 인사들이 얼굴을 내밀었다. 나는 이 만찬회에서 불교 지식이 많은 셜리 매클레인에게서 강한 인상을 받았다.

다음 날은 모처럼 쉬는 날이었는데, 로이드 핸드가 이후락 비서실장과 장창국 합동참모본부 의장과 나를 자신의 호텔 방으로 초청해 다 함께 다과를 들었다. 그곳에는 놀랍게도 미국의 유명한 가수 팻 분이 와 있었다. 그분은 로이드의 오랜 친구였다.

우리들은 이처럼 자유로운 분위기 속에서 노래를 부르기 시작했다. 팻 분이 자신의 애창곡 몇 곡 부르고, 나는 개인적으로 '낙엽(The Falling

Leaves)' 등 샹송을 프랑스어와 영어로 불렀다. 〈포기와 베스〉에 나오는 '서머타임(Summertime)'도 불렀다. 우리들은 참으로 즐거운 시간을 보냈고, 공식 방문의 긴장에서 해방된 기분이었다.

나는 친구인 피어 샐린저한테도 연락했다. 피어는 그 무렵 유나이티드 아티스트사 부사장으로 있었다. 1963년 11월 케네디 대통령이 암살된 뒤 고향인 캘리포니아로 돌아간 것이다. 피어는 그날 밤에 나를 파티에 초청했다. 박 대통령에게 피어에 대해 말씀드렸더니, 대통령은 케네디 대통령의 대변인이었던 그를 잘 기억하고 있었다.

나는 그날 밤 대통령의 허가를 얻어 외출했다. 피어가 호텔 앞에서 대형 리무진으로 나를 태우고는 함께 여배우 바버라 러시의 집으로 갔다. 바버라는 여전히 아름다웠다. 나는 그 이전부터 그녀의 영화를 봤던 터라 그녀를 알고 있었다.

바버라의 집에서 나는 프랭크 시나트라와 폴 뉴먼, 대니 케이 등 많은 스타들을 만났다. 나는 로스앤젤레스에서 이토록 많은 스타들에게 둘러싸여 있다는 사실을 믿을 수 없었다. 꿈이냐 생시냐 하는 느낌이었다. 대니 케이는 비공식 파티에서도 굉장히 재미있었다. 선량하고 건강해 보이는 프랭크 시나트라는 말수가 적은 신사였다. 폴 뉴먼 역시 그랬다.

영화의 도시 할리우드에서 겨우 이틀밖에 머무르지 않은 마당에 이러한 스타들을 가까이에서 만날 수 있었던 것은 참으로 행운이었다. 이때 나는 고향인 북한의 홍원 생각이 났다. 어린 시절의 친구 박임철은 10대에 영화 스타들에게 열광해 미국 영화나 영화배우에 대해 놀라울 정도의 풍부한 지식을 가지고 있었다. 나는 마음속으로 그가 지금 살아 있다면 내가 이러한 경험을 했다고 말해도 결코 믿지 않았을 것이라는 생각이

들었다.

대통령 일행은 26일 수요일 미 대통령 전용기로 로스앤젤레스에서 서울로의 귀로에 올랐다. 전용기는 북태평양 상공을 7시간 이상 비행하고 연료 공급을 위해 알류샨 열도의 셰미야섬에 기착했다.

나는 1950년 9월 이곳에 들렀던 때의 일이 생생하게 기억났다. 국무성의 외무연수원에서의 연수를 위해 워싱턴으로 가는 도중에 대합실 라운지에 있는 피아노 앞에 앉아 내가 아주 좋아하는 '봉숭아'를 부르며 전쟁 와중에서 생사도 모르는 내 가족을 생각하면서 고독과 향수를 달랬던 그때를 회상했다. 그로부터 15년이 지난 지금 나는 대통령을 수행하여 미 대통령 전용기를 타고 있는 것이다.

의전장의 기타 업무

의전장은 여권을 발급하며, 외국인의 비자를 처리할 책임이 있다. 당시 한국 사람들은 곧잘 "여권을 손에 넣는 것은 하늘의 별 따기"라고 했다. 한국 국적을 가진 사람의 해외 여행은 엄하게 규제되었다. 그 이유는 주로 미화가 부족했기 때문인데, 여권을 얻은 사업가도 그 유효기간 내에 몇 번이고 외국에 나가는 일을 엄하게 규제받았다. 이러한 규제는 여권의 악용이 늘어났기 때문에 생겨났다. 여권 발급에 얽힌 뇌물 수수의 소문이 자자했다. 나는 외무부 직원이 여기에 관여되었는지의 여부를 알려고 했으나 증거를 발견할 수 없었다. 그렇다 하더라도 의혹은 가시지 않았다. 나는 여권 부문에 종사하는 젊은 직원들에게 그들이 그래도 가장 어렵고 까다로운 외무고시에 합격해 외교관이 된 것이라고 각성을 촉구했다. 그들이 금전의 유혹에 굴해서 장래를 그르쳐서는 안 되겠기에 그런 것이다.

한국 정부나 사회에 관행이 된 것은 아니라 하더라도 부패가 퍼져나가는 가운데 나라의 근대화와 민주주의의 발전이 늦어지는 것이다. 나는 한국에서 성실성이 보상되지 않고 있음을 유감으로 여기고 있었다. 나는 대통령의 직접적인 지시 아래 몇 차례나 2주일 간격으로 상용여권 보유자를 모두 대통령께 보고했다.

어느 날 여당 당수의 최고 보좌역에 있던 한 사람이 나의 집무실을 찾았다. 이 사람은 나의 도움을 얻어 자기 상관인 김종필 씨를 위해 타이 대사관 무관으로부터 메르세데스 벤츠를 사겠다고 얘기했다.

당시는 외제차가 사실상 수입이 안 되었던 시절이었기에 한국에 주재했던 외국 외교관이 한국을 떠날 때 자기 차를 처분하는 경로로만 외제차를 구입할 수 있었다. 실제로 외국 외교관들은 우리들의 수입 규제 정책을 이용해서 한국을 떠날 때 자기 차를 팔아 횡재하곤 했다.

그는 나에게 타이 무관 차량이 큰 사고가 나서 완전 폐기 처분하게 된 것처럼 꾸민 서류를 나보고 인정해달라고 했다. 나는 그렇게 할 수는 없으나 대신 외국 외교관이 한국을 떠나기 위해 차를 팔게 되면 그것을 우리들에게 알리도록 되어 있으니까, 그 외교관과 합법적으로 교섭하면 되지 않겠느냐고 제안했다.

나처럼 학교라든가 지역적 연고관계가 없는 공무원으로서는 정부의 법과 규제를 충실하게 지키는 일이 매우 중요하다. 정치적 후원자가 없는 나에게는 그렇게 하는 것이 자기 자신을 방어하는 유일한 방법이었다.

한일 외교관계의 정상화

한국과 그 큰 적수인 일본과의 외교관계 수립을 위한 조약은 1965년 가을에 조인되었다. 일본이 1910년 한국을 공식으로 병합한 이래 55년간의 세월이 흘렀다. 나는 이 역사적 사건에 상반되는 기분을 느꼈다. 나는 20세기 초엽부터 일본의 가혹한 식민지 지배 아래 겪은 악몽 같은 체험을 잊을래야 잊을 수가 없었다. 게다가 일본 제국주의자들의 억압 속에 3년간 옥고를 치른 아버지의 희생을 상기하는 것이 가장 고통스러웠다.

다른 한편으로는 불행한 과거를 매듭짓고 일본과 보다 뜻있는 관계를 구축할 필요가 있다고 생각했다. 그러나 양국이 새로운 출발점에 서서 우호적이고 평화로운 선린관계를 위하여 노력하려면 일본이 식민지 지배 시대에 한국에 대해 저지른 범죄에 대해 우선 진심 어린 자책의 자세를 보여야 한다고 생각했다.

조약에 조인하는 날 일본에서 일본 외무대신이 건너왔다. 70대의 시이나(椎名) 외상은 노련한 정치가였고, 한국의 이동원 외무장관은 아직 젊은 39세였다. 일본 외상의 방한 기념으로 우리 외무장관이 개최한 리셉션에서 이 두 사람은 거의 말이 없었는데, 아마 두 사람의 세대차와 개인적 성격의 차이에 부분적이나마 그 이유가 있지 않았나 생각한다. 시이나 외상은 과묵했으나 한국의 외무장관은 농담도 잘했다. 내가 내빈 소개의 차례를 기다리고 있을 때 이 외무장관이 내 편을 돌아보며 우리말로 "실장! 일본 외상에게 건넬 만한 뭐 재미있는 이야기 없소?" 하고 물었다. 갑작스러운 질문에 당장에는 생각이 떠오르지 않았으나, 곧 한국전쟁이 한창인 1950년 여름 도쿄에서 일본의 10대 소녀를 상대로 큰 실수를 저지른 일이

| 한일 국교정상화 축하 리셉션에서 이동원 외무장관(가운데), 시이나 일본 외상(오른쪽)과 함께 한 필자(1965년)

생각났다.

나는 당시 대표부 3등 서기관이었다. 목이 말라서 지하에 있는 미군 매점에 가서 일본 소녀에게 "치치 좀 주세요" 하고 부탁했다. 소녀는 '치치'라는 소리에 깜짝 놀랐다. 일본말로 치치는 유방을 뜻하기 때문에 나는 우유가 아니라 젖을 달라고 한 셈이 되었다. 소녀는 두 손으로 유방을 꼭 잡고 주방으로 뛰어 들어갔다. 나는 바로 큰 실수를 저지른 것을 깨달았다.

내가 이 이야기를 일본 외상에게 하자 그는 조용한 성품이나 태도와는 달리 크게 웃었다. 내가 한 말이 비외교적으로 비쳤는지도 모르겠지만, 나는 적어도 일본 외상을 크게 웃도록 만들어 그 냉랭한 분위기를 바꿀 수가 있었다.

55년 만에 최초로 일본 대사 신임장 제정

반세기 이상이 지난 마당에 한국 대통령에게 최초의 일본 대사가 와서 신임장을 제출하는 절차를 준비하고 있노라니 역사가 재주를 부린다는 기분이 들었다. 일본 외교단은 유서 깊은 반도호텔(현재 롯데호텔) 안에 임시 공관을 설치했고, 기무라라고 하는 베테랑 외교관이 초대 대사로 취임했다. 그의 대리인 마에다는 한국의 대전 태생으로 한국어를 완벽하게 구사했는데, 후일 한국 주재 대사가 되었다.

한일 조약에 항의하여 가두데모가 한창인 가운데, 나는 한국 경찰 책임자에게 일본 대사가 박 대통령에게 신임장을 제출하기 위해 청와대를 방문할 때 대사의 신변 안전을 보장해줄 책임이 있다고 지적했다.

나는 의전용 리무진 승용차로 일본 대사와 동행했다. 나는 리무진 뒷좌석 대사 왼편 자리를 차지했고, 나의 군사보좌관인 국방부의 대령이 앞자리에 앉았다. 서울에는 리무진이 두 대밖에 없었는데, 내가 탄 것 말고 나머지 한 대는 대통령 전용이었다. 기무라 대사는 일본 외무성의 상급 베테랑 외교관인데도 차내에서는 바짝 긴장하고 있었다.

우리들은 반도호텔에서 딱 7분 만에 청와대에 도착했다. 연도의 교통은 차단되고 우리들의 리무진은 경찰의 기마 의장 대원들이 호위하는 가운데 안내를 받고 있었기 때문에 화려한 구경거리가 될 만했다. 기무라 대사는 대통령에게 신임장을 제출했고, 두 사람은 악수를 교환했다. 우리들이 호텔로 돌아오자 그는 나의 손을 굳게 잡고 내가 의식 준비를 잘 해주었다고 감사해했다.

나의 재임 중 의전 부서는 처음으로 포괄적인 외교 프로토콜 매뉴얼

작성에 관여했다. 관료 세계에서는 정부 각 부처의 개개의 직위마다의 서열은 총무처 소관이며, 외국과 한국 요인의 상대적 서열은 외무부가 정했다. 서열은 상대적 지위에 따라 정해지기 때문에 한국의 고관들 사이에 문제가 발생하기도 한다. 선진국에서는 서열이 공무원의 신분에 따라 정해지지만, 군부 지향의 독재적 정부 아래서는 그 사람의 공식적인 지위와 무관하게 그의 정치적 영향력이 크면 서열도 올라가는 경우가 많았다.

박 대통령의 말레이시아, 타이, 타이완 순방

나는 1965년 가을, 1966년 초로 예정된 대통령의 말레이시아, 타이, 타이완 국빈 방문 준비에 몰두했다. 이것은 대통령으로서는 최초의 동남아 순방이었다. 한국 외교 정책은 한편으로는 대미관계를 주축으로 해서 한반도의 안전을 확보하는 방향으로 정해져 있었다. 다른 한편으로는 한국이 장기 경제개발계획을 추진 중이었는데, 이로 인해 동남아 여러 나라와의 정치 경제관계를 긴밀하게 하는 일이 더욱 중요하게 되었다.

내가 맞닥뜨린 의전상 중요한 문제 중 하나는 국가원수와 그의 공식 수행원들 간의 훈장 교환이었는데, 나는 상호주의 원칙을 염두에 두고 각각의 지위에 상응하는 훈장을 정해야 했다.

그런데 뜻밖에도 훈장 교환 준비에서 어려운 문제에 부닥쳤다. 타이의 의전절차나 관례가 우리와 상호적이지 않았기 때문이다. 타이는 자국을 방문하는 나라가 세 개의 훈장을 내놓기를 원하면서도 그 답례로 자기들은 훈장을 한 개밖에 주려 하지 않았다. 우리들은 그러한 조건은 받아들일 수 없다고 했고, 타이 주재 대사에게 외무성과 교섭해서 그 비율을 고치도록 지시했는데, 그러는 과정에서 시암 왕국의 오랜 전통을 바꿀 수 없다는 사실을 알게 되었다.

타이 왕국이 700년 이상 독립을 유지하며 식민지가 되지 않은 배경에는 이러한 타이의 교묘한 외교 수완이 깔려 있었기 때문인지도 모르겠다. 나로서는 이러한 의전상의 원칙을 따를 수밖에 없었다.

대통령 일행은 1966년 2월 7일 서울을 떠났다. 이날은 몹시 추워서 기온이 영하 10도까지 내려갔다. 우리들은 7시간 10분을 넘기는 비행 끝에 섭씨 30도가 넘는 찌는 듯한 더위 속에 쿠알라룸푸르에 도착했다.

대통령과 영부인은 국왕 내외분의 출영을 받았다. 대통령과 그 수행원 일동은 말레이시아 의전에 따라 모닝코트에 줄무늬 바지를 착용했고, 영부인은 연한 푸른색 한복 차림이었다. 말레이시아 국왕 부처는 전통 의상을 입었다. 나는 너무 더워 현기증을 일으킬 지경이었다. 전몰자 위령비 제막식에서는 두 사람의 국가원수 앞에서 말레이시아 의장대 한 사람이 쓰러지기도 했다.

대통령은 다음 날 국가 및 농촌개발 지령실을 시찰하며 말레이시아 사회개발계획에 깊은 관심을 보였다. 박 대통령도 새마을 운동을 창안해 자조, 근면, 협조 정신을 강조하고 가난한 농민의 생활수준을 올리는 일을 지원해왔다. 박 대통령은 가난한 농민의 아들로서 국민의 60퍼센트를 차지하는 농민의 빈곤을 근절하겠다고 약속한 바 있었다.

대통령과 수행원 일동은 쿠알라룸푸르로부터 1시간 20분의 비행 끝에

| 박정희 대통령의 말레이시아 국빈 방문 모습(모자를 쓴 국왕 뒤에 있는 사람이 필자, 1966년)

2월 10일 아침 방콕의 교외에 있는 돈무앙 군용공항에 도착했다. 그곳은 쿠알라룸푸르보다 더 덥고 기온이 40도를 넘어 견디기 어려울 정도로 찌는 듯했다. 게다가 나는 정장 차림이었기에 땀으로 범벅이 되어 숨이 막혀 죽을 지경이었다. 국왕은 군복 차림으로 오른쪽 어깨에는 장식용 띠를 걸치고 가슴에는 훈장을 달았으며, 왕비는 타이 의상 차림으로 한국의 대통령과 영부인을 맞이했다. 붉은 카펫 위에 아름답게 꾸민 꽃과 벼가 이 나라의 전통적인 환영 분위기를 나타내고 있었다.

저녁때 국왕 부처가 치트라다 궁전에서 대통령 부처를 환영하는 화려한 만찬회를 열었고, 우리들은 또다시 장식물이 달린 연미복 차림을 할 수밖에 없었다. 그 전해의 백악관 공식 만찬회에서는 턱시도만으로 무사했으니, 형식에 구애받지 않는 미국이 부러울 지경이었다.

만찬회가 끝난 뒤 대통령 일행은 국왕이 좋아하는 콘서트 홀로 자리를 옮겼다. 잘 알려져 있다시피 타이 국왕은 뛰어난 재즈 작곡가였는데, 국왕의 작품이 브로드웨이 공연에 오른 일도 있었다고 한다.

국왕은 자신의 악단을 소유하고 있었으며, 거기서 클라리넷을 맡고 있었다. 대통령은 이렇듯 격의 없는 분위기에 빠져들었다. 밴드가 국왕이 작곡한 곡을 연주했고, 박 대통령은 즐거운 듯 국왕의 손을 잡고 나란히 걸어갔다. 이것은 아시아의 형제국임을 보여주는 제스처라고 보였으나, 나는 의전장으로서 다소 곤혹스러웠다. 그러한 형식으로나마 국왕의 손을 붙잡으리라고는 예상치 못했기 때문이다.

| 타이 국왕의 밴드 마스터와 악수하는 박 대통령. 그 옆은 필자와 타이 국왕(1966년)

젊은 왕비는 아시아에서 가장 아름다운 미인 중 한 사람이었는데, 박 대통령의 수행원들은 그 아름다움과 우아한 모습에 압도되었다. 첫날 왕비가 의전상 우리나라의 영부인을 방문했을 때, 가족사진 앨범을 가지고 와서 영부인에게 보여주었다. 청바지를 입은 자유로운 차림으로 자녀들과 함께 찍은 사진도 있었다.

타이 당국자가 나에게 왕비가 외국 손님에게 이런 사진첩을 보여주는 일은 거의 전례가 없는 일이라고 귀띔해주었다. 왕비는 우리 영부인에게 남다른 우호적 태도를 보인 것이다.

대통령과 그 수행원 일동은 2월 15일 아침 타이완의 타이페이 교외의 군용 송산공항에 도착했고, 박 대통령은 공항에서 장제스 총통의 따뜻한 영접을 받았다. 일행은 도착 식전에 대비하여 모닝코트 차림이었고, 장 총통은 어깨에 5성 계급장이 붙은 총통 정장에 금색 장식이 붙은 군모를 쓰고 있었다.

나는 그날 밤 공식 만찬회를 기대하고 있었다. 그것은 내가 이전부터 중화요리를 좋아했기 때문이었다. 그런데 만찬회에 나온 고급요리는 본 적도 먹어본 적도 없는 것이었고, 기대에 비해 맛도 별로라 무척 실망했다.

장 총통은 이 자리에서 자유중국과 한국은 아시아의 반공 십자군을 강화해야 한다고 강조했다. 박 대통령은 태평양전쟁 중에 장 총통과 국부군이 당시 그곳으로 망명 중이던 우리나라 애국 지도자들을 감싸주고 지원해준 일에 대해 감사를 표했다.

대통령과 우리 수행원 일행은 다음 날 3월 16일에 유명한 고궁 박물관을 찾아 중국 5,000년 역사가 낳은 문화 유물의 일부인 진귀한 미술품을 감상했다. 총통은 마오쩌둥의 홍군(紅軍)이 가차 없는 맹공격을 퍼부어 1949년 국부군과 함께 타이완으로 피할 때에도, 약 30만 점의 미술품을 무사히 타이완으로 운반하기 위해 애썼다. 이 귀중한 미술품들은 타이완에 있는 지하 시설에 보관되어 있고 3분의 1이 정기적으로 순번에 따라 공개되고 있었다.

만찬회가 끝났을 때, 총통은 박 대통령을 옆자리로 불러 한숨을 크게 쉬며, 자기는 이미 나이가 들어 공산주의와의 싸움을 계속할 수가 없으니 이제 박 대통령이 공산주의라는 악의 세력과 싸우는 데 앞장설 것을 기대하고 있노라고 털어놓았다. 총통은 중국 본토를 마오쩌둥의 공산주의로부터 탈환하려는 꿈이 실현 불가능하게 되었다고 생각하는 것인지 감회가 깊은 듯 목이 메었다. 늙어버린 노전사가 피할 수 없는 현실 앞에서 무기력해져 일선에서 물러나는 모습 같았다고나 할까?

나는 서울로 돌아오는 비행기에서 대통령과 잠시 스카치위스키를 한 잔 마시면서 조용한 시간을 보냈다. 대통령은 말레이시아, 타이, 타이완 역방을 성공적으로 마친 뒤 긴장을 풀고 편한 기분으로 이들 여러 나라에 대한 인상적인 이야기를 들려주었다. 대통령은 방문 전에는 이들 나라들이 한국보다 훨씬 뒤처져 있다고 생각했는데, 아직 경제와 사회개발 등에서 우리들을 따라잡지는 못했다 하더라도 모두가 마찬가지로 잘들 해나가고 있다는 것을 보고 놀랐다고 말했다.

대통령은 그 기나긴 역사의 전통이나 정부의 임무 추진 상태 등을 보고 분명히 감명받은 듯 보였다. 이 이야기를 들으면서 나는 문득 홀로 고립되어 스스로 자기만족을 느끼는 사람을 깊은 우물 안 개구리에 비유한 우리나라 속담이 생각났다. 바깥 세계에 대해 보다 넓게 아는 것이 없다

면 고립되어 자기만족에 빠지기 쉽게 되고, 그렇게 되면 지도자로 하여
금 현실의 위험에 빠지게 한다는 이야기가 아닐까?

내가 보기엔 대통령이 비록 말은 안 했으나 한때는 세계 최고 열강의
식민지에 불과했던 말레이시아 같은 나라가 세계 2류 세력인 일본의 식
민지였던 한국보다 잘 되어가고 있는 사실을 보고 분하게 생각한 듯했다.

주한미군 사령관과 얽혀 경력상 위기를 맞다

나는 1966년 초 외교관 경력상의 위기를 맞았다. 나는 대통령이 말레
이시아, 타이, 중국을 방문할 때의 준비를 하고 있었다. 공항에서의 출발
직전에 각료, 국회의원, 각급 법원장, 외교단, 군의 고관 그리고 수백 명
의 유지들이 대통령의 여행이 안전하기를 빌었다. 한국의 의전 관례나
절차에 있어서 대통령이 의장대를 사열한 뒤에 대법원장, 국회의장, 총
리 그리고 외교단장하고만 악수를 나누게 되어 있어서, 외국 대사 등 다
른 귀빈들은 약간의 거리를 두고 서 있었다.

그런데 놀랍게도 미군 최고사령관인 비치 대장이 총리의 옆에 서 있었
다. 나는 유엔군 사령관을 겸하고 있는 비치 대장의 옆으로 다가가서 지
정된 자리로 옮겨줄 것을 요구했고, 그는 언짢은 표정을 지으며 그렇게
했다.

이 우발적 사건은 즉시 한국 정부, 미국 대사관, 미 제8군 사이에 논란
을 일으켰고, 나는 대통령을 수행한 2주간의 여행에서 돌아와 바로 직무
상 가장 심각한 위기에 직면했다. 나는 당혹스러웠지만 자신의 입장을

| 김포공항에서 정일권 총리(오른쪽)의 영접을 받는 존슨 대통령 특사 허버트 험프리 부통령, 가운데가 필자(1966년)

고수하며 잘못된 일이 없다고 주장했다.

그런데 설상가상으로 비치 대장과의 사이에 제2의 충돌이 일어났다. 한국군 파병에 관한 존슨 대통령 특사인 허버트 험프리 부통령의 서울 방문을 놓고 세부적인 준비가 한창일 때였다. 비치 대장이 부통령 방문 시 비행기 트랩 아래 있을 공식 환영 인사 그룹 속에 자기도 끼고 싶어한 다는 전갈이 왔다.

한국의 의전상 험프리 부통령은 대통령 특사 자격으로 방한하는 것이 라 공식 환영 인사는 부통령에 상응하는 총리, 외무장관, 미국 대사, 서 울 시장에 한정되어 있었다. 나는 부하 직원에게 미국 측 대표는 한 사람으로 정해져 있기에 사령관의 희망대로 할 수 없다고 미 제8군에 알리도록 했다. 험프리 부통령은 대통령과 국가를 대표하는 특명전권대사 자격이었다. 나는 비치 대장이 화가 나 있다고 들었지만 양보하지 않았다.

이 문제는 바로 정부의 최고층에서 격한 정치 논쟁으로 발전했다. 수십 명의 기자가 나의 사무실로 몰려와서 무슨 일이 생겼는지 알고 싶어했다. 나는 그들에게 이 이야기가 새어나가면 특히 학생들에게 반미감정을 불러일으킬 수 있다고 말했다. 나는 친미파였지만 비치 대장의 비타협적이고 오만한 태도에 대해서는 자세를 분명히 할 수밖에 없었다고도 말했다.

나는 이 사령관의 태도가 금세기 초에 서울에서 조선왕조에 대해 상당한 권력을 휘두르며 마치 총독이나 된 듯이 설쳤던 위안스카이 사령관과 다를 바 없다고 했다.

나는 외교 경력이 위태로워져서 몹시 외로운 생각이 들었다. 내 오랜 친구인 외무장관은 내게 동정적이었으나 대통령 앞에서 끝까지 나를 옹호할 생각은 없는 듯했다. 나의 친구인 정부 고관들은 모두가 나를 멀리했는데, 홍종철 공보장관과 이석재 총무장관만이 나를 공공연히 지지해주었다. 나는 고민했지만 내 잘못은 없었다고 믿었기에 연명을 위해 로비활동을 할 마음은 없었다.

불안한 4주가 지난 어느 날 밤 전화가 걸려왔다. 나의 오랜 친구 장창국 합동참모본부장의 전화였다. 그도 대통령의 최근 공식 방문을 수행했었고, 나와는 농담도 곧잘 하던 사이였는데 이번만은 심각해 보였다. 그는 나와의 우정관계와 미군 사령관과의 우호관계를 놓고 딜레마에 빠져 있었다.

그는 대통령 관저에서 요직 인사들끼리의 저녁식사 자리에서 막 돌아온 길이라며, 내 문제가 화제가 되었고 국방장관과 중앙정보부장은 나의 방법을 비판했다고 말했다. 장 장군에 따르면 대통령은 한마디도 없이 고관들의 이야기를 듣고 있다가 마지막에 "그렇지만 미군 사령관을 무시하면 안 되는 것 아니오"라고 말했다고 했다. 내가 한 일은 인정하고 이에 대해 사죄는 안 하지만 비치 대장을 달래기는 해야 할 것이라는 말이었다.

미국 대사관과 미 제8군 간에도 이 사건이 논란거리가 되었다. 군은 유엔군 사령관의 지위의 중대성을 들어 대사관에 대해 이 사건을 가지고 외무부에 항의하도록 압력을 가했다. 나는 대사관으로부터 항의하는 외교각서를 받고는 회의를 열어 보조관에게 그쪽 대사관의 총무담당 참사관을 불러들이라고 지시했다. 한국과 미국과의 특별한 관계로 보아 외교각서의 형식으로 미국이 항의하는 일은 예가 없는 것이었다. 나는 이에 대한 회답을 내기 전에 그쪽 참사관을 불러 각서 내용을 자세히 조사할 작정이었다.

미 대사관 참사관이 외무부로 와서 나의 보좌관을 만났다. 나는 그에게 이 미군 사령관 처리 문제를 놓고 프로토콜상의 문제로 다루도록 지시해 놓고 있었다. 나의 보좌관과 그 참사관 사이에는 다음과 같은 논전이 오갔다.

비치 대장의 상사는 누구인가.
−태평양 지역의 미국 지상군 최고사령관이며 본부는 하와이에 있다.
태평양의 지상군 사령관은 누구 밑에 있는가.

－육군참모총장의 밑에 있다.

육군참모총장은 누구 밑에 있는가.

－합동참모본부 의장 밑에 있다.

합동참모본부 의장은 누구 밑에 있는가.

－국방장관 밑에 있다.

내 보좌관은 미국 참사관에 대해 우리도 같은 모양의 행정 구조를 가지고 있고 군에 대한 문민 지배를 중시한다고 조용히 말했다. 미국 참사관은 직업외교관이었으므로, 이 대화의 결론에서 무엇인가 깨달은 듯 돌연히 외교적 항의 각서를 취하하고 문서에 의한 기록을 남기지 않도록 하고 싶다고 말했다. 미국이 한국에 대해 내밀었던 외교 각서를 자발적으로 철회한 것은 한국과 미국 간의 수교 이래 이번이 처음이었는지 모른다.

스웨덴으로의 유배

이 불행한 사건이 일단락되자 외무장관은 나에게 다음엔 어떤 자리를 희망하느냐고 물어왔다. 나는 유럽에서 근무한 적이 없었기에 되도록이면 그쪽으로 가고 싶다고 했다. 둘이서 유럽 지도를 살펴보았는데, 발령받을 만한 곳이 스웨덴밖에 없었다. 나는 그동안 스웨덴을 막연히 완전한 복지제도와 민주적 전통을 지닌 지상 낙원 정도로 생각하고 있었다.

나는 스웨덴행이 기뻤지만 미군 사령관과의 소동 때문에 지위가 참사관으로 강등되었다. 내가 유럽행 비행기를 타려고 준비하고 있을 때 보좌관이 와서 미 대사관 2등 서기관이 나를 기다리고 있다고 귀띔했다. 그는 미국 대사관이 내가 다음 임지에서 행운이 있기를 바라고 있다고 전했다. 나는 웃으면서 미국과 한국의 특별한 관계를 감사하고 있으며, 최근의 사건은 개인적 불만과는 무관하다고 말했다. 나와 가족은 이렇게 해서 1966년 봄 스톡홀름으로 향했다.

그로부터 몇 년이 지나 당시의 외무장관 이동원 씨가 쓴 회고록에서 앞서 말한 사건에 대해 언급하며 나를 '자주외교의 선구자'의 한 사람이라고 칭찬했다. 나는 기분이 나쁘지 않았지만, 솔직히 말하면 자주외교가 무슨 뜻인지 알지 못했다.

한국처럼 민족주의가 강한 나라에서는 외국 세력에 종속되는 자세를 보이는 것이 민족적 굴욕으로 평가되고, 그것이 외국을 혐오하는 감정으로 발전한다. 이러한 감정은 아마도 우리나라의 비참한 과거를 반영하기에 더한 것 같다.

나는 그가 회고록을 쓰기 전에 나와 먼저 상의해서 있었던 사실을 정확하게 정리했더라면 좋았을 거라는 생각을 했다. 물론 그가 외교에 있어서 스스로의 성과를 자찬하는 가운데 나는 제2바이올린 주자가 될 수밖에 없었다. 그는 실제로 외무장관이 공항까지 나가서 미국의 신임 대사를 맞아들이는 관습을 폐지했다. 국제적 관행에서는 신임 대사 도착 시 의전장이나 의전차장이 출영하기 때문에 나는 늘 그것이 부끄러워할 일이라고 생각해왔다.

6

스톡홀름에서 뉴욕을 거쳐
서울로 돌아오다

스톡홀름에서의 외교적 유형 생활

참사관 신분으로 스톡홀름 주재 한국 대사관에서 지낸 4년간의 생활은 외롭고 음울했다. 1966년 봄에 있었던 미군 사령관과의 사건도 영향을 미쳤지만, 더 안 좋았던 것은 주재 대사가 육군에서 퇴역한 장군이라는 점이었다. 나는 대사관에서 차석의 지위에 있었으나, 대사가 나를 무시했기 때문에 소리 없이 조용히 지내야만 했다. 3년 동안 밤마다 어학원에서 스웨덴어 학습에 전념하려고 했지만, 큰 성과는 얻지 못했다.

나는 스웨덴의 정치제도에 관심이 있었다. '요람에서 무덤까지'라고 일컬어지는 그 나라의 복지제도는 한국과 같은 개발도상국가로서는 선망의 대상이었는데, 당시 한국은 1962년에 비로소 경제개발 5개년 계획에 착수한 형편이었다. 1966년 초 내가 처음 스웨덴에 부임했을 때 인구 800만인 이 나라의 GNP(국민총생산)는 미화로 80억 달러로서 1인당 소득이 200달러 이하인 우리나라와는 아주 대조적이었다.

1968년의 스웨덴 총선거 때 나는 어느 점심식사 모임에서 근 20년에 걸쳐 정권을 유지해온 사회민주당(이하 사민당) 정권의 사회 복지를 담당 장관의 옆 자리에 앉았다. 그는 귓속말로 사민당이 보다 충분한 사회보장 급여를 실시하여 국민 전체의 뒷바라지를 하지 않으면 안 될 형편이며, 까다로운 선거전을 치러야만 한다고 말해 나를 놀라게 했다. 그는 또 정부 재정이 한계에 달했다고도 말했다.

꽤나 얄궂은 상황이었다. 가난한 개발도상국 국민에게 스웨덴은 몹시 풍족한 나라로 비쳤는데 이게 웬 말인가 싶었다. 그때 나는 정치라는 것이 왔다갔다 하는 시계추와 같아서 늘 우왕좌왕함을 새삼 깨달았다. 1970년대 초에 사민당의 장기 정권은 보다 보수적인 정권에 자리를 양보하지 않으면 안 될 처지에 놓여 있었다.

한국에서는 북한 공산주의에 대한 편집증에 가까운 어떤 불신 때문에 사회주의에 대해 화제 삼는 일은 철저히 금기시되었다. 경직된 반공법이 자유로운 논의를 방해했고, 사회주의와 사회민주주의는 전부 뭉뚱그려 공산주의 영역으로 간주되었다. 그 때문에 한국의 민주주의 발전기에 있어서 군사정권하의 정치 논쟁은 뚜렷하게 제한되어 있었다.

스웨덴에서의 장기간의 외교 생활 동안 추억에 남을 즐거운 시간도 많았다. 아내와 나는 골프 친구인 롤프 비엘링으로부터 스웨덴 왕립 오페라하우스에서 열리는 오페라 〈토스카〉 공연에 초청받았다. 롤프는 세계적 오페라 가수 요시 비엘링의 아들인데, 그와 나는 스웨덴 골프팀에 참가하여 핀란드와의 연례 친선 토너먼트 시합을 기회 삼아 헬싱키를 방문한 적이 있었다.

나는 공연 전날 밤 서울에서 온 두 사람의 유명한 시인을 만났다. 오랜 지인 모윤숙 씨와 조경희 씨 두 사람이 프랑스 망통에서 열린 국제 펜클럽 모임에 한국 대표로 참석한 후, 나를 만나러 먼 북유럽의 스웨덴에 들렀던 것이다.

나는 전화로 롤프에게 이런 이야기를 하고 손님들의 입장권 2매를 더 얻을 수 없겠느냐고 부탁했다. 그는 기꺼이 입장권을 주었고, 우리들 네 사람은 로열 박스에 앉아 롤프의 공연을 감상했다. 그날은 우리들 모두에게 잊을 수 없는 밤이 되었다.

공연이 끝난 뒤 나는 롤프를 집으로 초대해 밤늦게 가벼운 식사를 했다. 아내가 정성껏 한국식 찐만두를 빚었다. 그것은 롤프가 접한 최초의 한국요리였다. 그는 매우 유쾌한 기분이 되어 우리들을 위해 〈나비부인〉의 아리아를 불렀다. 목소리가 무척 크고 힘찼기 때문에 거실 창문이 흔들릴 지경이었다.

즉흥적인 파티가 끝난 것은 새벽 3시경이었다. 롤프는 그 다음 날 자기가 부른 〈나비부인〉의 아리아가 들어 있는 음반과 메시지를 시인 모윤숙 씨와 조경희 씨에게 선사했다. 두 시인은 스톡홀름에서 롤프와 지내며 즐거웠던 그날 저녁 일을 그 후로도 오랫동안 기억했다.

나는 1969년 말 외무부로부터 10월에 아일랜드의 수도 더블린에서 열리는 세계관광기구 총회에 파견될 대표단 단장에 임명한다는 전문을 받았다. 나는 이 유엔의 기관 회의에서 우리나라를 대표할 수 있게 된 것이 무척 기뻤다. 동시에 나는 스웨덴에서 네 번째 겨울을 보내야 하는지 고민했다.

외무장관은 교통부 소속의 고급관리 두 명과 함께 나를 더블린 총회에 참석시켜 북한이 세계관광기구에 가입하려는 것을 막아보려고 생각하고 있었다. 나는 총회에서 한국이 유엔의 감독 아래 총선거를 실시한 결과 한국이 한반도에서 유엔이 인정하는 유일하고 합법적인 정권이라고 주장했다. 결국 총회에서 다수 표결로 우리 주장이 관철되어 북한의 가입

기도를 차단할 수 있었다.

더블린에서 돌아오는 도중 런던에 들렀을 때 런던 주재 한국 대사관에서 나를 전권공사로 임명해 레바논의 베이루트에 통상대표부를 개설하게 된다는 사실을 알았다. 스웨덴에서의 암울한 유배 생활에 종지부를 찍게 됨과 동시에 외교관으로 처음 공관장이 된다는 사실에 매우 기뻐 흥분을 감출 수 없었다.

스톡홀름에서의 업무는 대체로 음울했다. 그것은 한마디로 좌천이었기 때문이다. 나는 아직 한 번도 방문해본 적이 없는 중동에서의 새로운 임무에 기대를 걸었다.

아라비아 반도에 외교적 교두보를 구축하다

나는 가족과 함께 1969년 12월의 어느 날 밤늦게 베이루트 국제공항에 도착했다. 혼잡스러운 공항은 아랍인들이 외쳐대는 소리로 가득하고, 공항 밖의 희미한 조명등에 비친 도로 이곳저곳에서 자동차 경종 소리가 요란했다. 매우 조용했던 스웨덴과는 크게 대조적인 모습에 가족들은 불안해하는 눈치였다. 열 살 된 딸 혜미와 여덟 살 된 아들 성범이는 갑자기 바뀐 환경에 기가 죽어 있었다.

나는 2개월 뒤에야 레바논 외무부로부터 통상대표부 설치의 최종 승인을 얻을 수 있었다. 아랍의 중립국인 레바논은 남북한 그 어느 측과도 외교관계를 맺는 일을 거부했다. 한국이나 독일의 분할을 보며 초강대국이 대결하는 문제 등에 말려드는 일도 원치 않았다. 따라서 절충에는 꽤 오랜 시간이 걸렸다. 짜증스러워도 인내해야만 했다.

교섭의 상대방은 페니키아인의 후손으로 결코 'No'라고 거부하는 일은 없으나 관련된 일들을 질질 끌며 최대한 자신에게 유리한 결과를 끄집어내려는 습관이 있었다. 나는 많은 의미에서 적진 속에 있는 셈이었다. 북한과 강하게 밀착된 관계를 유지해온 PLO(팔레스타인 해방기구)의 강력한 존재가 교섭을 보다 골치 아프게 했다. 북한은 쉽게 외교상의 발판을 구축하였고, 한국보다 1년 이상이나 앞서서 통상대표부를 설치했다. 한편 중동에서는 한국은 미 제국주의의 앞잡이로 간주되고 있었다.

나의 임무는 북한의 경우와 마찬가지로 외교적 특권과 면책 특권은 있으나 대사관의 지위는 가지지 못한 통상대표부를 설치하는 일이었다. 나는 레바논 외무부와 교섭을 하던 2개월간 외교적 특권을 부여받지 못한 채 택시를 타고 외무부 출입을 했다. 중동의 파리로 불리는 베이루트에

| 레바논 베이루트의 언론인들을 관저로 초대해 환담하는 필자 내외

서는 택시를 타기 전에 먼저 흥정을 통해 요금을 정해야 했다. 나의 보좌관은 언제나 요금을 깎으려고 해서 나를 불안하게 했다.

두 달에 걸친 피로를 무릅쓴 교섭이 진행된 뒤 드디어 레바논 정부의 승인을 얻어냈다. 대표부는 실제로 아라비아 반도에 있어서 한국 최초의 외교적 거점이 되었다.

레바논에서의 첫 임무는 홍보를 통해 한국에 관한 인식을 넓히는 일이었다. 나는 신문 잡지와 접촉해 한국의 여러 가지 측면을 알렸다. 신문과의 인터뷰에서는 레바논 국민에게 한 가지 사실, 다시 말해 한국은 팔레스타인 주민의 적이 아니며 아랍과 이스라엘의 분쟁이 하루속히 평화적이고 공평하게 해결되어 팔레스타인 사람들이 옛 고향으로 돌아가게 되기를 진심으로 바란다는 점을 보여주려고 했다.

북한 대표단은 좌익신문들과 함께 선전활동을 시작했다. 갖은 방법을 다해 한국의 이미지를 떨어뜨렸고, 한국은 미 제국주의의 끄나풀이며 이스라엘을 지원하기 위해 파견되었다고 낙인찍으려 했다. 그러나 실제로 한국은 이스라엘과의 외교관계를 조심스럽게 다루었다.

1962년 한국은 이스라엘과 외교관계 수립에 합의했음에도 불구하고 한국 대사가 이스라엘 대통령에게 신임장을 제출하는 행사를 의도적으로 10년 이상이나 끌었다. 이스라엘 정부는 이렇게 엉거주춤한 우리나라의 외교 방식에 대해 몇 번이나 항의했다.

실제로 1961년 가을 유엔총회 때문에 내가 뉴욕에 있을 때, 이스라엘의 골다 메이어 외무장관이 최덕신 외무장관을 예방해 외교관계를 수립할 것을 강하게 요구했다. 한국은 그 다음 해 외무부 내의 고위 직업외교관의 반대를 무릅쓰고 이스라엘과의 외교관계를 수립했다.

내가 의전장을 하고 있던 1965년의 어느 날 도쿄 주재 이스라엘 대사의 방문을 받았다. 이 대사는 한국 대사도 겸임하고 있었는데 한국이 이스라엘에 대사를 보내지 않는다고 항의했다. 물론 우리의 저의를 노출시킬 수 없었지만 두세 가지 설득력 없는 이유를 들었다. 나는 대사가 물론 그러한 말이 정확한 회답이 아니며, 진정한 정부 방침과는 거리가 있다는 사실 또한 알고 있었을 것으로 생각되었다.

당시 한국으로서는 레바논뿐만 아니라 사우디아라비아에도 적극적으로 상주 대사관을 설치하는 것이 급선무였다. 한국은 그 방대한 석유 자원을 확보하고, 사우디아라비아에서의 각종 대규모 프로젝트 계약을 따내려고 노력 중이었다. 사우디아라비아에 상주 대사관이 없었으므로 당시 내가 주재하던 베이루트의 통상대표부가 사우디아라비아에 초점을 맞추어 적극적인 건설 수출 활로를 뚫기 위한 지원 기지가 되어야 했다.

당시 한국 사업가들은 베이루트 호텔에 여러 달 체류하며 국제 입찰이 있을 때마다 수시로 사우디아라비아로 날아가야 했다. 처음에는 그러한 노력이 거의 결실을 맺지 못했지만, 한국은 드디어 국제적으로 주요한 건설 수주국의 하나가 되어서 중동에서 많은 계약을 획득하게 되었다. 베이루트 대표부는 터키, 이란, 이집트의 한국 대사관과 총영사관의 지원 기지 역할도 했다.

여러 가지 의미에서 베이루트에서의 생활에는 위험이 따랐다. 나는 종파 민주주의 원칙을 적용하여 수니, 시아파, 마론, 그리스정교의 신도들을 고루 고용했다. 또 안전을 위해 레바논인 운전사에게 매일 아침 다른 길을 택해 대표부에 가도록 지시했고, 출발 시각도 항상 바꿨다. 레바논에 체재하는 동안 아내는 심한 스트레스로 유산을 하고 말았다. 레바논

군과 팔레스타인 게릴라 간의 전투로 포탄이 열십자로 교차하며 날아다니는 현지 상황이 아내를 공포로 몰아넣었던 것이다.

사막의 폭풍이 열풍을 몰고 오면 레바논 상공이 붉게 물들어 지중해 하늘이 장관을 이루는 광경이 펼쳐지곤 했다. 아내는 3대 종교가 중동 지역에서 생겨난 이유의 하나가 고대인의 마음에 두려움과 공포감을 불어넣어주는 중동의 희귀하고도 신비스런 현상에 기인한다고 생각했다.

나는 레바논 사람의 호감을 사려고 한국의 시를 대중잡지에 소개하고, 7세기에 아랍 상인이 실크로드를 거쳐 한국에 온 이야기를 화제 삼았다. 이 상인은 한국에 매력을 느껴 한국에 남았고, 김씨 성을 내세워 결국 고대 조선의 유명한 시인이 되었다. 이 기사는 레바논 시인 칼릴 지브란을 큰 자랑으로 아는 현지 지식인들로부터 칭찬을 받았다.

레바논 사람들에게 한국문화를 소개하는 노력의 하나로 나는 1971년 가을에 유럽 공연 중인 한국전통무용단의 베이루트 공연을 준비했다. 공연이 시작되기 두 시간 전에 비서에게 극장에 폭탄이 장치돼 있다는 전화가 걸려왔다. 나는 북한 대표단이 관객을 협박하려는 것으로 의심하고 즉각 경찰에 통보했다. 레바논 경찰의 폭탄처리반이 나와서 일일이 좌석을 뒤졌으나 폭탄은 발견되지 않았다.

중동에서 최초로 열린 한국의 전통무용 공연은 훌륭한 성공을 거두었다. 레바논 관객들은 큰 부채를 돌리며 추는 색채 현란한 춤이라든가, 왕조시대의 무용을 특히 좋아했다. 관객들에게는 그것이 다분히 이국적이고 우아해 보였던 모양이다.

나는 레바논에서 2년 7개월 동안 근무했다. 이 격동의 시대에 이집트의 나세르가 급작스럽게 서거함으로써 중동은 혼란에 빠졌고, 리비아에서는 원리주의자들의 쿠데타로 무아마르 카다피가 권력을 잡았다.

그러다 1972년 여름 나는 주 핀란드 통상대표부 전권공사로 임명되었다. 나로서는 네 번째 중립국 복무가 되는 것이었다.

우리들이 레바논을 떠나 헬싱키로 향하고 나서 몇 달 뒤에 레바논과 팔레스타인 게릴라가 전면 충돌하는 사건이 발생해 시리아와 이스라엘이 개입했다. 레바논의 내전 중 후임자와 그 직원이 한때나마 카이로로 탈출해야만 했던 때도 있었다.

나는 레바논을 떠나면서 인류의 역사를 통해 계속되는 종교와 민족분쟁의 비극에 대해 생각했다. 나는 기독교도, 유대교도, 이슬람교도 등의 많은 사람들이 선량한 사람들임을 알고 있었다. 그러나 그들은 평화 속에 살아가지 못할 것처럼 보였다.

CSCE(유럽안보협력회의)와 한국

1970년대에 분단국가인 독일과 한국은 냉전의 이슈를 상징적으로 나타내는 문제를 안고 있었다. 서독은 오랫동안 할슈타인 독트린 아래 동독을 승인하는 나라를 인정하지 않았다. 한국 역시 북한을 승인한 나라를 외교적으로 인정하지 않았다. 그리고 그 때문에 핀란드는 중립국으로서 미소 대결 문제에는 관여치 않는다는 정책에 입각해서 한국과 독일을 외교적으로 승인하지 않았다. 그 결과 한국과 독일은 외교적 면제나 특권은 갖지만 대사관으로서의 지위를 갖지 못한 통상대표부만을 둘 수 있었다.

1972년 내가 핀란드에 통상대표부를 설치하기 1년여 전에 북한은 이미 대표를 핀란드에 파견한 상태였다. 그렇기 때문에 나는 서열상 북한 대표의 뒤를 따라다녀야 했다. 외교에서는 서열이 중요시되는데, 18~19세기 유럽에서는 공식 행사에 어느 나라 대사의 마차가 먼저 나가느냐 하는 문제를 두고 서로 다투기도 했다.

나는 1972년 여름 헬싱키에 도착한 뒤, 바로 외무장관으로부터 아이슬란드 대사와 접촉해 북유럽 이사회가 유엔에서 한국의 입장을 지지해 주도록 교섭하라는 지시를 받았다. 아이슬란드는 유엔 일반위원회에서 북유럽 이사회를 대표하고 있었다.

한반도 문제는 유엔의 감시 아래 실시된 총선거에서 대한민국이 탄생

| 최규하 외무장관과 악수하는 필자(1971년)

된 1948년부터 거의 매년 예외 없이 유엔의 의제에 올랐다. 그러나 북한은 유엔의 권위와 권능으로 총선거를 실시하여 평화적 수단으로 한반도를 통일하는 것을 거부해왔다. 북한 또한 소련의 지원 아래 1948년 가을에 일방적으로 공산주의 국가를 수립했으므로 남과 북은 모두 자국 정부가 한반도의 유일한 합법적 정권이라고 주장해왔다.

나는 한반도 문제가 매년 비생산적으로 유엔 의제로 오르는 것을 막으려는 한국의 입장을 아이슬란드 대사가 지지해주기를 바랐다. 1972년 아이슬란드 대사는 아이슬란드와 북유럽 여러 나라를 대표하고 있었으므로, 나는 뉴욕으로 가서 우리들의 입장을 관철시키는 로비활동을 계속해야 했다. 유엔에서 일하는 것은 이번이 처음은 아니었다. 1960년대 초 워싱턴 대사관 참사관으로 근무하며 유엔 한국 대표단의 대변인을 2년 동안 맡아본 일이 있었다.

소련이 안전보장이사회에서 거부권을 행사해 한국의 유엔 가입 신청을 몇 번이고 저지했기 때문에 한국은 유엔총회에 투표권이 없는 옵서버만 파견할 수 있었다. 따라서 우리는 아프리카를 포함한 세계의 많은 지역에 외교관을 파견하여 한국의 입장을 지지해주도록 노력하지 않으면 안 되었다.

남북이 외교적으로 격렬하게 경쟁하여 쌍방의 외교단 인원 수가 자꾸 늘어난 결과 서로에게 자금적인 부담을 안겨주었다. 1960년대에 와서는 제3세계의 많은 국가들이 미국과 이스라엘에 대한 비동맹 운동에 연계되어 한국으로서는 곤란한 상황에 직면했다. 한국은 미국과의 동맹관계상 제3세계의 많은 나라로부터 적대적인 취급을 받았고, 북한은 미 제국주의에 반대하는 저항세력 정도로 간주된 것이다.

외교상의 이러한 소모전은 남과 북이 유엔에 동시 가입한 1991년까지 계속되었다. 이전에 유엔에서 매년 벌어졌던 의식적 행사에 종지부를 찍으려는 한국의 시도는 성공을 거두었고, 나는 1972년 가을 아이슬란드의 표를 확보해 한반도 문제가 유엔 의제로 자동 채택되지 않도록 하는데 작게나마 보탬이 되는 역할을 했다.

1972년 봄, 남북한은 비밀리에 교섭해 대통령 특사를 교환하고 남북조절위원회를 설치했다. 한국 정보기관의 이후락 부장이 비밀리에 북한의 수도 평양을 방문해 김일성과 협의한 뒤 박성철 부수상이 서울을 방문해 박정희 대통령과 만났다.

역사적인 이러한 상호방문의 결과 1972년 7월 4일에 남북조절위원회가 남북한 간의 문제 전반을 다루게 된다는 극적인 선언이 있었다. 이로인해 북한과의 화해와 분단된 조국의 평화통일을 기대하는 기운이 고조되었다.

나는 어느 외교 리셉션에서 서독 대사의 청으로 이 역사적 움직임에 대한 자세한 내용을 설명했는데, 그는 정상 간의 직접적인 접촉에 의해 통일 문제를 해결하고자 하는 우리의 노력에 흥미가 있다며 내게 성공을 빈다고 말했다.

그는 독일의 경우 동서독이 언젠가는 통일이 된다 해도 독일의 균형 잡힌 동질성을 되찾기 위해서는 적어도 15년의 시간이 필요하다고 말했다. 30년이나 되는 공산주의 지배가 동독사회를 이질화시켜 정치, 경제, 문화, 사회 등 모든 측면에 영향을 미친 것이다.

분단된 독일과 한국 간에는 커다란 유사성이 있었기에, 나는 그의 말에 큰 흥미를 느꼈다. 남북한은 같은 언어를 쓰고 있지만 때때로 서로의 차이를 이해하지 못했다.

대사의 꿈이 실현되다

1975년 여름 CSCE가 성공리에 끝나고 동서 독일이 외교적으로 상호 승인을 하였다. 한국 정부는 1973년 6월 23일 한국식 할슈타인 독트린 을 공식적으로 포기했다.

| 핀란드 우르호 케코넨 대통령에게 특명전권대사 신임장을 재정한 후(왼쪽부터 케코넨 대통 령, 필자, 박동순 1등 서기관, 가루야라이넨 외상, 1973년)

| 핀란드 대사 재직 시절, 헬싱키 골프클럽에 '코리아컵'을 창설한 후 첫 수상자와 함께(1973년)

나는 이 큰 사건이 절호의 기회이다 싶어 핀란드와의 국교 정상화 문제를 다루기 시작했다. 나는 외무장관 앞으로 내밀하게 긴급 서신을 띄워 즉각적으로 핀란드와의 외교관계 수립을 위해 교섭해야 한다고 건의했다. 외무장관에게 타이밍의 중요성을 역설하면서 승인이 빠르면 빠를수록 더 큰 진전이 있을 것이라고도 했다.

교섭 개시의 지시가 떨어지기를 3개월 동안 조마조마하게 기다렸다. 나는 이 석 달 동안 나의 제안이 북한 측에 새어나갈까 두려웠다, 그러나 다행히도 핀란드와의 교섭은 무사히 마무리되었고, 나는 초대 주 핀란드 대사에 취임했다.

여러 해 동안의 고통스러운 시련 끝에 드디어 대사가 된 것이다. 독립한 조국의 대사가 된다는 어린 시절의 꿈이 드디어 실현되었다. 그러나 국제무대에서의 치열한 경쟁과 대치 속에서 내가 태어난 고향이 있는 북한이 아니라 남한을 대표하지 않으면 안 된다는 엄연한 현실이 나를 슬프게 했다.

흥분에서 깨어나니 바로 나의 조상들, 특히 아버지 생각이 머릿속에 떠올랐다. 나는 아버지가 언제나 옆에서 나를 돌봐주셔서 외교관으로서 성공할 수 있었다고 느끼고 있었다. 그러나 휴전선이라는 철의 장막에 가로 막혀 북한에 있는 아버지의 무덤 앞에서 이 기쁜 일을 전할 수 없다는 사실이 나를 슬프게 했다. 내가 훌륭한 외교관이 되길 바라셨던 아버지가 내 성공을 아신다면 감회가 남달랐으리라.

북한에 있는 사랑하는 누님 생각도 간절했다. 내가 외교관으로 성공할 수 있었던 것은 젊은 시절 누님이 나에게 베풀어준 헌신과 애정 덕분이었다. 그래서 북한의 공산주의 정권과 외교에서 싸워야 한다는 사실이 슬프고 답답했다. 누님은 여전히 그곳에서 살아가야 하니까 말이다.

나는 하룻밤 사이에 대사의 지위에 우뚝 섰지만 북한의 내 경쟁상대는 여전히 공사에 머물러 있었다. 나는 적어도 외교기술상으로는 북한에게 이긴 것이다. 직업외교관이 아니었던 그 북한 공사는 본국으로 바로 소환되었다.

스웨덴 섭정의 '독신파티'에 초청되다

헬싱키 재임 중 즐거웠던 일 가운데 하나는 스웨덴 섭정으로부터 뜻밖

| 스웨덴 섭정이 필자 이임 때 준 사진.
1969년 필자는 그와 가끔 골프를 쳤다.

의 초대를 받아 서해안에 있는 여름 별장에서 이틀간을 보내는 연례행사인 '독신파티'에 참석한 일이다. 나는 섭정의 초대에 감동했다.

나는 몇 해 전 스톡홀름 대사관에 근무했던 시절, 스톡홀름 왕립 골프 클럽에서 섭정을 알게 되었다. 섭정과 나는 열렬한 골프 애호가로서 함께 라운드에 나가는 기회가 많아서 서로 잘 아는 사이가 되었다. 나는 헬싱키에서 스웨덴 서해안으로 가 섭정의 파티에 참석했다.

파티의 유일한 여성이 섭정의 오랜 연인이었는데, 두 사람의 관계는 공공연히 인정되거나 화제가 된 적도 없지만 골프클럽의 누구나가 두 사람의 관계를 알고 있었다. 그녀는 제2차 세계대전 중 스톡홀름 주재 영국 대사관 해군무관과 결혼했으나, 이혼해서 영국으로부터 돌아와 있는 터였다.

우리는 이틀 동안 잘 어울려 지냈다. 외국인은 나 하나뿐인 데다가 스웨덴말도 서툴러서 의사소통이 힘들었지만, 섭정과 내가 한 팀이 되고 스웨덴의 프로선수와 70세 된 사람이 한 팀이 되어 실력을 겨루기도 했다. 다행히 우리들이 승리를 거두어 각각 10스웨덴코로나를 받았다. 섭정은 마치 처음 장난감을 손에 쥔 어린아이처럼 기뻐했다.

한국의 퍼스트레이디 암살되다

1974년 8월 15일이었다. 아내와 내가 핀란디아홀에서 열리는 광복절 리셉션을 주관하려고 공관을 나서는 차에 보좌관으로부터 긴급 전화가 걸려왔다. 몇 시간 전에 박 대통령의 영부인인 육영수 여사가 서울 국립극장에서 열린 광복절 기념식 도중에 암살되었다는 것이었다.

서울의 외무부로 연락해서 리셉션을 할 것인가 말 것인가 상의할 여유도 없었기에 나는 잠시 생각한 후에 리셉션을 그대로 진행시키기로 했다. 대사관 직원과 가족에게 리셉션에서 가슴에 검은 리본을 달도록 지시했다. 이날 리셉션에는 핀란드 정부, 의회, 언론, 경제, 문화계의 명사들 그리고 헬싱키 주재 외국 대사 등 300명 이상을 초청한 터였다.

나중에 일본 조총련계 문세광이 식장에 잠입해서 기념사를 하던 박 대통령을 권총으로 저격했으나 탄환이 빗나가 육영수 여사가 맞고 그 자리에서 사망했다는 이야기를 들었다.

나는 슬픔을 억누르며 파티에 온 손님들을 맞았지만 리셉션의 분위기는 어두웠다. 내빈의 대부분이 이미 이 비보를 들어 알고 있었고 축하 인사가 아니라 정중한 조문의 인사를 했다. 리셉션이 끝난 뒤 나는 대사관으로 돌아가 좀더 자세한 소식을 들으려 했으나 국내 사정이 혼란스러워 서울 소식을 기대하기 어려웠다.

나는 박 대통령이 존슨 대통령의 국빈으로 워싱턴을 방문했던 1965년 5월에 블레어하우스에서 있었던 일을 회상했다. 그곳에서는 종업원이 대통령 수행원인 우리들의 구두를 닦아주고 옷을 다려주도록 되어 있었다. 하지만 내가 대통령 숙소로 들어갔을 때, 영부인이 아침 일찍 일어나 몸소 대통령의 신발을 닦고 있는 모습을 보고 얼마나 놀랐었는지.

그분은 그 이전부터 검소한 생활, 웃어른에 대한 공경심, 자식들에 대한 사랑 등 덕망이 높아 많은 사람들의 존경을 받고 있었다. 그분에 대한 비난도 전혀 없었다. 육영수 여사는 남편의 독재자스러운 부정적 영향을 완화시키는 측면에서도 큰 힘을 발휘하고 있었다. 대통령을 비난하는 데 가차 없던 반대파 사람들도 그녀를 존경했다.

매부의 수수께끼 같은 출현

1974년 5월 초, 대사관 공용차인 메르세데스 벤츠의 펜더 우측에 건 태극기를 휘날리며 관저로 돌아갈 참이었다. 나는 오후 늦은 시간 어둠이 깔리는 가운데 대사관을 나섰다.

관저에서는 내 앞으로 온 편지 한 통이 나를 기다리고 있었다. 그런데 놀랍게도 나의 매부 이종옥으로부터 온 것이 아닌가. 공산주의 체제하의 북한에 있는 그와는 벌써 30년이나 못 만난 처지였다.

편지를 단숨에 읽어 내려갔지만, 처음엔 도저히 그의 편지라고 생각되지 않았다. 편지는 질이 낮은 보통 용지에 일본어로 씌어 있었다. 나는 일본어를 읽을 수가 있었지만 그가 왜, 무엇 때문에 일본어로 편지를 썼는지 그 뜻을 알 수가 없었다. 편지에는 전화번호가 적혀 있었으나 북측과의 공식 접촉은 사전 승인 없이 허용되지 않던 시절이었기에 어떻게 해야 하는가 혼자서 고민했다.

나는 전화를 걸어보기로 했다. 전화를 받은 사람은 친절하게도 매부가 산책하러 나갔는데 한두 시간 있으면 돌아올 거라고 말해줬다. 나는 이름과 전화번호를 대고 전화를 끊었다. 어찌 해야 할지 몰랐다. 이 편지는 발신인이 날조한 장난인가, 아니면 어떤 함정인가?

사랑하는 누님과 매부와 눈물로 이별하고 남쪽으로 자유를 찾아 모험의 길을 떠나온 그 당시의 일들을 회상했다. 당시 나는 갓 스물이었고 맏아들이었음에도 가족을 뒤로하고 떠날 수밖에 없었다.

갑자기 전화벨이 울렸다. 매부였다. 즉시 관저로 오라고 했다. 나는 한 시간가량 뜰에 나가 서성이며 매부의 모습을 상상해보았다. 매부는 무엇 때문에 일본어로 편지를 썼던 것일까. 일본어로 쓰면 나만이 읽을 수 있으리라 생각했을까? 매부는 내 아내를 아직 만난 적이 없으니 아내가 나보다 일본어를 더 잘하리라고는 알 턱이 없는 것이다. 아내는 한때 일본의 성심여학원에서 일본 황후와 책상을 나란히 하고 공부했던 사람이었다.

매부는 택시를 타고 왔다. 나는 문밖에서 그를 맞이했다. 나는 그가 혼자 나타났다는 사실에 놀랐다. 누군가가 그를 감시하고 있지나 않은지 주변을 둘러보았으나 관저가 헬싱키 교외의 작은 섬에 자리하고 있었으므로 누군가가 숨어서 우리들의 모양을 살필 만한 장소가 못 되었다.

우리들은 따뜻하게 서로 얼싸안았다. 매부는 허름한 옷차림이었고 코트도 머플러도 없었다. 언뜻 보기에 신발도 비싼 것이 아니었다. 몸은 깡마르고 머리 숱이 별로 없었고 이미 나이는 58세가 되어 있었다.

매부는 집 안에 들어서자 불안해하는 모습이었지만 처남 매부 사이였기에 곧 30년의 세월을 뛰어넘어 함께 만남을 기뻐했다. 그러나 과연 정말로 세월이 쉽게 뛰어넘을 수 있는 것이던가? 그는 북한 사람으로서 나와는 적이 되는 사람이다. 아내는 내게서 이야기를 많이 들어 매부에 대해 알고는 있었지만, 시누이의 남편을 만나는 것이 처음인 데다 나에 대한 염려로 두려워하고 있었다. 매부와 아내는 서로 정중하게 인사를 나누었다.

감정이 앞서려고 하여 무슨 말을 먼저 꺼내야 할지 몰랐으나 나는 바로 호숙 누님과 그의 가족 사정을 물었다. 매부는 놀랍게도 아이들이 열 명이나 된다고 하였다. 내가 떠나올 때는 네 살 된 아들이 하나 있었다.

내가 어머니도 잘 계신다고 했더니 그는 안심이 되는 모양이었다. 호숙 누님은 어머니가 고난을 이기지 못해 세상을 떠났을지도 모르겠다고 생각했던 모양이다. 나는 누님에 대한 애정이 깊었다. 누님의 헌신과 사랑이 없었다면 나는 성공하지 못했을 것이다. 내가 대사가 되겠다는 꿈을 이룬 것은 누님이 나를 믿어준 덕택이라고 생각했다.

서울로 피난왔을 때 나에게는 친척도 친구도 동창도 없었다. 한국 사회에선 이런 것들이 '출세가도를 걷는 데' 있어서 필수적인 요소가 아닌가? 매부는 딱히 말로 표현은 안 했지만 내가 한국에서 외교관이 되었다는 사실에 감동을 받은 눈치였다.

매부는 자기도 그렇고 가족들도 모두 언제나 내 생일을 기억하고 있었노라고 하며 우리 아버지의 묘소를 좀더 좋은 장소로 옮겼다고도 했다. 그 말을 들으니 눈물이 났다. 북한을 떠나온 이래 한 집안의 맏아들로서 부친 산소 하나도 돌보지 못했다는 사실에 늘 깊은 죄의식을 느끼고 있었기 때문이다.

몇 번 정치에 관한 이야기를 꺼내볼까 했지만 그는 그것을 피하고 가족 이야기에 집중하려는 눈치였다. 매부가 장모님을 보고 싶다기에 아내가 손녀딸과 함께 찍은 어머니의 사진을 보여드렸다. 나는 누님에 관해서 좀더 자세히 알고 싶었다.

매부는 누님이 사회 문제에 관계되는 방면에서 크게 활동하고 있고 현재는 내가 중학교를 다녔던 함흥에서 교육위원이 되어 공산주의 교육 지도를 담당하고 있다고 알려주었다. 경건한 기독교도였던 누나가 왜 공산주의자가 되었을까? 나는 누나가 대가족의 생존과 복지를 위해 공산주의자로 변할 수밖에 없었을 거라는 생각이 들었다.

매부는 자신이 함흥의 과학기술대학 학장이며 해외에서 각국의 교육사를 연구하고 있다고 말했다. 지위가 높으므로 정부가 식량을 충분히 배급해주고 있고 생활수준도 괜찮다고 말했다. 술잔을 주거니 받거니 하며 이야기를 나누면서 나는 매부와 누님이 모두 북한의 고관이라는 결론을 내렸다. 그러나 매부가 이러한 돌연한 방문을 통하여 대체 무엇을 바라는 것인지에 대한 의문은 여전히 계속되었다.

매부가 돌아갈 때 나는 공용차로 그를 가까운 택시 정거장까지 데려다주었다. 숙소가 어딘지 물었으나 매부는 다만 웃음을 머금고 택시 기사에게 한 장의 종이쪽지를 건네주었다. 그리고 우리는 헤어졌다.

나는 그날 밤 매부가 예상치도 않게 돌연히 내 앞에 나타났던 일을 무엇으로 설명할 수 있을까 생각하느라 잠이 오지 않았다. 나는 매부에게 북한으로 돌아가기 전에 한번 저녁을 먹으러 오라고 말했다. 매부가 며칠 뒤 전화를 걸어와 또 한번 신세를 지겠노라고 말했다. 나는 대사관 보좌관에게 그 자리에 나와 같이 동석하도록 미리 요구했다. 매부는 여전히 혼자 나타났다. 정치 이야기는 입에 올리지 않았다.

매부가 내방한 다음 날, 대사관에서 나의 참모들과 함께 매부의 갑작스런 출현에 대해 여러 각도로 그 동기를 분석하느라 오랜 시간을 보냈다. 그리고 그 다음 날, 매부와의 회동에 대해 외무부로 상세한 내용을 보고했다. 대사관의 정보부 요원은 매부의 방문을 즉시 자신에게 알리지 않은 데 대해 불쾌감을 표시했다. 나중에 안 것이지만, 북한이 남한 대사를 접촉한 것이 그때가 처음이었다고 한다.

우리들은 남북 이데올로기의 볼모였던가

매부와 저녁을 먹은 이틀 뒤에 또다시 전화가 걸려왔다. 북한으로 돌아가기 전에 어떻게 해서든지 다시 한 번 만나고 싶다는 것이었다. 매부의 목소리는 필사적인 애원처럼 들렸다. 나는 내 자신이 정신적으로 무장이 되어 있으니 무슨 일이 있어도 대처할 수 있다고 확신했다. 그러나 누군가 내 전화를 도청하고 있다는 사실도 의식하고 있었다.

마음 아팠으나 매부에게 이제 다시 만날 필요는 없다고 말할 수밖에

| 핀란드 총참모총장 라우리 수텔라와 환담하는 필자(1973년)

없었다. 피차 받아들일 수 없는 장벽이 북쪽의 매부와 남쪽의 처남을 갈라놓은 것이다. 나는 이 비극적 상황이 우리들의 탓은 아니라고 말했다. 매부는 여전히 만나고 싶다고 애절하게 말하면서 내가 원한다면 누님도 만날 수 있고 모르긴 해도 아마 일본 경유로 왕래를 계속할 수 있을 거라고까지 언질을 주었다. 나는 그 순간 소름이 끼쳤다. 매부가 나를 포섭하기 위한 유인책이 아닌가 바짝 경계했다.

나는 순간적으로 어떻게 대답해야 할지 판단하기가 어려웠다. 벌써 30년 세월이 흐른 이 마당에 누님과의 상봉이 가능할까? 그러나 한국의 외교관으로서 북한과 거래를 하는 것은 반역행위로 간주된다. 나는 매부에게 안녕히 가시라는 말과 함께 그의 안전한 귀국을 빌고 이 비극적인 재회의 소식을 누님에게 전해달라고 말할 수밖에 없었다. 마지막으로 우리들이 죽는 날까지 조국이 통일되어 언젠가 다시 만날 날이 올 것을 진심으로 바란다고 말하며 흐느끼면서 전화를 끊었다.

매부의 방문 때문에 나는 몸과 마음이 지칠 대로 지쳤다. 담낭 수술도 받아야 했고 정신적으로도 한계에 도달했으나 외교활동은 정상적으로 계속해야 했다.

CSCE는 헬싱키에서 개최될 예정인 하계 35개국 정상회의 준비 단계에 들어가 있었다. 외교계의 누구도 나와 매형 간의 밀회 사건을 아는 사람이 없었다. CSCE는 동서 냉전 문제와 관련되는 신경전으로 번졌고 소련의 레오니트 브레주네프 의장은 이 정상회의에서 정보와 이주의 자유를 교환 조건으로 동유럽의 국경을 합법화할 것을 강하게 주장했다.

나는 매부가 헬싱키에서 나를 찾아온 목적을 계속 의심했다. 단순한 개인적인 방문이 아닌 게 명백했다. 한국 정보 당국에 의하면 나로 하여금 자신들의 주장을 지지하도록 하려는 가능성이 가장 높았다. 매부는 한국 외교기구의 고위층 인사를 북측 앞잡이로 만들거나 아니면 대사의 변절을 유도하려고 했는지도 모를 일이다.

중앙정보부(이하 중정)는 매부의 방문이 북한 최고의 정보 당국자들이 2년간 신중히 계획한 결과라는 판단을 내렸다. 나는 중국이 달라이 라마의 형을 설득하여 동생에게 보내 그가 항복하기를 권하도록 한 이야기가 생각났다. 그의 형은 그것이 실패할 경우 달라이 라마를 죽인다고 약속해야만 했다. 형은 자기가 그렇게 하지는 못하고 다만 그렇게 하는 척하고 동생을 만났던 것이다.

그로부터 몇 주 뒤에 나는 서울로 돌아와 재외 공관장 연례회의에 참

| 공관장 회의에 참석중인 필자(왼쪽부터 박동진 주 유엔 대사, 황호을 주 제네바 대사, 필자, 함
병춘 주미 대사, 최경록 주영 대사)

석했다. 청와대 만찬회 석상에서 박 대통령은 돌연 내게 핀란드 이야기
를 해보라고 요청했다. 내가 핀란드에 대한 일반적인 이야기를 시작했는
데 박 대통령은 발언을 중지시키고 서울로 돌아오기까지 몇 주 사이에
있었던 나의 개인적 체험을 듣고 싶다고 하였다. 나는 당혹스러웠지만
매부와 만났던 자초지종을 이야기했다.

　내가 이야기를 끝내자 박 대통령은 만찬회에 참석한 대사들을 향해서
당신이 그 이야기를 상세히 물어본 것은 북한의 끄나풀이 한국 대사에게
접촉을 가진 것은 이번이 처음이기 때문에 그러는 것이며 다른 대사들에
게 북한의 음모와 신변 안전에 조심하라고 경각심을 촉구했다. 대통령은
그들이 접근해오면 안전한 장소를 택하여 그들이 하고자 하는 말을 잘

들어보라고까지 말했다. 남한의 저명인사들이 납치돼 북한으로 연행된 뒤 자발적으로 망명한 것처럼 조작된 예가 여러 번 있었기 때문이다.

대통령은 그러한 이야기를 함으로써 이 문제에 관해서 내가 처리한 방법이 합법적이었다는 암시를 주며 나를 구해주었다. 나는 대통령이 나의 신변 안전을 염려하여 배려해준 일에 크게 감동했다. 그러나 이 사건이 거기서 끝난 것은 아니었다.

중정의 심문

헬싱키로 돌아가기 전날, 중정으로부터 내가 묵고 있던 호텔로 전화가 걸려와 북한의 매부와 만났던 일에 대해 물어볼 말이 있으니 중정 본부까지 와주었으면 한다고 했다. 나는 불안감을 느꼈지만 그들이 들고 나올 사항에 대해서는 무엇이든 대처할 수 있다고 생각했다.

그러나 방으로 들어가자 중정이 정치적 반체제파를 다룰 때 행한다는 악명 높은 고문에 대해서 떠올리지 않을 수 없었다. 중정은 강력한 존재로 법을 초월하는 권력을 가진 것처럼 보여서 당시 국민들에게는 가장 두려운 존재였다. 대외적 임무는 공산주의의 끄나풀을 잡아내고 한국 사회에 심어놓은 비밀 간첩들을 뿌리 뽑는 일이라고 하지만, 주요 임무는 어떠한 대가를 치르더라도 '정권의 안전'을 지키는 데 있었다.

내가 중정의 기다란 의자에 앉자 담당관이 두툼한 법률서를 내놓고 심문을 시작했다. 나는 초조한 기분이었지만 조용히 마음을 가라앉혔다.

그는 외무부 수신으로 해서 보낸 보고서 속에 상술한 헬싱키에서의 매부와의 만남을 상세하게 밝혀주기를 요구했다. 그는 나의 대답을 적으면 서 우회적으로 내가 법 가운데서도 가장 무서운 반공법에 저촉될 가능성 이 있다고 말했다. 나는 화가 났지만 간신히 억제했다. 나는 그때 이것이 내게 있어 가장 심각한 위기임을 깨달았다.

나는 그에게 내가 특명전권대사로서 나라를 대표하고 있고 헬싱키에 서의 나의 행동은 모두가 나 자신의 판단에 따른 것으로서 그것은 대통 령의 판단과 같다고 생각된다고 지적했다. 그러나 그는 그렇다면 왜 바 로 헬싱키의 중정 지부장에게 알리지 않았느냐고 추궁했다. 나는 웃으면 서 중정만이 북한 공산주의자를 다룰 수 있다고 생각하는 것은 잘못이라 고 지적했다. 나는 헬싱키와 같은 대치 공관을 지휘하는 대사로서의 직

| CSCE 정상 리셉션에서 제럴드 포드 미 대통령 부처와 함께(1975년 여름)

무를 단독으로 수행할 권한을 갖고 있다고 주장했다.

심문은 몇 시간이나 계속되었고 나는 심신이 모두 피로하고 지쳐 있었다. 이때 그는 한 장의 종이를 꺼내서 나의 서명을 요구했다. 이것은 분명히 진술서였다. 나는 너무 화가 나서 그런 것에 서명할 생각도 없고, 서명할 수도 없다고 했다. 나는 무엇 하나 잘못한 것이 없으며 대통령도 이 건에 관해서 상세히 알고 계신다고 주장했다.

나는 내 경우와 그들의 전임 중앙정보부장인 이후락의 경우를 비교했다.

전임 이후락 부장은 긴장완화, 이른바 데탕트를 위한 노력의 일환으로 몇 년 전 대통령 특사로 평양을 극비리에 방문하여 김일성을 만났다. 반공법 아래서 한국인이 정부의 사전 허가 없이 북한 사람과 만나는 일은 용서받지 못한다는 사실은 분명하나 나는 그 전임 부장이 대통령의 구체적인 지시를 받았던 사실을 지적하면서 나 자신도 똑같이 특명전권대사 자격으로 항상 대통령의 지시 아래 있다고 주장했다. 청와대에서 박 대통령과 함께한 만찬회의 여러 가지 이야기도 상세하게 설명했다.

이 담당관은 나를 강제로 서명시킬 수 없음을 깨달은 모양이었다. 몇 시간 동안의 승강이 끝에 그는 결국 진술서를 철회하기로 동의했고 나 또한 그것이 불행한 사건이었음을 인정했다. 그리하여 나는 1974년 7월 초에 헬싱키로 돌아왔다.

나는 매부의 헬싱키 여행에 대하여 여러 가지를 생각해봤다. 북한에서는 공산주의 계급제도가 엄밀히 유지되어 있었다. 그 첫째가 나라를 다스리는 엘리트 그룹이며, 이들은 몇 만 명에 달하는 구(舊) 혁명가와 그의 아들딸로 구성된다. 그 다음으로 몇 백만 되는 그 지원 그룹인데, 그 밑에는 정치범이나 친척이 남한으로 피해 내려간 변절자의 가족이 있으며, 그 가운데 몇 십만 명은 강제노동수용소에서 삼엄한 감시를 받으며 살아가고 있었다.

매부는 나를 설득하는 데 성공을 거두면 변절 가족의 누명을 벗는 마지막 기회를 얻게 되는 것은 아니었을까? 내게 접근해야만 하는 불가피한 상황이라고 가정할 때 매부는 어쩌면 추방되기 바로 직전이었을지도 모른다. 나는 매부가 한반도 분단 후 자기 자신의 정체라든가 가족 문제를 숨길 수 있었을지, 숨길 수 있다면 어떤 방법으로 숨겨올 수 있었을지 등 여러 가지 가능성을 생각해보았다.

매부가 지난 30년 동안 북한에서 어떻게 살아왔든 간에 일정 임무를 띠고 헬싱키로 왔을 때 사생결단의 기회를 맞게 되었고, 그는 그 실패의 책임을 져야만 하는 건지도 모른다. 나는 이런 불길한 추측을 거듭하며 몹시 상심한 상태였다. 우리들은 결국 남과 북을 가른 이데올로기 투쟁의 볼모에 지나지 않았다.

우리의 가족관계는 이데올로기보다도 깊은 것인데 정치체제의 차이 때문에 서로를 적대시하는 한쪽을 택할 수밖에 없었다. 30년 만의 이 눈물젖은 재회는 우리가 어쩔 수 없는 분단에 휘말려 희생양이 되었음을 단적으로 보여주는 것이었다.

북한 정권이 매부를 남북한 사이에 놓고 이데올로기 투쟁의 도구로 이용했다는 사실을 생각하니 그들에 대한 증오감이 그저 더욱 커질 따름이었다. 내가 가장 사랑하는 누님의 남편과 나는 국제적인 가혹한 외교게임 아래 자신의 의사와 무관하게 삶과 죽음의 싸움을 벌이게 되었던 것이다.

포르투갈로의 전근과 리스본 대사관의 개설

서울에서 개최된 공관장 회의에서 돌아오자 2주일 뒤 외무부로부터 전신이 왔다. 나를 포르투갈로 이동시켜 리스본에 한국 대사관을 설치한다는 것이다. 그때까지는 파리 주재 대사가 포르투갈 대사를 겸임했었다.

나는 CSCE의 성공적 종결을 축하하는 외교행사가 끝난 뒤에 리스본으로 부임했다. 대사관과 대표부를 개설하는 일은 이것이 세 번째였다. 한국 정부는 최근 포르투갈에서 마르크스주의의 쿠데타가 일어나 보수독재정권을 무너뜨린 상황이 발생하자 상설 대사관을 설치할 필요가 있다고 판단했다.

미국과 NATO(북대서양 조약기구)에게는 이러한 마르크스주의 쿠데타가 NATO의 존재와 그 기초를 뒤흔드는 도전이었다. NATO는 소련의 팽창주의를 봉쇄하는 데 그 주요 목적이 있었는데 미국 정부의 영향 아래 NATO의 오랜 참가국이었던 포르투갈이 유럽의 뒷문에서 소련의 위성국이 되는 게 아닌가 하는 정세를 놓고 진지한 논의가 한창이었다.

나는 이전부터 외교가에서 '분쟁해결사'나 어려운 문제를 푸는 일명 '소방수'로 알려진 모양이었다. 1969년에는 베이루트에 통상대표부를 개설했고 1973년에는 헬싱키에 대사관을 설치했기 때문이다. 이들 지역은 남북의 치열한 외교전의 현장으로서 우리의 국익 확보와 위상을 제고하는 데 노력하지 않으면 안 되었다. 포르투갈은 한국과 오랫동안 우호적 관계였지만 혁명 뒤에 즉각 북한을 승인했다.

나는 포르투갈로 떠나기 전 핀란드의 우르호 케코넨 대통령에게 작별인사를 하기 위해 자동차로 서해안 제2의 도시 투르쿠로 향했다. 대통령은 작은 섬에 있는 별장에서 휴가 중이었다.

나는 그곳에서 열린 소규모 행사에서 케코넨 대통령으로부터 핀란드 최고 훈장의 하나인 사자 대십자 훈장을 받았다. 나는 대통령에게 핀란드와의 외교관계 수립에 최선을 다해 한국 초대 대사로 일할 수 있었음을 큰 영광으로 생각한다고 말했고, 1973년 2월 북극권 내의 라플란드에서 가족과 함께 며칠을 보낸 진귀한 경험에 대해서 이야기를 나누었다.

기온이 영하 30도 이하로 내려가고 모든 세상이 눈으로 덮인 그 신비스러운 경관은 잊을 수 없는 체험이었다. 태양은 매일 한 시간 정도 위로 잠깐 얼굴을 내밀 뿐이었다. 라플란드 주민은 수천 명에 지나지 않았으나, 몇 천 년의 세월 동안 그곳에서 그렇게 생을 영위해왔다. 나는 그 기원을 상상하며 광대뼈가 튀어나온 모양이 우리 한국 사람과 닮았다고 생각했다.

내가 헬싱키에서 대사로 있을 당시 국제 정치무대에서 핀란드가 펴는 중립정책을 보고 존경스러웠다. 제2차 세계대전 이후 핀란드는 동서 진영의 어느 편도 들지 않는 정책을 고수하면서 이웃 나라인 소련의 이해관계를 면밀히 지켜보고 있었다.

'파시키비 – 케코넨' 노선이라고 일컬어지는 외교정책의 성공으로 핀란드는 경제 번영과 평화를 실현시켰다. 서방 측은 이것을 '핀란드화' 라고 부르며 가끔 조소를 보내기도 했다. 소련 위성국의 궤도를 따르는 것과 무엇이 다르냐는 것이다. 미국의 정계나 학계가 볼 때 특히 그런 의견이 지배적이었다. 나는 핀란드가 이런 점에서 불공평하게 푸대접을 받고 있다고 생각했다. 그 독립정신이나 민주주의의 이념과 가치에 대한 신념은 크게 존경받아 마땅한 것이었다.

모친의 병환

나는 1975년에 포르투갈에서 외교업무에 들어갔다. 첫 작업은 대사관과 관저로 적합한 장소를 물색하는 일이었다. 내가 리스본에 부임했을 때는 1974년 4월 마르크스주의 쿠데타로 보수정권이 쓰러진 뒤였다. 신정권은 안토니오 데 스피놀라 장군의 영도하에 은행과 보험, 기타 산업의 국유화를 진행하고 기니비사우, 모잠비크, 카보베르데, 앙골라, 상투메프린시페 등 과거 여러 세기 동안 아프리카 식민지로 있던 나라들을 독립시키는 작업에 착수했다.

많은 부유층 사람들이 이 나라를 떠나 브라질로 이주했으므로 리스본 교외에 있는 고급 주택가에 싸고도 훌륭한 저택을 얻을 수 있게 되었다. 브라질로 도망간 집 주인은 자기 집을 외교 사절에게 빌려주면 마르크스주의 아래서도 안전하리라 생각했기 때문에 적당한 임대료로 우리에게 집을 빌려주었으며, 이와 별도로 우리들은 번화가에 대사관 건물을 확보할 수 있었다.

북한은 새 정권이 마르크스주의 정권이므로 즉각 포르투갈과의 외교관계를 수립했다. 군사정권의 수상은 급진주의적인 군인이었지만 외무장관은 온건한 공산주의자였다. 또 외무부 간부들은 모두 직업외교관들로 큰 변동이 없었으므로 외교활동이 수월했다.

한반도 문제는 1975년 가을에도 유엔에 제기되었고, 나는 외교활동의 초점을 포르투갈 외무부의 직업외교관 쪽으로 맞추었다. 나는 그들과는 동료의식을 느끼는 터였다. 그 결과 포르투갈은 유엔총회에서 한국의 입장을 지지하고 북한의 입장에 대해서는 기권 표를 던졌다. 북한 정부

| 필자를 영접하는 대통령궁 의장대

는 포르투갈의 신사회주의 정권이 사회주의 우방을 저버리고 남한의 군
사 독재정권을 지지한 것은 상식에 어긋나는 것이라며 항의했다. 북한
은 한반도 문제에 있어서 여전히 유엔의 권위를 받아들이기를 거부하고
있었다.

 그러나 나는 그때 일어난 외교상의 촌극이 포르투갈의 외교, 문화, 종
교의 오랜 역사와 서방 측 전통에 대해 많은 것을 말해준다고 생각했다.
정부 지도층의 마르크스 지향에도 불구하고 외무부의 전통적 직업외교
관은 유엔을 통해서 한반도 문제를 해결하려는 우리들의 방식을 편들어
주었다. 한국 외무부는 포르투갈의 좌익 신정권에 대한 우리들의 작은
'승리'를 보고 놀라면서 이것을 환영했다. 한국 외무부는 포르투갈이 잘

해보았자 남북 양측의 입장에서 기권하지 않겠는가 하고 단념한 상태였던 것이다.

당시 미국의 리스본 주재 프랭크 칼루치 대사와 헨리 키신저 국무장관 사이에는 정책상의 균열이 있었다. 키신저는 포르투갈이 동유럽 나라들처럼 소련의 재 위성국이 될까봐 두려워하고 있었다. 문제는 포르투갈이 소련의 팽창주의에 대항하는 역할을 담당해온 NATO가 창설될 때부터 NATO의 가맹국이었다는 사실이다.

칼루치 대사는 미국이 포르투갈의 앞으로의 동향을 고려함에 있어서 포르투갈이 서방 측 국가로서 오랜 역사를 가지고 있다는 사실을 염두에 둘 필요가 있다고 주장했다. 포르투갈이 공산화된다고 해도 포르투갈에는 서방 측 지향의 오랜 전통이 있어온 터이므로 신정권의 공산주의도 포르투갈의 그러한 역사적 특징을 지킬 여지가 많다는 것이다.

그는 포르투갈의 공산주의가 동유럽의 위성국에게 소련이 일방적으로 밀어붙였던 중압적인 공산주의와는 크게 다른 것이 될 거라고 보고 미국이 포르투갈을 소련의 위성국이라고 단정짓지 않도록 경고했다.

나는 포르투갈에 대해서는 신출내기였으나 칼루치 대사의 의견이 옳다고 생각했다. 실제로도 포르투갈에 한국의 외교 거점을 확보함에 있어서 포르투갈에 대한 칼루치 대사의 깊은 지식이 많은 도움이 되었다. 우리들은 좋은 친구가 되었다. 후에 알게 된 일이지만 칼루치 대사의 외교적 판단은 정확했고 포르투갈은 결국 NATO를 떠나지 않았다.

1976년 가을, 서울에 있는 막내 누이동생으로부터 80세의 어머님이 심한 병환을 앓고 있음을 알리는 편지를 받았다. 마음 아프고 충격적인 소식이었다. 나는 한국의 외교 사절로서 세계를 누비고 다녔기 때문에

| 포르투갈 상주대사에 취임해 코스타 고메스 포르투갈 대통령에게 특명전권대사 신임장을 제정하는 모습(1975년 여름)

집에 어머님을 남겨두고 윤씨 집안 맏이로서의 의무를 다하지 못하고 있었다. 유교의 전통과 가르침으로 보면 그것은 용서받지 못할 죄악이었다.

어머님은 언제나 장남이 정부의 중요한 공무원이 된 것을 자랑으로 알고 자식의 성공에 도움이 된다면 어떠한 희생도 마다하지 않을 분이었다. 어머님은 나에게 나쁜 소식이 전해져 내 공무에 방해가 될까 염려해 기관지염에 걸린 일도 몇 달씩이나 숨기고 계셨다.

나는 2, 3일 생각 끝에 박정희 대통령 앞으로 개인적인 편지를 써서 어머님의 병환과 입원 사실을 알리고 자신이 불효자라 적었다. 대통령 앞으

| 포르투갈 공산당 당수 쿠날이 한국 국경일 리셉션에 참석하여 필자와 악수하는 장면. 그는 이
날을 북한 국경일로 착각하였다 한다.

로 서신을 보내는 사례는 주로 정치적으로 임명된 대사들에게서 찾아볼
수 있는 것으로, 직업외교관으로서는 극히 이례적인 일이었다. 나는 보통
한 해에 한 번 대통령 앞으로 새해 인사장을 보내는 일이 고작이었다.

2주일이 지난 뒤 외무장관으로부터 '정무 협의' 차 바로 서울로 돌아오
라는 전보를 받았다. 대통령 앞으로 보낸 편지의 결과였다. 나는 서울에
도착하자마자 어머님이 계신 병원으로 직행했다. 공무로 인해 돌아온 것
이라고 어머님을 안심시켰으나, 병상에 누운 수척한 어머님을 뵙자니 슬
픔을 억누를 수가 없었고 할 말을 잊었다. 그러나 나의 문병이 어머님의
마음을 편하게 해드렸다.

박 대통령과 전무후무한
3시간의 단독회견을 가지다

내가 서울로 돌아온 다음 날, 대통령 의전 비서관으로부터 다음 날 청와대로 대통령을 찾아뵙도록 하라는 전갈이 있었다. 긴장은 되었지만 그것은 큰 영예였다. 다음 날 나는 외무부 차량으로 오전 11시에 청와대로 들어갔다. 대통령 집무실에 들어서자 대통령은 바로 어머님의 병환이 어떠냐고 물었다. 그 뒤로 대통령과 단둘이서 3시간 동안 함께하는 영광을 누렸다.

그중 한 시간가량은 대통령과 함께 칼국수를 먹었는데, 이때 김정렴 대통령 비서실장이 배석했다. 나는 긴장이 돼 평소 좋아하던 칼국수를 제대로 삼키지도 못했지만, 대통령의 자상한 마음씨를 그대로 느낄 수 있었다. 대통령은 고도 경주 부근에서 석유가 발견된 일에 흥분해 있어서 자랑스럽게 나에게 석유 찌꺼기 비슷한 물질이 들어 있는 작은 병을 보여주었다. 한국은 경제개발을 위해 주로 중동지역의 석유에 전적으로 의존하고 있었으므로 회수 가능한 상당량의 석유를 발견할 수만 있다면 천혜의 축복이 아닐 수 없었다. 나는 대통령에게 신라시대의 어느 농민이 불이 붙어 활활 타는 기묘한 액체를 발견했다는 옛날이야기를 들은 적이 있다고 말씀드렸다.

대통령의 책상 위에는 최근에 추수한 황금색 볏단이 놓여 있었다. 대통령은 한국의 농업 전문가가 다년간의 연구 끝에 개발한 이 품종의 수확량이 종래 품종의 세 배나 된다고 설명했다. 대통령은 농촌 출신이어서인지 농민의 살림을 개선하는 데 항상 큰 관심을 쏟고 있었다. 당시엔 국민의 60% 이상이 농민이었다.

1961년 권좌에 오른 이후 박 대통령은 여러 세기 동안 찌든 농민의 가난을 근절하려는 새마을 운동을 개시하여 자존심을 북돋는 동시에 토지를 귀하게 여기는 정신도 불어넣었다. 그것은 대통령 자신의 녹색혁명이었다. 이 운동은 농민의 근면, 자조, 협동을 표어로 내걸었다. 몇 년 사이에 농촌의 표정이 밝아졌으며 소득이 늘고 초가집 지붕이 슬레이트 지붕으로 바뀌고 위생시설 또한 극적으로 개선되어가고 있었다.

대통령은 북한이 불안정하게 되어가는 징후가 보인다고 말했다. 휴전선 부근의 전선에서 감청한 북한 병사들의 교신 내용에서 김일성의 아들 김정일에 대한 악담이 포함되어 있었다는 이야기이다. 김정일이 고령인 김일성의 후계자로 정해져서 훈련 중이라는 사실은 천하가 다 아는 사실이었고, 그것은 세계 어느 나라에도 유례가 없는 공산주의 왕조 지배를 의미했다.

대통령은 병사들이 쓰는 사투리로 미루어 그들이 함경도 출신이라고 하면서 함경도 출신이 일단 무언가를 하기로 마음을 정하면 그것은 막을 수가 없다고 덧붙였다. 나는 대통령에게서 이런 뜻밖의 말을 듣고 마음이 출렁거렸다. 나 자신이 본래 함경도 출신이었기 때문이다. 대통령은 북쪽 사람들이 반정부활동을 포함해서 무슨 일이든 할 수 있는 사람들이라고 말하고 싶었을지도 모르겠다.

박 대통령의 쿠데타에 참여한 군 출신 고관들 중 몇몇 사람이 후에 음모를 꾸몄다고 유죄 선고를 받았다. 그들은 모두가 북쪽 출신들이었다. 박 대통령이 권력을 잡고 나서 정부의 중요한 자리는 거의 남쪽 출신 사람들이 독차지했고 다른 지역, 특히 북쪽 출신들은 대개가 한국의 정치 · 경제 변두리에서 맴돌았다.

이러한 지연주의는 1392년부터 500년 이상이나 지속된 조선의 잔재였다. 지연주의는 조선이 외부세계로의 문호 개방을 통해 근대화를 받아들이지 못한 주된 원인 중 하나였다. 이런 일들이 결국 조선을 붕괴시켰고, 조선을 일본 제국주의의 먹이가 되도록 했으며, 일본에 의한 1910년의 한일병합을 낳게 만들었다.

박 대통령의 인사정책은 이른바 'TK파'라고 하는 신조어를 낳았고, 민중들 사이에서 알게 모르게 비웃음거리가 되어왔다. TK는 '대구고보'의 약칭으로 'TK파'는 대구고보(현 경북고) 출신들을 가리키는 것이었다. 그들은 이른바 엘리트가 되어 행정부, 사법부 그리고 군부의 핵심적인 자리를 차지했다.

이런 현상이 다른 지역, 특히 박 대통령의 정치적 반대파로 유명한 김대중의 출신지인 전라도 사람들 사이에 깊은 원한을 심어놓았다. 실제로 김대중은 친공산주의 활동가라는 오해로 사형 언도까지 받았으나 후에 사면되었다.

내가 국내 정치 문제를 화제에 올리려고 하자 대통령은 금세 얼굴이 굳어지며 말머리를 돌렸다. 나는 아차 하며 잘못된 화제를 꺼냈구나 싶어 부드럽고 따뜻했던 분위기를 되찾으려고 애썼다.

대통령과의 독대를 마치고 대통령 집무실을 나오려는 차에 대통령은 나에게 봉투를 하나 건네며 집에 갖고 가도록 일렀다. 나중에 열어 보니 놀랍게도 어머님의 건강을 걱정하며 손수 쓴 편지가 들어 있었는데, 동봉한 500만 원은 치료비에 보태 쓰도록 하라고 했고, 몸보신과 회복이 빠르도록 인삼이나 녹용 같은 보약을 어머님에게 사드리라는 분부 역시 잊지 않으셨다.

아무리 생각해봐도 독재적인 박 대통령이 무슨 생각으로 나와 내 어머님에게 이토록 온정을 표시하신 것인지 알 수 없었다. 나는 그의 정권에서 중요 인물도 못 되었고 북한 출신이기 때문에 언제나 중심이 아닌 변두리에 있었다. 어찌 되었건 어머님께서는 기적적으로 회복되었다. 이것은 어떻게 보면 대통령의 온정과 배려 때문이었다고 할 수 있을 것이다. 어머님은 그 뒤 88세까지 사셨다.

왜 대통령이 3시간씩이나 시간을 내서 나와 이야기를 나누었을까? 나는 어쩌면 그 이유를 알 수 있을 것도 같다. 박 대통령은 평생에 걸쳐 일관되게 자긍심이 강한 민족주의자였는데, 그 옛날 주한미군 겸 유엔군 사령관이었던 비치 대장과 미국 대사관에 대한 나의 단호한 태도를 내심 환영하지 않았을까 하는 것이다.

나는 1966년 봄 이 미군 장성과 외교관례상의 심각한 논쟁에 휘말렸다. 대통령은 북한이라는 호전적이고 예측불허한 정권으로부터 나라를 지키는 주한미군의 중요성을 생각하여 공식적으로는 나를 두둔하지 못했지만, 원칙 문제에서 단호한 자세로 일관한 한 고위 외교관의 태도를 자랑스레 여겼던 것인지도 모른다. 대통령은 나라의 사활과 관련한 이해가 얽힌 문제를 놓고 미국 정부의 고압적인 행동에 대해 가끔 쓴잔을 마시듯 불만을 보인 적이 있었다.

박 대통령의 핵무기에 대한 야심

핵무기를 생산한다는 대통령의 비밀 프로젝트가 1976년에 성공을 거두었다면, 우리는 독자적인 핵 보유국으로서 북한과의 관계뿐 아니라 동북아시아의 전략지도를 뿌리에서부터 바꾸어놓았을 것이다.

박 대통령은 일본이 이른바 핵에너지의 평화적인 이용 개발을 발전시켜 대량의 플루토늄을 축적하게 될까 걱정이었다. 물론 일본은 제2차 세계대전이 끝났을 때 맥아더가 밀어붙인 평화헌법 때문에 핵무기를 포함한 대량 파괴무기의 개발을 금지당하고 있었다.

박 대통령의 핵에 대한 야심은 많은 수수께끼와 함께 의문에 휩싸여왔다. 대통령은 드골 장군의 정치무기로서의 독자적인 핵 정책에 대해 강한 인상을 갖고 있었다. 1970년대 초에 정계 상층부와 언론에서 혹시나 박 대통령이 최고 기밀로 핵 프로젝트를 추진하고 있는 것이 아닌가 하는 풍문이 돈 것은 이에 기인한 것이었다.

'역사적 사실'에 근거한 어느 추리소설에 따르면 그는 미국에 거주하는 저명한 한국인 핵 과학자이며 노벨상 후보의 한 사람으로 지목받았던 이휘소와 비밀리에 연락을 취하고 있었다는 것이다.

일설에 따르면 대통령은 핵 프로그램을 추진하는 일이 애국이라고 생각하고 이 박사에게 한국으로 돌아오도록 권유했다. 최고기밀인 이 핵 프로젝트는 우리 국화인 '무궁화'라는 비밀 칭호로 불렸다. 이 박사는 결국 한국으로 돌아가기로 결정했다. 그러나 1977년 갑작스러운 그의 죽음으로 이 계획은 수포로 돌아갔다. 그의 죽음은 갖가지 억측만 낳았을 뿐, 아직까지도 진실이 밝혀지지 않았다.

리스본에서의 잊을 수 없는 추억

나는 1976년 봄 재외 공관장 연례 회의 참석차 서울로 돌아가는 도중 도쿄에 들렀다. 이때 일본 역사에 관한 흥미진진한 책을 발견했다. 16세기 말에서 17세기 초까지 일본 규슈에 거주하던 플로레스라는 포르투갈의 가톨릭 사제가 쓴 것이었다. 이 책에 따르면 도요토미 히데요시가 1592년 한국에 출병했을 때 다수의 병사와 한 사람의 장군이 천주교로 개종했다고 한다. 거기에는 플로레스 신부에게 경의를 표할 겸 전투 상황을 보고하고 한국인의 인상을 담은 내용이 담겨져 있었다.

일본의 16만 침공군은 한 달도 못 되어 수도 서울을 점령했고 거의 전국 각지를 쑥밭으로 만들며 돌아다녔는데 한국의 농민과 의병들이 이들에게 용감히 대적했고 그 예절도 칭송할 가치가 있다고 씌어 있었다. 나는 이 책에 깊은 감명을 받아 서울에 체류하는 동안 텔레비전과의 인터뷰에서 한국 시청자들에게 이 진귀한 자료를 소개했고 리스본에 돌아온 뒤에도 외교관들과의 식사 모임 같은 곳에서 이 일을 화제로 삼았다.

나는 1977년 리스본에서 뉴욕으로 옮겼고 총영사 겸 유엔 겸무 대사라는 직함으로 뉴욕에 부임했다. 이 전무후무한 발령은 매우 이례적인 것이었다. 내 이름이 유엔 사무국에 등록되어 유엔 옵서버단 명단에 올라 있었으나 실제로 유엔 대표부에서 근무한 적은 없었다. 이 직함은 대외용으로, 박동선 로비사건(코리아게이트) 수습을 위한 활동을 돕기 위한 것이었다.

아내와 나는 리스본을 떠나 뉴욕으로 출발하기 전 포르투갈 외무부의 페르난두 크루즈 정무국장의 저녁식사 초대를 받았다. 국장과 그의 매력적인 부인 노라는 우리를 리스본 중심가에 있는 어느 레스토랑으로 초대했다.

그곳에는 검은 드레스 차림의 키 큰 여자 가수가 애조를 띤 '파두'를 부르고 있었다. 파두는 아시아와 신세계에 진출했던 15세기 당시의 기나긴 항해 생활에서 생긴 노래인데, 생활의 슬픔이라든가 원한의 감정이 그 속에 녹아 있어서 마치 한국의 민요를 생각나게 했다. 그날 밤은 리스본에서의 가장 감동적이고 잊을 수 없는 추억으로 남았고, 크루즈 대사와 나는 좋은 친구가 되었다.

코리아게이트 스캔들이 한창인 뉴욕으로

1977년 8월 초에 케네디 국제공항에 도착했을 때 한국인 기자와 카메라맨에 둘러싸여 코리아게이트에 대해 질문 공세를 받았다. 나의 임무는 한국인에 의한 이른바 로비활동이 광범위하게 폭로되어 미국의 언론에 퍼진 한국 정부의 안 좋은 이미지를 바로잡는 일이었다.

'코리아게이트'라는 말을 만들어낸 것도 미국 언론이었다. 박동선이라고 하는 한국인이 한국 정부의 하수인이 되어 중앙정보부장과 긴밀한 관계가 있고, 로비활동을 통해서 미국 의회의 지도자와 정책입안자에게 영향을 주었다고 해서 의회조사의 주요 대상이 되었다.

나는 기자들의 질문에 세부사항까지 자세하게 답하지는 않았으나, 북한의 위협이 상존하고 있는 상황에서 한미 간의 오랜 동맹관계는 매우 중요하고 결정적인 역할을 하고 있기 때문에 이번 일로 그 관계가 위태

| 뉴욕 시장과 만나 대담하는 필자(1977년)

로워져서는 안 될 것이라고 답했다.

　나의 가장 긴급한 임무는 언론과 학술단체와 접촉하여 카터 대통령의 주한미군의 대규모 철수 안에 대처하는 한국 정부의 입장을 대변하고 주지시키는 일이었다. 나는 세미나와 기자회견에서 한국에 미군이 건전하게 존재하고 유지되는 일이 북한을 억제시키는 최선의 대책이라고 주장했다. 다행히 미국인의 대다수가 한국의 견해에 동조하며 대규모의 미군 철수가 예측불허의 북한에 의한 전쟁 재발 위험을 실제로 고조시킨다는 경고를 아끼지 않았다.

미국에 있는 나의 지기의 한 사람인 돈 자고리아 교수(뉴욕 컬럼비아대학 국제정치학)는 『뉴욕타임스』 일요일판에다 「한국은 베트남이 아니다」라는 기사를 썼다. 그는 주한미군의 대규모 철수가 비무장지대를 사이에 두고 200만 이상의 병력이 대치하고 있는 한반도의 정세를 사실상 불안하게 만드는 것이라고 하면서 미군의 존재가 군사적 수단에 의한 북한의 통일전략에 대비한 최선의 보호책이 되어 있다고 했다. 또한 지리적으로나 전략적으로나 한국은 동북아시아의 안정과 평화를 위해 중요하며 한국과 베트남 사이에는 큰 차이가 있다고 강조했다.

전 중앙정보부장의 변절과 의회 청문회 출석

코리아게이트를 둘러싼 미국 의회의 청문회가 최고조에 달했을 때 전 중앙정보부장인 김형욱이 미국으로 망명하여 독재적인 박 정권의 기반을 흔들었다.

김형욱은 박 장군을 권좌에 앉힌 1961년의 군사쿠데타 입안자의 한 사람으로 반체제파와 박 대통령의 자의적 지배에 반대하는 사람들에 대해 가차없는 억압을 일삼아 정부 내에서도 가장 미움을 산 인물 중의 하나였다. 그러한 그가 미 의회 청문회에 출석해서 박 대통령의 독재적 지배를 비난하고 나선 것이다.

그의 폭탄선언은 한국 전체를 뒤흔들어놓았다. 그는 강력한 중정의 수장으로서 박 정권의 안전과 생존을 지키는 입장에 있었다. 그러한 그가 어째서 미국으로 망명했는가? 여기에 관해 반체제파와 야당에 대한 그의 무자비한 탄압이 박 정권의 정치적 부담이 되었다든가, 자신의 강력한 지위를 이용해 재벌 기업체로부터 뇌물을 받아 축재했다는 소문이 돌았다.

박 대통령이 그를 정보부장에서 해임한 뒤, 그는 국회의원에 임명됐다. 당시 선거법에 따라 총선에서 집권당이 획득한 득표 수에 근거하여 그는 비례대표 의석을 가질 수 있었다. 김형욱은 그래도 보복이 무서웠는지 해외로 나갔고, 결국은 미국으로 망명하기로 결심했던 것이다.

그의 망명이 놀랄 일은 아니었다. 막강했던 중정에서 일단 떠나게 된 김 전 부장은 과거의 행적 때문에 불안 속에 지내며 목숨의 위협마저 느끼고 있는 듯했다. 나는 서울에서 의전장으로 있을 때부터 그와 알고 지냈다.

뉴욕에서는 그와 내 친구까지 동석하여 셋이서 골프를 치게 되었다. 김 전 부장은 나를 만나게 된 것을 반가워했으며 운동이 끝나고는 내 친구 집에서 함께 저녁식사를 했다. 그때 김 전 부장은 밝은 표정을 지으려 했지만 몹시 고독해 보였다.

나는 그에게 지금 서울에서 당신을 멕시코 대사로 보내려고 한다는 소문이 있는데 알고 있느냐고 물었다. 그는 알고 있다고 말했다. 그에게 그 문제를 잘 생각해서 망명 생활을 끝내도록 하면 어떠냐고 했다. 멕시코에서 2, 3년 대사로 있으면서 국제정치를 바라보고 경제 공부도 하는 것이 도움이 되지 않겠느냐고도 했다.

그는 갑자기 긴장된 표정으로 대사로 임명되려면 서울에 가야 하는지 내게 물었다. 나는 신임 대사는 대통령으로부터 신임장을 받는 것이 관례로 되어 있다고 대답했다. 김 전 부장은 즉시 나의 제안을 거부했다. 그는 서울로 돌아가면 생명이 위태롭다고 생각했고, 그것을 몹시 두려워하고 있는 것 같았다.

나는 이날 밤 식사 자리에서 중정의 권력남용이 얼마나 많은 사람들에게 고통을 주었을까 생각했다. 중정은 북한에서 침투시킨 공작원들을 잡아들이고 남한의 지하 공산주의 끄나풀을 뿌리째 없애는 일을 주요 임무로 했는데, 현실적으로는 박 정권에 대한 반대파를 억압하는 수단이 되어 있었다.

중정이 실제로는 나라의 안전이 아니라 정권을 지키는 수단이 되어 오랫동안 초법적 존재가 된 것처럼 무소불위했기에, 그 숨겨진 정치활동은 알려지지 않았다. 그 억제되지 않는 권력을 에워싸고 벌어지던 대통령 측근들 사이의 암투는 결국 1979년 10월 김형욱의 후임자 김재규에 의한 박 대통령 암살로까지 이어졌다.

김재규는 사형을 선고받고 서둘러 처형되었다. 김형욱 역시 죽었다는 소문이 돌았는데, 그가 1970년대 말 파리의 한 호텔에서 실종된 뒤 어떻게 되었는지는 아직 의문으로 남아 있다. 서울에서는 한때 그가 이끌었던 중정이 그를 납치해서 처형했다는 소문이 끈질기게 번졌다.

1977년에는 미국의 신문, 텔레비전, 라디오가 이른바 코리아게이트라든가 그에 관한 의회 청문회 뉴스를 밤낮없이 방영하여 한국 정부의 이미지가 몹시 손상됐다. 박동선이 중정의 공작원이 아니었다는 공식 부인에도 불구하고 그가 중정에 고용되어 워싱턴에서 한국 정부를 위해 로비 활동을 했다는 소문은 계속되고 있었다.

외교관의 신분을 가진 중정 요원이 해외에서 불법활동에 관여한 것은 이번이 처음은 아니었다. 1960년대 말 한국 공작원이 베를린에서 한국의 유명한 작곡가 윤이상을 납치해 서울로 끌고 와 친공산주의 활동을 했다는 이유로 재판에 넘긴 일이 있었다. 이 납치 사건은 당시 서독과 한국의 관계를 크게 긴장시켰다.

국제 현실을 무시한 중정의 마구잡이 활동

1970년대 초 한국의 정보기관 요원들이 도쿄의 한 호텔에서 박 정권의 반대파 중 가장 유력한 지도자였던 김대중을 납치하여 한일 관계를 최악의 상태로 만들었다. 일본은 한국이 일본의 국내법을 유린했고 일본의 주권을 명백히 손상시켰다고 하면서 즉각 김대중을 일본으로 송환하라고 요구했다.

김씨를 큰 상자 속에 넣어 바다 속으로 던져버리려고 했는데 그때 돌연 배 위로 미국 CIA의 것으로 생각되는 의문의 비행기가 날아와 그 덕분에 김씨가 구출되었다고도 했다. 김씨는 미국 정부의 강력한 항의에도 불구하고 한국으로 연행되었고 친공산주의 활동을 했다고 하여 재판에 회부되었다. 그는 사형 선고를 받았으나 뒤에 종신 금고형으로 감형되었고, 석방된 뒤에는 사면·복권받았다.

중정은 외교상의 복잡한 현실을 도통 이해한 것 같아 보이지 않았다. 반공이라는 이름 아래 대통령에게 충성을 맹세한 그들은 국내에서뿐만 아니라 외국에서도 법을 어겨도 된다고 생각했다. 중정과 같은 정부기관이 그러한 대실책을 저지른 뒤, 국제사회에서 신뢰와 신용을 회복하는 일이 얼마나 어려운가를 알지 못했다.

정부는 미국에서 오랜 경험을 쌓아온 나를 미국으로 보내서 정부가 입은 타격을 최소화시키려고 했다. 그러나 나는 실질적인 수습책이 수반되지 않는 외교적인 대화만 가지고는 수습이 되리라고 생각하지 않았다. 한국 정보기관이 대리인을 내세워 불법적인 로비활동을 통해 미국 정책 입안자에게 영향을 끼치려 시도한 것은 근본적으로 잘못된 것이었다.

북한의 외교적 비행에 관해서 가진
미국 FBI 국장과의 대화

나는 한국과 미국의 전통적인 긴밀한 관계에 관하여 이해를 심화시키려는 목적에서 콜로라도주 애스펜인문연구소에 관심을 두게 되었다. 이 연구소의 평의원과 고문 명단은 미국 정부, 실업계, 노동계, 학계, 문화계 등의 유명 인사들을 망라한 인명록과 같았다. 외국의 많은 지도자들도 이 연구소와 관계를 맺고 있었다. 나는 1978년 여름 이 연구소의 행정 세미나에 참가하여 연구소 사람들과 아는 사이가 되었다.

나는 이 세미나에서 미 FBI 국장 윌리엄 웹스터 판사를 만났다. 그는 8개월 전 악명 높던 존 에드거 후버 국장의 후임으로 막 임명된 때였다. 우리들은 2주간 세미나에 함께 참여했다. 웹스터 국장의 가족은 동쪽 구석에 있는 방에 묵고 우리 가족은 서쪽 구석방에 묵었다. 나는 웹스터 국장의 학식이나 나무랄 데 없는 그의 청렴한 인격에 깊은 감명을 받았다. 우리들은 함께 여가도 즐기고 국제 문제와 개인적 신념에 대해서도 의견을 교환했다. 휴양지로 유명한 애스펜의 편안한 환경이 그런 식의 대화를 자연스럽게 촉진했다.

나는 칵테일을 한 잔 마시며 웹스터 국장에게 FBI에서는 어떤 일을 우선시하느냐고 물었다. 그는 배임 횡령죄나 소련, 동유럽 국가들, 중국, 쿠바 등에 대항하는 정보 전쟁이 최우선 과제가 되어 있노라고 말했다. FBI 국장과 이런 예민한 문제에 대해 이야기하는 것은 내 임무가 아니었지만 북한이 유엔에 지금 막 옵서버단을 설치했노라는 사실을 지적해두고 싶었다. 나는 북한 옵서버단의 동향을 면밀히 감시할 필요가 있다는 이유를 설명해주고 싶었다.

또 북한의 유럽 공관 그리고 아프리카 주재 대사관 일부가 외교 특권이나 면제의 특전을 남용하여 마약, 주류, 담배 등의 밀매를 일삼으며 일련의 불법활동에 관련되어온 사실이 보도되고 있다고 말해주었다.

웹스터 국장은 한 나라의 외교관이 그러한 불법 거래에 관련되어 있다는 사실을 믿지 못하는 것 같았다. 나는 서방 측 인사들은 이러한 일을 생각조차 못할 것이라면서, 대개 김일성의 주체사상이 반영된 북한 공산주의의 진정한 실상을 이해하지 못하고 있다는 얘기도 해주었다.

북한 공산주의자들은 서방 측과 그 아시아 동맹국들이 미 제국주의의 단순한 수단에 불과하다고 간주했다. 그렇기 때문에 그들은 북한 외교관이 제국주의자들에 대하여 불법행위를 가하는 것이 완전히 정당화된다고 믿고 있다고 설명했다.

웹스터 국장은 그러한 내 의견이 믿어지지가 않는 모양이었다. 국장은 공화당원이었는데 1977년 카터 대통령에 의해 FBI 국장으로 임명되었다. 그는 청렴성으로 의회에서 민주와 공화 양당의 지지를 얻었고, 후에 레이건 대통령에 의해 CIA(미 중앙정보국) 국장으로 임명되었다.

재클린 케네디와 음양사상에 대해
이야기를 나누다

나는 1978년 여름 브롱크스 동물원의 자선 만찬회의 초대객 수백 명
중 한 사람으로 참가했다. 만찬회가 끝나고 악단이 댄스 음악을 연주하
기 시작했을 때 별안간 벼락과 번개를 동반한 폭우가 쏟아져 천막과 그
주변이 물바다가 되었지만 무도회의 분위기는 그대로였다.

사람들의 혼잡 속에서 재클린 케네디 부인을 발견했다. 나는 내 소개
를 하고 나서 1952년 여름 허스티드의 아가씨들과 함께 그녀의 버지니
아 저택을 방문하여 그곳의 넓은 풀장에서 수영을 즐긴 일이 있었다고

| 뉴욕 브롱크스 동물원에서 재클린 케네디와 함께 (1978년 여름)

했다. 그녀는 그 당시 집에는 없었지만 내가 옛날에 자기 집을 방문한 사실에 놀랐다. 나는 내가 전 남편의 홍보담당이었던 피어 샐린저라든가 클리프턴 장군의 친구였다는 이야기도 했다.

우리들은 아시아 철학에 대한 이야기를 화제로 올렸다. 나는 우주의 오랜 상징인 '음과 양'의 원리를 설명하며 그것이 한국 국기인 태극기에도 들어가 있다고 하면서, 불과 물, 낮과 밤, 밝음과 어둠, 남과 여 등이 서로 반대이기도 하면서도 완벽한 조화와 균형을 이루고 있다는 말도 덧붙였다. 그녀는 내 설명과 주장에 대해 흥미를 보이며, 그러한 사고방식에는 적지 않은 진리가 내포되어 있는 것 같다고 말했다.

손님들이 홀을 가득 메우자 나는 재클린에게 춤을 추자고 청했다. 그녀는 흔쾌히 응답하며 바로 구두를 벗고 일어났고 나는 맨발의 재클린을 무도회장으로 안내했다. 우리 둘은 라틴 음악의 리듬에 맞추어 춤을 추며 홀 안을 돌았다. 그날 밤은 나에게는 잊을 수 없는 순간이 되었다.

맨해튼 거리의 한국 퍼레이드

1978년 가을 딘킨슨 뉴욕 시장이 한국 커뮤니티가 확대되었음을 인정하여 뉴욕시 역사 이래 최초의 '한국의 날'을 선포했다. 나는 총영사 자격으로 참가했고 대규모 퍼레이드의 선두에 서서 시장과 나란히 미드타운에서 메이시 백화점 앞 해럴드 광장까지 브로드웨이를 누볐다. 이것은 감동적인 경험이었다.

우리들이 해럴드 광장에 도착하여 열병대에 오르자 시장이 뉴욕시의

'한국의 날'을 공식 선언했다. 그날 악대와 축제 수레가 행진했는데, 그 지휘자가 우리에게 경례를 하면 시장과 나 역시 수백 명의 관중들이 지켜보는 가운데 군대식 경례로 답례했다. 뒤이어 한국인들과 다른 민족들의 축하 수레가 차례로 이어졌다. 뜻깊게도 딘킨슨 시장은 한복을 입고 나와 한국의 날을 축하해줬다.

나는 그해 가을 하버드대학의 초대를 받아 한국에 관한 토론회의 주요 발언자 역할도 하였다. 이 모임에는 나의 오랜 지인이자 1948~1949년 서울 주재 미국 대사관에 근무한 그레고리 헨더슨, 한국 연구 부문의 에드워드 와그너, 법학 교수이자 권위 있는 아시아 전문가인 제리 코언 등이 참가했다. 헨더슨은 1940년대 말엽에 한국어를 배운 소수의 미국 외

| 뉴욕시 '한국의 날' 선포 행사장에서의 필자(1978년)

교관들 중 한 사람으로 한국에 관한 깊은 지식 때문에 한국인들 사이에서는 잘 알려져 있었다.

코리아게이트 스캔들이 한창일 때였으므로 나는 꽤나 적의가 섞인 질문을 많이 받았다. 나는 한국의 안전보장 문제를 코리아게이트를 둘러싼 논의로부터 분리시키려고 노력했다. 인권 문제와 관련해서는 인권의 개선은 내부에서 우러나오는 자발적인 것이어야 하며 미국의 부당한 간섭은 역효과를 부를 우려가 있다고 경고까지 하였다. 모든 나라들이 민주주의를 희망하고 있지만 어떤 과정을 통하여, 또 어떤 방법으로 그것을 실현시키느냐 하는 것은 각기 자기 나라 사정에 맡기지 않으면 안 된다고 말했다.

나는 1961년 초의 한국의 1인당 소득이 겨우 70달러밖에 안 되었다는 사실을 지적했다. 그런 상황에서는 빈곤의 완화가 정부의 최우선 과제일 수밖에 없었다. 요컨대 나는 경제적 인권이 정치적 인권에 우선한다고 보며 한국 경제가 5개년 계획 아래 급속히 성장하였고 중산층의 고용증대를 가져왔다고 주장했다. 나는 경제가 성장해야 정치적 자유의 요구가 높아지는 것이라고 믿고 있었다. 신문에 대한 자유가 억압당하고 있다든가 반체제 인사들을 자의적으로 체포한다는 등의 호된 질문 세례는 계속되었다.

토론회가 끝난 뒤 코언 교수의 자택에 초대되었다. 교수는 나의 솔직함을 인정하며 내가 정부를 무조건적으로 옹호한 것은 아니라고 말하면서 내가 워싱턴 주재 대사와 다르다고 말하였다. 유엔 대표부의 한 차석 대사는 하버드대학에서 있었던 같은 성격의 모임에서 정부 정책을 무조건 독단적으로 옹호하려고 했다고 말했다. 이와 같은 칭찬에도 나는 마음속 깊이 언젠가는 보다 민주적인 정부가 탄생하기를 갈망하고 있었다.

박 대통령의 암살

나는 교수에게 토론회에서의 발언을 비공개적으로 취급해줬으면 좋겠다고 말하며 만약 그가 내 말을 공개한다면 내 목이 날아갈지도 모른다는 농담을 했다.

이 무렵 나의 전 상사였던 최덕신 외무장관이 북한으로 망명했다는 충격적인 뉴스가 들렸다. 그가 북한으로 망명한 동기는 무엇이었을까? 그는 철저한 반공주의자로 판문점 군사위원회 대표직도 역임한 바 있었다. 또한 천도교 교두직에서 배임혐의와 여자 관계로 실직한 적도 있었다. 정치적으로 누명을 쓰고 퇴출당한 것일까, 아니면 개인적인 원한 관계 때문이었을까? 어쩌면 본래 평양도 출신인지라, 만년에 고향이 그리워졌을지도 모르겠다.

나는 1961년부터 1962년까지 2년 동안 그가 이끌던 유엔총회 한국 대표단의 대변인직을 맡았다. 그는 내가 외무부 정규직원이 될 수 있게끔, 국가고등시험을 보도록 기회를 주신 분이다. 남북 간 이념투쟁에서 이 같은 비극이 얼마나 더 있을까?

1979년 10월 26일에 박 대통령이 중앙정보부의 김재규 부장에게 무참히 암살되었고 한국은 바로 혼란의 소용돌이 속에 빠져들었다. 김 부장은 박 대통령과 같은 고향 사람으로, 1946년 육군 장교 시절부터 박 대통령과 친한 사이였다. 이 사실은 한국의 지연주의를 보여준다는 점에서 중요하다 할 수 있다.

박 대통령은 김 부장이 초대한 저녁식사 자리에서 여러 차례 총탄을 받았다. 이 저녁 모임에는 청와대 비서실장 김계원, 대통령 경호실장 차

지철도 동석했다.

당시 일련의 반정부 데모가 전국적으로 확산되어 있었다. 김 부장과 차 실장 사이에는 반대파나 데모 학생들을 어떻게 다룰 것인가를 놓고 한동안 다툼이 있었다. 차 실장은 김 부장보다 훨씬 젊었고 육군에 근무할 때는 김 부장의 한참 후배였으나 과격한 일처리로 대통령의 눈에 들어 있었다. 반면 말투가 부드러운 김 부장은 온건적인 방식을 선호했다.

차 실장이 중정의 김 부장의 실적을 비판하자 대통령이 이에 가세하여 데모대에 대처하는 김 부장의 대응이 미온하다고 깎아내렸다. 김 부장은 크게 무안을 당하자 2층으로 올라가 자기 책상 서랍에서 권총을 꺼내가지고 만찬 장소로 돌아왔다.

그로부터 몇 분 뒤 김 부장이 느닷없이 일어서며 권총을 차 실장에게 겨누고 일어서며 두 발을 쏘았다. 한 발이 차 실장의 심장에 명중하고 또 하나는 그의 왼쪽 팔에 맞았다. 차 실장이 도망치려 하자 김 부장은 한 발을 더 쏘았다.

김 부장은 다음으로 총구를 박 대통령에게 돌리고 두 발을 발사했다. 대통령은 비틀거리며 옆에 있던 젊은 가수의 팔에 안기며 쓰러졌다. 대통령은 이 장소에서 멀지 않은 육군병원으로 옮겨졌으나 병원에 닿았을 때는 이미 숨을 거둔 뒤였다.

나는 뉴욕에서 박 대통령의 충격적인 사망 소식을 듣고 깊은 우려의 심정에 사로잡혔다. 18년에 걸친 독재 뒤에 누가 이 빈 공간을 메울 것이며 또 메우는 것이 가능하다는 말인가? 평화적으로 민주주의로의 이행은 가능할 것인가 아니면 군부에 의한 또 다른 정권 이동에 직면하게 될 것인가? 나는 일손이 잡히지 않는 가운데 총영사관에서 통상 업무를 계속했다. 투자와 통상 면에서 큰 차질이 생기지 않도록 200여 명의 뉴욕시의 재정, 은행 및 학계 인사들을 최고급 플라자 호텔에 초청해 오찬을 겸하면서 한국의 상황을 설명해 그들의 동요를 막으려고 노력했다. 하지만 나 역시 박 대통령이 별세한 후 나라 안에서 무슨 일이 일어나고 있는지는 알 수 없었다.

전두환 장군의 쿠데타

나는 12월에 타이에서 개최된 아시아 태평양 안전보장회의로 가는 도중 서울에 들러 가장 친한 친구인 외무장관 방덕희를 만났다. 나는 많은 의문사항 중에서도 대통령 암살 이후에 서울에서 일어난 사건들에 대한 그의 반응을 알고 싶었다. 그러나 그 역시 서울에서의 사건들을 완전히 파악하고 있는 것 같지 않았다.

1979년 12월 12일 방콕으로 향해 가는 도중 홍콩에서 한국의 육군참모총장 관저에서 전날 밤 군끼리 충돌 사건이 있었다는 뉴스를 들었다. 나는 그 근처에 친구 관저가 있다는 것을 알고 있었기 때문에 그를 전화로 불러내서 잠깐 이야기를 나누었지만 그는 많은 말을 하지 않았다.

후일 그가 비서관의 도움으로 피신했으며, 보안부대의 일부 병력이 육군참모총장 정승화의 집으로 난입했다는 이야기를 들었다. 정 장군은 그당시 계엄군 사령관을 겸하고 있었는데, 중정의 김재규 부장과 함께 1979년 10월 26일의 박 대통령 암살을 공모했다는 혐의로 체포되었다.

그는 군사법정에서 사형 선고를 받았으나 뒤에 가서 종신형으로 감형되고 군의 계급과 직위를 박탈당했다. 그런데 이 무렵 많은 사람들은 강력한 국군 보안사령부를 지휘하고 있던 전두환 소장이 쿠데타를 일으켜 나라를 휘어잡은 것으로 추측했다.

미국 의회가 1970년대 초기에 이민법을 개정한 결과로 이 무렵 이산가족과 친척의 재회가 훨씬 쉽게 되었다. 그 때문에 한국으로부터 기록적인 수의 이민이 미국, 특히 로스앤젤레스와 뉴욕으로 진행됐다.

한국에서 온 이주자와 베트남이나 중미 등지에서 온 이주자 사이에는 큰 차이가 있었다. 전자의 대부분이 대학 졸업자인 중류 사회 출신으로 생활수준이 높고 부자인 데 반해, 후자는 대부분이 피난민 출신이며 가난했다. 한국에서 온 이주자들은 10년 정도 되면 사업에 성공하고 대부분은 작은 규모의 가게를 가지고 야채나 생선, 의류 등을 판매하고 있었다. 나는 한국으로부터의 신규 이민자를 미국문화에 적응하도록 만들 의무가 있었다. 그래서 그들에게 지역사회활동에 되도록 많이 참여해야 한다고 강조했다.

그러나 그들은 세상 물정이 크게 다른 이 나라에서 그럴 만한 여유가 없었다. 매일 16시간이나 노동에 종사하고 가족 전원이 가게에서 일을 했다. 또 문화의 차이가 오해를 불러오기도 했다. 예를 들어 한국 사람은 상대방의 눈을 직시하는 것을 상대방에 대한 실례라고 생각했지만 흑인 미국인은 쇼핑을 한 후 물건 값을 지불할 때 시선을 딴 곳에다 두고 돈을 받는 한국인이 거만하다고 말했다.

외교관 아버지를 둔 아이들

1980년 말 외무장관으로부터 서울로 돌아오라는 지시를 받았다. 그해 5월 광주에서 비극적인 사태가 일어난 한국에는 어두운 그림자가 드리워져 있었다. 전두환 장군이 이끄는 군부의 새로운 지배 체제에 대항한 광주 시민은 군에 의해 가혹한 탄압을 받았다. 일부 추정으로는 2,000명 이상의 사상자를 내었다고 한다. 반정부 문제는 그 뒤로도 꼬리를 잇게 되었다.

뉴욕에서의 3년 반의 근무를 마치고 1980년 12월 중순쯤 서울로 돌아왔지만 한국의 정세는 여전히 불안정했다.

나는 미국에 남은 두 아이들, 그중에서도 맏딸 혜미가 걱정되었다. 유교의 전통 아래 자란 나는 아이들도 전통적인 가정교육하에 자라도록 했다. 외교 직책을 전전하며 세계 각국을 옮겨 다녀야 하는 아버지 때문에 아이들은 안정된 생활을 누리지 못했다. 한 나라에서 2, 3년을 지내며 생소한 풍습과 말을 배워 친구도 사귀게 되었다 싶으면 별안간 다른 나라로 옮겨가곤 했었다. 극단적으로 서로 다른 문화 사이를 전전하며 지내는 생활은 아이들에게 불안감을 심어주었을 것이다.

혜미는 남자친구가 없다는 사실을 놓고 고민했는데 그것은 주로 나의 엄격한 가정교육 탓이었다. 혜미는 다행히 졸업 축하 댄스파티에 함께 가줄 백인 소년을 찾아냈는데 이번에는 내가 혜미를 그 모임에 보낼 것인가 말 것인가를 놓고 고민이었다. 나는 혜미가 미국인 소년과 외출하는 것이 불안했지만 미국의 청소년 간에는 그것이 흔한 일이라는 것도 알고 있었다.

| 외교관 정장 차림의 필자.
필자는 7개국으로부터 훈장을 수여
받았다(아르헨티나, 핀란드, 타이완,
이탈리아, 말레이시아 왕국, 타이 왕
국, 구 남베트남).

　나는 파티 당일 오후 늦게 혜미를 그 소년의 집으로 데려다주면서 혜미에게 파티에서 남자애들을 조심하라고 일렀다. 혜미는 불편해했지만 아버지의 기분을 상하게 할 생각은 없어 보였다. 그저 또래 아이들과 파티를 재미있게 지내고 싶어할 뿐이었다.

　불안해하던 나는 결국 심야에 큰 천막에서 진행되는 댄스파티장에 가서 혜미를 지켜보기로 했다. 젊은이들이 음악을 크게 틀어놓고 춤을 추고 있었다. 나는 춤이 한창인 홀에서 꽤 떨어진 장소에 있는 테이블에 앉아 유심히 젊은이들을 지켜보았다. 왜 내가 이렇게까지 해야만 하는가? 나는 딸자식을 이러한 문화 속에서 지내지 않으면 안 되게 만든 나 자신을 원망했다. 한편 이처럼 정반대되는 두 개의 문화를 조화시키려는 혜미의 모습을 보자 몹시 안타까웠다.

15년 만의 귀국과 외무부 해임

스톡홀름에 부임한 지 근 15년 만에 드디어 귀국하게 되었다. 아내는 오랜 해외 생활을 끝내고 고국으로 돌아가게 된다고 흥분했고, 가구와 전자제품을 사들여서 서울에 정착할 준비를 서둘렀다. 큰딸 혜미는 바너드대학 2년생이고 아들 성범이는 포드햄대학 신입생이어서 미국에 남아야 했기에, 여덟 살 된 딸 혜림이만이 1980년 12월에 같이 서울로 돌아왔다.

가족과 내가 서울로 돌아왔을 때 서울의 정치적·사회적 분위기는 몹시 삼엄했고 전두환 장군이 정부 실권을 장악하고 있었다.

나는 서울로 돌아오자마자 외무장관 조재민과 만날 약속을 했다. 나의 절친한 옛 친구요, 외무장관이었던 방덕희는 1979년 12월 12일의 전 장군의 쿠데타에서 전 장군을 지원했을 뿐만 아니라 외무장관으로서 전두환 정권에 회의적인 미국 정부를 설득하는 등 전 장군의 반란 결과를 인정하도록 함에 있어 중요한 역할을 했다. 그런 박 대통령 암살 후의 수개월간의 외교 노력이 평가되어 국회에서 대통령 지명 국회의원이 되었다.

새 외무장관 조재민은 그의 전임자뿐만 아니라 나와도 개인적으로 오랜 라이벌이었다. 나는 꽤 곤란한 입장에 놓이게 된 셈이었다. 나는 외교관은 전통적인 자세를 견지하며 외교정책 수행에 임해야 한다고 생각해왔으나, 군사정권은 외교를 포함한 국정 전반을 군의 방식으로 밀고 나가고 있었다. 이것은 외교정책 수행을 위태롭게 할 뿐이었다.

전쟁에서는 적을 살상함으로써 승리를 거둘 수가 있지만 외교는 정반대이다. 국가 간의 상반되는 이해관계를 조정해서 타협점을 찾고 평화적 해결책을 모색하는 데 목표를 두는 것이다. 나는 오랫동안 군사정권 아래 외교관으로 일하면서 군의 지도자와 전통적 외교관 간의 양립시키기 어려운 사고방식의 골을 어떻게 메우느냐 하는 문제로 고민해왔다.

우울한 기분으로 외무부를 방문해 조재민 장관을 만났다. 조 장관은 담배 연기를 여유 있게 내뿜으며 말을 돌려가면서 내가 사임해야 한다는 암시를 넌지시 던졌지만 그 이유를 바로 말할 배짱은 없는 듯했다. 나를 해임시킬 법적 근거는 없었던 것이다.

그는 마지막으로 어떤 사건의 결과로 군이 나를 해임시키려고 생각하게 되었는데 그 내력을 아느냐고 물었다. 나는 전혀 마음에 짚이는 데가 없다고 대답했지만 북한에 있는 내 매부가 1974년 헬싱키에서 나를 만나러 왔던 일을 가리킨다는 생각이 들었다. 나는 외무장관에게 무엇 때문에 내가 떠나야 하냐고 물었다. 그는 그 질문에는 답하지 않았고 나도 이미 그와 이야기해봐야 소용이 없다고 느꼈기에 불편한 마음으로 집무실을 나왔다.

나는 그로부터 며칠 뒤에 2월 말까지는 외무부 본부 대기 대사로 임명한다는 통지를 받았으나, 전 장군이 스스로 대통령이라고 공식 선언하기 바로 전날, 수십 명의 직업외교관들과 함께 사실상 해임되었다. 정부의 공식 통지로는 나는 동료들과 함께 내가 '의원면직(스스로 청하여 사임)' 한 것으로 되었다.

새 정권은 아마도 여론을 의식해 정부의 공보기관을 통해 이번 '외교관 대학살'을 공표하지는 않았다. 외교관 양성은 여러 해가 걸린다. 외교의 긴 역사를 자랑할 수 없는 한국 같은 나라의 경우는 특히 그러하다. 임금이 정당한 이유 없이 충직한 귀족을 즉결 처분했던 전제왕권의 조선시대에서도 관리의 해고와 처형의 기록은 발표되었다.

내가 해고된 또 하나의 이유로는 내가 공관장으로서 항상 정보 당국자의 월권적 행동이 국제적으로 인정된 외교의 틀을 넘어섰다고 생각해왔으며 언제나 그것을 억제하려고 했었다는 점도 있었다.

헬싱키에서는 중정의 요원이 자기의 주요 임무는 '군사정권의 안전'을 수호하는 것이라고까지 말했다. 중정은 그러한 그릇된 사명감을 가지고 1970년대에는 도쿄에서 유명한 야당 지도자 김대중을 납치했고, 베를린에서는 세계적으로 유명한 작곡가 윤이상을 납치하여 세계적으로 분노를 사게 되었으며 일본과 서독과의 외교관계를 다년간 손상시켰다.

이러한 일들은 직업외교관이 국제무대에서 '나라의 안전과 국익'을 수호하고 강화시키는 일을 주요 임무로 하고 있는 것과는 첨예하게 대조적인 것이다. 나는 또한 중정의 직원 중 일부가 자신의 개인적 영예에 더 많은 관심을 가지고 있다는 인상을 받아왔다. 또 그들이 오랫동안 해외에서의 자기들의 월권 행동이 국제관계에 보다 넓고 함축적인 영향을 미친다는 것에 대해 인식이 부족하거나 그 사실을 인정하려 하지 않으려 했다.

나의 기나긴 외교관 생활은 이런 식으로 종지부를 찍었다. 나는 북한 동쪽에 있는 작은 마을의 어린 소년 시절부터 늘 외교관이 되는 것을 꿈꾸어왔다. 이런 상황에 환멸을 느꼈지만 당장은 가족의 생활을 뒷받침하는 일이 먼저였다. 그러나 유교의 윤리를 지키고 훌륭한 공무원이 되기 위해서는 완벽하게 청렴결백할 필요가 있었다.

고단한 서울 생활

1981년의 겨울은 춥고도 길었다. 나는 때로는 감정을 억제할 수 없어 밤중에 잠들어 있는 막내딸의 손을 꼭 쥐고 체면도 잊은 채 흐느껴 울었다. 온 세상이 나의 머리 위로 무너져내리는 것 같은 느낌이었다. 내 미래에 어떠한 희망도 보이지 않았으나, 천진난만하게 잠들어 있는 여덟 살짜리 딸아이의 모습을 보며 다시 마음을 고쳐먹고 살아나갈 결의를 다졌다. 이 죄없고 순진한 딸을 위해 어떠한 굴욕이나 난관도 참고 이겨야 한다고 다짐했다.

나의 가장 친한 친구 방덕희는 전 장군의 신 정권 아래서 성공가도를 달렸다. 전 대통령은 박 대통령 암살의 뒤처리와 1979년 12월 쿠데타 당시 외무장관으로서의 그의 활약을 인정하여 그를 국회의원 자리에 앉혔다. 그는 쿠데타 이후의 미국과의 긴장된 관계를 부드럽게 만든 공적 또한 인정받았다.

그뿐 아니라 그는 대구고보의 졸업생이 중심이 된 TK 계보였다. 그들은 박 대통령이 1961년 5월 쿠데타를 일으킨 이래 죽 정부와 군의 고위직에 많이 기용되었다. 박 대통령도 경상북도 출신이었다. 나와 같은 출신은 더 말할 것도 없고 그 밖의 다른 지방 출신자도 이런 한국 사회에서 오랫동안 소외감을 품고 있었다.

방덕희는 입법활동으로 분주했다. 나는 그가 과거의 친교는 물론 내가 부당하게 조기 퇴직으로 물러난 사실을 기억하고 있어서 나를 도와주지 않겠는가 반쯤 기대하며 밤늦게까지 그의 전화를 기다렸다. 적어도 그가 정신적으로라도 내게 힘이 돼주기를 바랐다.

그러나 슬프게도 그의 전화는 점차 횟수가 줄어들어 그나마도 한 달에 한 번 정도로 줄었고, 그마저도 의리상 마지못해 걸어오는 것이 느껴졌다. 그는 슬그머니 나를 회피하기 시작한 것 같았다. 나는 이미 '퇴직'한 퇴물이고 전두환 정권에는 쓸모없는 인물이었다.

1981년 봄은 이래저래 비참한 모양새가 되었다. 가족을 굶기지 않고 미국에서 공부 중인 두 아이들에게 돈을 송금하기 위해서는 기를 쓰고 일거리를 찾아야 했다. 사회 분위기는 어둡고 우울했다. 새 군사정권은 언론과 대학, 노조 내의 반대파를 모조리 억압했다. 나는 직업을 잃어버린 채 인생에서 가장 심각한 위기에 직면해 있었다. 하지만 그러한 가운데도 단 한 가지 위안이 된 것은 사랑하는 어머니와 드디어 한 지붕 아래 살게 되었다는 사실이다.

우선 새로운 상황에 대처해야 했다. 일시불로 연금을 찾아내서 가족과 살아갈 아파트를 구입했다. 어머니는 나와 아내, 그리고 특히 여덟 살 난 손녀 혜림이와 함께 살게 됐다고 기뻐하셨다. 그러나 오랜 별거 끝에 재회한 그 기쁨이 차차 가시는 가운데 아내와 나는 그날그날의 살림 꾸리기에 정신없이 고생하며 지냈다. 풍족한 은행가 집안에서 부족함 없이 자란 아내에게 그것은 참으로 견디기 어려웠을 것이다.

아내가 이리저리 돈을 변통하느라 애쓰는 모습은 차마 보기 민망할 정도였다. 자동차도 없었고 살림도 상당히 힘들어졌다. 미국에서 공부하고 있는 큰딸과 아들 문제도 걱정이었다. 어머니는 우리들의 딱한 형편을 보시고 매일 동이 트기 전 산으로 올라가 자식의 복을 빌며 불공을 드렸다. 어머니는 언제나 나를 집안의 큰 기둥이라고 생각했다. 그러나 나는 차츰 환멸 속에 빠져들게 되었다. 성의를 다해 국가와 국민을 위해 노력해왔다고 생각했는데, 조국으로부터 배신당한 느낌마저 들었다.

나의 막내 누이동생 호미는 『중앙일보』 문화부 차장으로 있었으나, 전 정권이 1981년 초 수백 명의 언론인들을 해직시키기 이틀 전 사직했다. 호미는 서울대 졸업 후 16년간을 『중앙일보』에서 일했으며, 실력 있는 기자로 인정받고 있었다. 호미는 그 뒤 클래식 음악의 프리랜서 해설자도 했고 프랑스어 책을 우리말로 번역하며 가계를 꾸렸다.

1983년 봄 영향력 있는 신문 『조선일보』가 호미를 스카우트했고, 후에 한국 최초의 파리 주재 여성 지국장이 되었다. 그 뒤 문민 대통령이 된 김영삼은 '21세기 위원회'의 4명의 여성 위원 중 한 사람으로 여동생을 선정했다.

다시 미국으로

나는 며칠 밤을 곰곰이 생각한 끝에 미국으로 돌아가기로 결심했다. 어머니를 누이동생에게 맡기고 떠나야 하다니 마음이 아팠지만 이곳에서는 어려운 형편을 벗어날 길이 없었다.

나는 『뉴욕타임스』 통신원 시대에 쓰던 낡은 타자기를 꺼내어 미국에 있는 옛 친구들 앞으로 어렵게 편지를 적어 내 처지를 말하고 도와주기를

| 콜로라도주 애스펜 소재 애스펜인문연
구소 세미나 참석 당시의 필자(1978년)

청했다. 놀랍게도 몇 주일이 지나 몇몇 친구들로부터 성의 있는 답장이
왔다.

애스펜연구소 소장인 조 슬레이터는 세계은행과 포드 재단 총재를 비
롯해 유니세프 사무국장 앞으로 보낸 추천서 사본까지 보내주었다. 애
틀랜틱리치필드사의 로버트 앤더슨 회장은 로스앤젤레스에 있는 회사
본부의 국제관계컨설턴트직을 맡아줄 수 있겠느냐고 물어왔다. 나는 용
기를 얻어 바로 앤더슨 씨에게 수락한다는 뜻과 함께 로스앤젤레스로 가
서 인터뷰에 응하기로 하였다. 나는 앤더슨 씨에게 내가 석유업계는 말
할 것도 없고 경영 쪽으로는 경험도 없는데 어떻게 했으면 좋겠느냐고
했더니 그는 "석유관계 전문가라면 남아돌 지경이오" 하며 나의 외교 경
력이 자기 회사에 새로운 전망을 트게 하는 데 유익할 것이라고 했다. 그

는 몇 년 전부터 아시아 태평양 지역이 새로 두각을 나타내기 시작한 것에 주목하고 있었다. 자신의 회사 본부를 15년 전에 이미 뉴욕으로부터 로스앤젤레스로 옮긴 것도 세계적으로 부상하고 있는 역동적 지역으로서 환태평양 지역에 깊은 관심을 가지게 된 때문이라고 설명했다.

우리는 사들인 지 얼마 안 된 아파트와 가재도구를 서둘러 팔았고 87세 된 어머니를 서울에 남겨둔 채 로스앤젤레스로 향했다. 오랫동안 따로 살다가 마침내 어머니와 함께 지내게 된 나의 기쁨은 또다시 허망하게 되었다. 늙으신 어머니를 남기고 떠나는 단장의 슬픔이었지만 어머니는 어서 떠나라고 하셨다. 어머니께선 그동안 내가 장래에 대한 희망도 없이, 때로는 술로 나날을 보내는 모습을 보고 무척 속이 상하셨던 것 같았다.

7

미국 영주권을 얻다

로스앤젤레스에서의 새 직장 생활

아내와 나는 1982년 초 로스앤젤레스로 옮겨와 새로운 생활을 시작했다. 숨 막히는 듯한 서울에서의 생활에서 벗어나 한숨을 돌리면서도 미국 최대 기업의 하나인 회사에서의 업무가 걱정이었다. 나는 미국에 정착한다는 생각은 단 한 번도 한 적이 없었으나, 가족과 살아남기 위해서는 그렇게 할 수밖에 없었다.

나는 곧 아코(애틀랜틱리치필드)사 직원은 편견이 없고 공정하다는 사실을 알았다. 그래서 큰 문제 없이 새로운 비즈니스 환경에 적응할 수가 있었고 1982~1985년에는 한 해에 두서너 차례 한국에 와서 가스나 석탄, 화학 등 그 방면의 합작투자 가능성을 타진했다. 알래스카의 액화 천연가스를 일본과 한국에 나르는 운송 프로젝트를 놓고 그 타당성을 시험하는 연구에도 참여하고, 일본과 한국 당국자들과 함께 북극해의 프루도베이도 방문했다. 북부 알래스카의 이 거대한 유전의 규모는 압도적이었다.

나는 개인적으로 알래스카 북극권 내의 불모지대에 위치한 거대 유전뿐만 아니라 연안의 해수 처리 설비에 대해 흥미를 느꼈다. 이 설비는 경상남도 옥포(거제)에 있는 대우조선소에서 1983년에 건조되었는데, 나는 그 건조 단계 때 아코사의 임원과 함께 부산에서 헬리콥터로 옥포까지 비행한 일이 있었다. 우리들은 그 뒤 이 해수처리 전마선을 바다가 결빙되기 전인 여름철 3주의 시간 안에 북극해에 면한 북쪽 해안으로 예인해야 한다는 이야기를 들었다. 이 설비는 현재 그 목적지인 알래스카에서 가동 중이다.

1982년 5월에는 일본 나고야에서 격년제로 열리는 PBEC(태평양경제협의회)의 총회에서 미국 대표단의 일원으로 아코사를 대표해 참석하기도 했다. 이 국제적인 민간 협의체는 환태평양 지역의 경제, 금융, 학계의 대표들로 구성되고, 정부 당국자들도 개인 자격으로 참가하여 환태평양 지역에서 통상과 투자에 대한 지역협력의 강화를 도모하고 있다. 이 지역에 있어서의 중요성을 감안해볼 때, 민간인들끼리 연결되는 이런 민간 외교가 외교 분야에서 여러 해 동안 정부를 대표해본 나에게 새로운 지평을 열어주었다.

나는 1983년 3월 아코사 일로 서울에 왔다. 어머니는 내가 직장을 얻었다고 기뻐하면서도 몹시 외로워하시는 것 같았다. 큰 아들인 내가 다시 한국으로 돌아오기는 틀렸다고 생각하시며 단념하고 계신다는 말도 들었다. 당신으로서는 내가 미국에 정착하는 것은 윤씨 문중의 가장이 미국으로 이주한다는 뜻이 되었을 것이다. 물론 어머니는 80여 년을 사시며 온갖 슬픔과 고통을 이겨내셨지만 자식들에게 노여움이나 불만을 드러내보인 적은 한 번도 없으셨다.

나는 그날 바로 로스앤젤레스로 돌아가야 했기 때문에 어머니가 사시는 작은 아파트로 가서 작별 인사를 드렸다. 내가 나이 오십이 넘도록 살

면서 도대체 어머니에게 작별 인사를 드린 것이 벌써 몇 번이나 되었던
가. 아파트를 나설 때 어머니는 "이제 이것이 마지막일지 모르겠다"라고
말씀하셨다. 그 순간 내 마음은 갈피를 못 잡았다. 나는 어머니를 모시고
다시 방으로 들어가 손을 꼭 잡으며, 아코사 일로 앞으로는 매년 한국에
올 수 있을 것이라고 안심시켜드렸다.

30년간의 비밀

어머니는 조용한 말투로 당신이 죽기 전에 일러둘 말이 있다고 하셨
다. 나는 흠칫했다. 북한에 있는 매부에 대한 이야기였다. 어머니는 드
디어 30년간 가슴에 묻어두셨던 비밀을 밝히셨다.

말씀에 따르면 매부는 1950년 여름 침공한 북한군과 함께 서울에 와
서 어느 날 예고도 없이 돌연 어머니 앞에 나타났다. 10명 정도의 북한
병사들과 함께였다. 어머니는 놀라서 기절할 지경이었다. 어머니가 정신
을 차리자 매부는 어머니에게 여러 날 동안 당신의 행방을 수소문하였노
라고 했다. 무슨 수를 써서라도 어머니를 찾아달라고 매달린 것은 나의
누님이자 그의 처인 호숙이었다.

매부는 어머니에게 한국은 머지않아 위대한 지도자 김일성 아래 통
일이 될 것이라고 했다. 어머니는 사위의 이런 폭탄선언에 또 기절할
뻔했다. 매부는 북한군이 3개월간 서울을 점령하고 있는 동안 두서너
번 어머니를 찾아왔고 그때마다 점점 어려워져가는 쌀 부족을 해결해
주었다. 얼마간의 돈도 놓고 갔다. 그런데 8월 말이 되자 연락이 뚝 끊

겨버렸다.

1950년 9월 중순경 유엔의 지휘 아래 맥아더의 부대가 인천에서 웅장한 기습 상륙작전을 행하였을 때 매부는 또 어머니 집에 나타나서, 동부 산악지대에 숨어 있다가 북한으로 돌아가기 전 마지막으로 꼭 한 번 만나뵙고자 왔노라 했다.

어머니가 이 어마어마한 비밀을 30년간이나 숨겨온 것은 외교관으로서의 아들의 경력과 직위를 지키기 위함이었다. 대한민국의 엄격한 반공법 아래서는 이런 류의 사건은 즉각 정부 당국에 보고하지 않는 한 관계자가 사형 선고를 받을 위험이 컸다. 어머니는 매부가 북한 당국의 고관이 아닌가 하는 인상을 받았다고 한다. 매부는 당시 어떤 첩보활동에 관

| 88세로 타계하기 몇 년 전의 어머니

여하고 있었을지도 모를 일이었다.

어머니는 이 엄청난 비밀을 밝히신 2개월 뒤, 짧은 발작을 일으키시고는 88세를 일기로 세상을 떠나셨다. 나는 어머니의 부고를 받고도 임종을 지키지 못했다. 유교 전통에 따르자면 나는 마지막 순간까지도 불효자식이었다. 어머니가 돌아가신 날은 아이러니하게도 나의 결혼기념일인 5월 31일이었다. 어머니는 이날을 택하여 당신의 기일을 잊지 않도록 하려는 마음이셨는지도 모른다.

또 하나의 비밀이 밝혀지다

어머니께서 돌아가신 뒤, 누이동생으로부터 처음으로 1950년에 남동생 호일이에게 무슨 일이 있었는지 알게 되었다. 그때 스무 살이었던 호일이는 전쟁이 시작되자 우리집 다락방에서 한 달 이상이나 숨어 지내며 북한군의 눈을 피해 있다가 그 뒤에 도망치기로 결심했다. 호일이와 친구 한 명은 7월 초 내 어릴 적 동무이기도 했던 임철이와 비밀리에 만나기로 했었는데, 임철이는 약속장소에 나타나지 않았다. 호일이와 친구는 남쪽으로 내려와서 그 당시 내가 있던 일본 도쿄로 가고자 했다.

호일이로부터는 그 뒤 아무 소식이 없었고 우리들은 그가 죽은 것으로 생각하고 있었다. 어머니만이 그렇게 되지는 않았을 것이라 생각하셨고 어디에서든 반드시 살아 있을 거라고 믿으셨다. 누이동생 말에 따르면 호일이와 그 친구는 7월경 대전 부근에서 북한군에 붙잡혔다고 한다. 그러나 그 친구는 호일이를 배반하고 북한군에게 호일이의 형인 내가 도쿄에서 대한민국의 외교관으로 있다고 폭로했다.

그 결과 호일이는 적으로 몰려 즉결처분으로 사살되었다. 누이동생은 이 비극적인 비밀을 30년 동안이나 어머니와 내게 알리지 않았다. 나는 이전부터 호일이가 전쟁 중에 죽음을 당했다고 짐작은 하고 있었으나, 호성의 이야기로 호일이의 비극적인 죽음을 처음 사실로 확인했다.

미국 영주권 취득

아코사는 1984년에 나를 상근 직원으로 발령하려고 나에게 미국 영주권 자격을 취득하라고 말했다. 회사의 담당 변호사는 내가 과학, 예술, 문학 등의 저명한 인사가 아니니까 특별 취급이 안 될 거라고 하였고 그린카드(영주증서)를 취득하는 데 2년 정도 걸리니 나에게 미국의 '저명한' 친구들의 추천서를 되도록 많이 모아보라고 제안했다. 추천서 내용은 내가 미국과 한국의 관계를 긴밀하게 하는 데 공헌한 점을 강조하라고 조언했다.

나는 추천서가 그렇게 도움을 주리라고는 생각지 않았지만, 미국 변호사에게 의뢰하면 그것이 무엇이든지 해결되리라고 생각했다. 미국의 '저명한' 친구들에게 연락한 결과 애스펜연구소의 조 슬레이터 소장, 외교평의회의 윈스턴 로드 회장, 프랭크 칼루치 국방차관, 유엔 사무국에서 미국 측 수석 직원인 윌리엄 버펌 사무차장 등 여러 사람이 이민귀화국 앞으로 추천서를 써주기로 하였다.

나는 이렇게 여러 사람이 진심으로 추천서를 써준 일에 감동했다. FBI

의 윌리엄 웹스터 국장은 FBI와 이민귀화국이 모두 법무부에 속하기 때문에 추천서를 써줄 수는 없었지만, 기꺼이 나에 대해 의견을 개진해주기로 했다.

내가 영주 허가를 신청했을 때 일본 고베의 미국 영사가 나의 서류를 보고 농담 반 진담 반으로 "오버 킬", 다시 말해 '넘친다'고 했다. 나는 몇 달 뒤 영주 허가를 얻었다.

키신저를 수행하는 서울 여행

1984년 말 나는 헨리 키신저 박사, 아코사의 앤더슨 회장과 함께 서울로 향했다. 회장과 나는 키신저 박사를 수행하여 그가 총리, 외무장관, 상공장관 등과 면담할 때 배석했는데 전두환 대통령을 만날 때는 초대되지 않았다. 그날 밤 한국의 대기업 30개사의 총수들이 우리를 환영하는 성대한 파티를 열어주었다. 그런데 키신저 박사는 전 대통령이 다시 한 번 만나기를 원한다고 해서 일찌감치 자리를 떴다.

원래 우리 셋은 다음 날 회장 전용 비행기로 로스앤젤레스로 돌아갈 예정이었다. 그러나 키신저 박사가 전 대통령의 요청으로 예정을 바꿔 베이징으로 가기로 했다. 전 대통령이 중국과의 관계 개선에 대해 키신저 박사의 조언을 요구했기 때문이었다.

한국과 중국은, 중국이 한국전쟁에서 북한의 편을 들어 참전했기 때문에 법적으로는 아직 전쟁상태에 있었다. 전두환 정권은 비합법 정권이라 국민에게 인기가 없었기에, 키신저 박사의 중재로 중국과의 외교적 화해를 위한 기초를 구축하려는 것이었다. 한국과 중국은 전 대통령의 후계자인 노태우 대통령 때인 1992년에 와서야 비로소 외교관계를 수립했다.

재벌로부터의 뇌물을 거절하다

나는 1985년 말에 아코사의 국제조정이사직에서 물러났고, 이어서 5년간 같은 회사의 컨설턴트로서 미국의 한국에 대한 최대 규모의 투자사업에 관여하게 되었다. 이 프로젝트는 5억 달러에 달하는 합작사업으로서 한국의 여러 대기업들이 서로 참가하려고 경합이 벌어졌다. 아코 케미컬사가 적절한 파트너를 찾는 일을 도우면서 나는 내 자신이 미묘한 입장에 있음을 눈치 챘다. 어떤 재벌 기업체 사장이 나에게 거액의 현금 봉투를 건네려고 했기 때문이다.

그 회사 회장이 우리 가족의 오랜 친지였기 때문에 거절하기가 어려워졌다. 나는 그 기업의 이름은 밝히지 않았지만 이 사실을 아코 케미컬사의 임원에게 알렸다. 이 미묘한 상황을 나 스스로 처리할 수 있다고 말하고, 봉투를 건네려던 그 사장에게는 입장이 곤란하지 않게 세심한 배려를 해가며 이를 거절했다. 뇌물을 받는 일보다 그것을 거절하기가 훨씬 더 미묘하고 어려웠다.

한국 사회의 모든 분야에 확산되어 있는 구조적인 부패가 한국의 근대화를 지연시켜왔다. 그럼에도 불구하고 정부의 부패를 일소하기를 바라는 사람은 극소수에 그쳤다. 속담에도 있듯이 윗물이 맑아야 아랫물도

맑아진다. 정부 고관 모두가 몇 백년 전부터 전해온 이 속담을 본받는다
면 얼마나 좋을까.

김영삼 후보의 외교안보 고문을 맡다

1987년 여름, 오랜 친구 김영관 해군제독으로부터 전두환 군사정권에
반대하는 운동에 가담하도록 권유를 받았다. 김 제독은 1960년대 말에
해군참모총장을 지냈고 김영삼과 김대중이 이끄는 반정부운동에 관여하
여 이 무렵 김영삼 진영과 긴밀히 연계되어 있었다.

김 제독은 내 사위의 남동생이 김영삼의 딸과 결혼했기 때문에 내가
김영삼과 먼 친척에 해당된다고 했다. 나는 한국이 절실하게 민주주의를
필요로 한다는 사실에 대하여 그와 의견이 전적으로 일치했지만 한국 정
치에는 항상 위선과 부패라고 하는 부정적인 이미지가 딸려 있어서 정치
에는 크게 관심이 가지 않았다. 나 자신이 행동파라고 생각한 적도 없
다. 그러나 결국 국민이 이미 30년간이나 군사정권 아래 시달렸다는 엄
연한 현실과 민주주의 의식이 성숙했다는 사실에 마음이 기울었다.

한국의 선거법상 정당에 소속되지 않으면 정치운동에 참가할 수 없었
다. 그 때문에 나는 1987년 가을 마음이 내키지 않으면서도 통일민주당
에 가담했고, 1987년 12월 대통령 선거에서 이 당의 김영삼 후보의 외교
및 국가안전보장담당의 고문직을 맡게 되었다.

한편 나는 미국 정부가 한국의 대통령 선거에 대해 어떻게 생각하고
있는지 관심이 많았다. 이로 인해 김영삼 후보는 나를 그의 특사 자격으

로 미국에 보냈다. 나는 정부 차원의 특사 자격으로 가는 것이 아니었으므로, 김 후보는 내가 그를 대신하여 전권을 가지고 행동할 수 있다는 서신 한 장에 서명했다.

나는 워싱턴에서 백악관 국가안보 아시아담당 제임스 켈리(후일 국무부 아태담당 차관보로 북미 핵협상 수석대표), 옛 친구인 부시 부통령 국가안전보장 고문 돈 그레그 대사(김대중 도쿄 납치사건 때 김씨의 목숨을 구해준 것으로 알려졌다), 국무부 아태담당 부차관보 윌리엄 클라크와 에드워드 케네디 상원의원 등을 만났다.

이들과의 면담에서 나는 미국 정부가 북한과의 대치상태에서의 한국의 안보에 초점을 맞추고 있으며, 정치와 사회 안전을 위하여 정치적으로 큰 변화는 바라지 않는다고 판단했다. 따라서 민주화 투쟁의 선봉자인 김영삼보다 노태우 쪽으로 기울어지고 있다는 인상을 받았다. 미국 입장에서는 김대중의 정체가 모호하고, 김영삼의 통치 능력에 미지수가 많다고 판단했을지 모른다.

좌우간 나는 서울에 돌아와 김영삼 후보에게 나의 방문 결과와 소견을 있는 대로 보고했다. 그는 미국에 대하여 그리 신경을 쓰지 않는 눈치였는데 그것이 나에겐 좀 걱정이 되었다. 그리고 나는 다시 한 번 양 김씨의 대통령 후보 단일화의 중요성을 역설했지만, 마이동풍 격으로 서로가 절대 양보할 생각이 없는 것으로 보일 따름이었다.

양 김씨의 분열과 대선의 패배

대통령 선거전이 최고조에 달한 가운데 여론은 양 김씨가 후보로 나서는 사실에 비판적이었다. 여론은 양 김이 협력하여 야당 후보를 단일화시켜 전 대통령이 뽑은 후계자 노태우 후보에 대항하기를 바랐다. 노태우 후보는 1979년 12월 쿠데타에서 전 대통령의 보좌역을 맡았던 사람이며 나도 국민 여론과 같은 생각이었다.

김영삼 후보와 단둘이 만났을 때 나는 여론조사의 결과를 지적하고 후보 단일화로 좁힐 수 없겠는가 물었다. 그는 바로 대답을 안 했고, 나는 그것이 불가능하다는 인상을 받았다. 김영삼과 김대중은 서로 양보할 용의가 없었다. 실제로 중재자가 나서서 이미 몇 번이나 후보를 하나로 좁히려는 시도를 했었지만 매번 무위로 돌아갔다.

물론 나는 김영삼이 야당의 단일 후보가 되어주기를 바랐다. 여론조사의 결과 온건한 김영삼이 김대중을 약간 앞서 있었다. 김대중은 급진주의적 지도자라고 평가되어(혹은 그렇게 오해되어) 한국의 반공주의자들은 북한 공산주의 정권에 대한 그의 견해에 대해 의문을 품고 있었다. 나는 정치가가 자기 중심적이고 나 아니면 안 된다는 생각으로 가득 차 있다는 생각을 새삼 실감하게 되었다.

나는 김영삼 후보에게 길거리에서 주먹을 불끈 쥐고 외치는 단계는 이미 지났고, 잘 다듬어진 정권 구상을 내놓음으로써 머리로 승부를 가르는 시기가 도래했다고 강조했다. 또 그가 권력의 자리에 올랐을 때를 대비해 가능한 한 최고의 두뇌를 가진 인력을 갖추는 데 초점을 맞추어야 한다고 조언했다. 그는 나의 의견을 받아들이며 고개를 끄덕였다.

나는 1961년 5월 장면 정권이 군에 의해 무너진 이유를 지적하며, 장면의 인사정책이 실각의 주원인의 하나라고 말했다. 김영삼 후보는 그와 같은 사실은 이미 충분히 알고 있노라고 하였다.

나는 선거전 중 전국을 누비고 다녔다. 나는 보통 김영삼 후보가 연단에 오르기 전, 김대중 진영을 이탈한 야당의 김상현이나 김 제독과 함께 모여든 군중을 향해 찬조 격려 연설을 함으로써 연설장의 분위기를 끌어올렸다. 김영삼의 고향, 이른바 홈베이스 부산에서는 10만이 넘는 군중이 그의 연설을 들으려고 모여들었다.

김 제독과 나는 서울에서 정보기관 요원들의 미행 때문에 마치 고양이와 쥐의 연극 같은 것도 했다. 때로는 요원들이 뒷골목에서 우리의 따돌림을 당하는 일이 우습기도 했다.

김영삼과 김대중은 1987년 12월의 대통령 선거에서 선전했음에도 불구하고, 역시 두 사람의 분열이 원인이 되어 패배했다. 예상대로 전두환 대통령이 지명한 노태우 후보가 36.6%의 표를 얻어 당선되고 김영삼은 28%, 김대중은 27.1%에 그쳤다. 선거 결과로 보아 두 후보가 단일화하는 데 동의했다면 분명 낙승하여 오랜 군사지배에 종지부가 찍혔을 것이다.

나는 실망했으나 놀라지는 않았다. 장시간의 대통령 선거를 통하여 내가 놀란 것은 오히려 김영삼에게 절대적 충성을 맹세했던 최측근 중 일부가 상황을 객관적으로 평가하지 못한 일이었다. 그들은 자기들의 지도자에게 승산이 없었음에도 교만이 가득했다. 나는 새삼 내가 정치인 성향이 없는 인간임을 깨달았다.

죽마고우 호웅의 죽음

1991년 3월 말 엄호웅(피터 엄)이 웨스트 팜 비치 가든스의 골프클럽에서 골프를 치던 중 쓰러졌다. 호웅은 내 고향 죽마고우인데 내가 웨스트 팜 비치 병원에 있는 그의 병상으로 달려갔을 때는 이미 깊은 혼수상태에 빠져 있었다. 호웅은 그 뒤 몇 시간 만에 숨을 거두었다. 나는 그의 갑작스런 죽음에 그만 정신을 잃을 지경이었다. 그는 나보다 7년 연하였다. 어릴 적에 그는 자기 사촌형 호섭과 임철, 그리고 내가 어디를 가든 언제나 졸졸 따라다니곤 했다.

호웅의 미망인과 그의 동생 앤디는 호웅이 설립한 방송국의 운영을 계속하기 위해 내게 도움을 청했다. 나는 서울에 나가 문공부, KBS 등을 찾아다니면서 정부의 허가를 받는 데 동분서주했다. 그 결과 뉴욕시에 한국어 텔레비전 방송국을 세우는 데 성공했다. 호웅은 미디어의 거물이 되겠다는 웅장한 꿈을 품고서 1967년 서울의 한국일보사와 협력하여 한국어 신문을 창간했고, 뉴욕에서 가장 규모가 큰 한국어 신문으로 키우는 데 성공을 거두었다.

나는 호웅의 뒤를 이어 1991년 3월에 한국방송사 회장 자리를 넘겨받았다. 그로 인해 나는 캘리포니아의 집을 떠나 뉴욕에서 대부분을 보내야 했다.

남북한 유엔 동시 가입

나는 1991년 9월 서울의 KBS의 〈9시 뉴스〉 앵커 박성범 씨의 초청으로 남북한 유엔 동시 가입일에 뉴욕의 유엔 빌딩 밖에서 생방송 프로그램에 출연했다. 유엔 본부 앞에 있는 가입국 국기대 근처에 세운 세트 안에 이 프로그램의 부스가 마련되었다.

이 방송은 한국으로서는 큰 행사로서, 나는 한국에서 온 교수와 함께 무더위 속에서 3시간에 걸쳐 한국과 북한이 유엔에 동시 가입하는 여러 가지 문제들에 대해 얘기했다. 나로서는 이날이 무척 감동적인 날이 되었다.

나는 평생을 통해 통일 한국의 유엔 주재 대사가 되는 것을 실로 꿈꾸어왔다. 한국의 평화적, 민주적 재통일을 위해 유엔에서 다년간 노력했음에도 불구하고 평화적 통일의 전망은 이전보다 더 멀어지고 있는 것 같았다. 그런 상황에 이뤄진 한국과 북한의 유엔 동시 가입은 한국 외교의 부분적 승리였다. 이런 마당에 내가 유엔의 총회장이 아닌 유엔 빌딩 밖에서 방송 해설을 하고 있는 것이니 참으로 얄궂은 운명의 장난이 아닌가.

나는 뉴욕 한국방송사 회장이란 자격으로 우여곡절 끝에 유엔총회 참석차 뉴욕에 체류 중인 북한의 김영남 부수상 겸 외무부장을 단독 인터뷰하게 되었다. 그 인터뷰를 성사시키기 위해 북한의 최모라는 사람과 조국통일부위원장이란 김모 씨를 만났다. 나는 그들에게 "내 마지막 소원은 조국이 평화적으로 통일하는 것을 죽기 전에 보는 것이다. 내가 미력하나마 남북화해에 도움을 줄 수 있다면 무엇이든지 할 각오가 되어

| 남북 유엔 동시 가입에 즈음하여 KBS 〈9시 뉴스〉 박성범 앵커(오른쪽)와 대담하는 필자 (왼쪽이 필자, 1991년)

있다"고 말했다. 그런데 그들은 겉으로는 환영한다 하면서도 미국 내에 친북단체나 인사들을 확보하는 데 관심이 쏠려 있다는 느낌을 받았다. 그래서 나는 단도직입적으로 "당신들의 관심이 조총련 같은 조직을 미국 내에 만드는 것이라면 상대를 잘못 고른 것 같다"고 잘라 말했다. 아마 그들은 실망했을 것이다.

김영남 부장은 인터뷰하기 전 그쪽의 요청에 의하여 사전질의서를 제출했다. 질문의 핵심은 평화통일을 위한 남북의 평화공존, 협력 문제였다. 인터뷰 날, 나는 카메라맨을 대동하고 그의 숙소인 월도프 아스토리아호텔을 찾아갔으나, 1시간 이상이나 기다려야 했다. 이것이 고의적인 것인지 아니면 유엔총회 외교활동 때문인지 알 수 없었으나, 인내심을 가지고 기다렸다. 그는 미소를 지으며 미안하다고 하며 들어왔고, 우리는 허종 북한 유엔대표부 차석대사가 배석한 가운데 40분간 인터뷰를 했다. 김 부장은 오랫동안 북한 외교부의 수장이었으며, 제3세계에서 널리 알려진 인물인데, 솔직히 나는 실망했다. 그가 자유로운 의사소통이 불가능한 인물이었기 때문이다. 그 자리는 마치 내가 1954년『뉴욕타임스』특파원이었던 시절의 판문점 군사휴전회담을 연상케 했다. 그의 대답을 듣노라니 마치 자동응답기를 반복하는 것 같았다. 그들은 보충 질문에도 자신들의 기본 입장만 되풀이하는 술책을 썼다.

김대중의 대통령 당선

1997년 12월 18일에는 김대중이 대통령에 선출되었다. 그의 승리로 한국의 50년에 걸친 정치를 통해 최초로 야당으로의 평화적인 권력 이양이 실현되었다. 한국의 근대사 가운데 김대중만큼 정치적으로 박해받고 고난을 경험한 한국인은 없을 것이다. 그는 투옥되었고, 사형 선고도 받았으며, 일본에서 납치당한 적도 있고, 자택에서 연금 생활을 하다 결국 미국으로 망명했다. 역대의 독재정권은 그가 민주적 지도자로서 국민들에게 지지를 얻는 것이 두려워 그를 능멸했고 암살을 시도하기까지 했다.

1981년에는 새로운 군사정권이 정치적 파괴활동을 했다는 이유로 그에게 사형을 언도했다. 국제적 압력이 고조되는 가운데 사형은 종신형으로 감형되었고 후에 건강상의 이유로 석방되어 미국으로 도피했다. 그는 그래도 굴하지 않고 민주주의를 위해 계속 싸웠다. 그렇기 때문에 그가 대통령에 선출된 것은 비민주적 정권에 의한 40년에 걸친 박해와 억압에 대한 그의 개인적 승리가 되었을 뿐 아니라, 한국 국민들에게 민주주의의 완전한 실현을 향한 하나의 전진이 되었다. 그의 당선은 한국의 앞날에 인권과 경제정의, 정치개혁, 부패척결, 남북화해 등을 전망하게 했다. 나는 그가 역대 대통령들의 실정과 같은 운명에 처하지 않기를 진심으로 기원했다.

헬싱키, 스톡홀름, 리스본 친구들과 회포를 풀다

나의 꿈 중 하나는, 과거 조국을 위해 외교관으로서 일한 나라들을 찾아다니며 옛 친구들을 다시 만나보는 일이었다. 나는 기회가 있을 때마다 이들과의 옛일을 되새겨보곤 했다. 그래서 아내와 나는 1995년에 핀란드와 스웨덴으로 여행을 떠나, 과거에 약 7년의 세월을 보냈던 일들을 회상했다.

핀란드의 친구들은 20년이 지난 뒤 연락을 받고 매우 놀랐다. 나는 이들과 재회하여 내가 얼마나 그들과의 만남을 고마워하는지 그리고 그들을 잊지 않고 있는지를 전하고 싶었다.

나는 마티 토비넨과 즐겁게 점심을 들었다. 그는 내가 핀란드와의 외교관계 수립을 교섭할 당시 핀란드 외무성의 정무국장이었는데, 겨울철에는 난방이 된 천막 속에서 나와 테니스를 곧잘 즐겼다. 핀란드군 육해

공군 총참모총장 라우리 수텔라는 나를 자기 골프클럽으로 안내해 옛정을 회상하면서 1라운드를 함께 돌았다.

헬싱키에서 이웃이었던 라이모 일라스키비 부부는 시골에서의 여름휴가에서 예정보다 일찍 돌아와 최고의 점심식사를 대접해주었다. 일라스키비는 내가 헬싱키에 있었을 때는 의회 보수당의 지도자였는데, 후에 헬싱키 시장을 지내며 대통령 선거에 출마했으나 실패했다. 아내와 내게 이 여행은 인생의 여정을 되돌아보는 '센티멘탈 저니(sentimental journey)'였다.

스웨덴에서는 옛날 이웃이며 유명한 싱어 그룹인 아바(ABBA)의 창설자 스티그 안네르손과의 감동적인 재회가 가능했다. 그는 음악계에서 성공을 거두고 고급주택가인 유르고르덴의 호화저택에 살고 있었다. 그는 나에게 '북극상'이라는 상을 만들었다고 말했다. 이 상은 매년 전 세계의 우수한 음악가에게 주어지며, 스웨덴 국왕이 노벨상의 경우와 같이 시상식을 개최해 이 상을 수여한다고도 했다.

나는 섭정의 집무실도 방문하려고 했으나 섭정은 때마침 프랑스에 여행 중이라고 했다. 나는 그의 골프클럽의 회원이었고, 옛날엔 스웨덴 서해안에 있는 그의 여름별장에서 이틀을 묵으면서 독신파티에 참가한 감미로운 추억이 있다. 내가 그들을 잊지 않고 있었다는 데 대해 모두가 놀라워했다. 나는 아내와 내가 건강한 몸으로 여행과 친구들과 재회의 꿈을 실현시킨 일에 깊이 감사했다.

아내와 나는 1998년 봄에 포르투갈도 방문하여 과거의 즐거웠던 일들을 떠올렸다. 몇 년 전인가 외무부를 은퇴한 포르투갈의 지인이 우리들을 만찬에 초대해주었다. 내가 1977년 여름에 총영사 겸 유엔 겸무 대사로서 뉴욕으로 향하기 전날 페르난두 크루즈 대사와 그의 부인 노라가

| 아바의 창설자 스티그 안데르손 내외와 26년 만에 재회한 필자 부부(1995년)

유명한 레스토랑에서 베풀어준 송별회는 우리들 평생에 가장 즐거웠던
저녁의 하나였고, 그때의 파두 선율은 우리 생애에서 가장 감미로운 추
억의 한 장면이 되었다.

　이 부부는 우리들이 포르투갈을 떠나 20년 이상이 지났는데도 또다시
그들을 찾아온 것을 환영하며 친절하게도 우리들을 저녁식사에도 초대
해주었다. 크루즈 대사는 1970년대에 모스크바에 주재할 때 북한 대사
도 겸직했다고 말했다. 그와 그의 부인 노라는 1970년대에 북한의 수도
평양을 방문하여 1년 이상 지연됐던 신임장을 김일성 주석에게 제출했
다. 그는 북한이 여러 가지 면에서 불가사의한 나라라고 말하고 김 주석
을 만나기 전에는 신체검사를 받아야 했다며 참 별일이라고 웃었다. 외

국 대사가 신임장을 국가원수에게 제정할 때 신체검사를 받아야 하는 나라는 이 세상에 북한 외에는 그 유례가 없다.

우리는 레바논에는 갈 수가 없었다. 물론 다시 한 번 가보고 싶었으나 레바논의 정세가 여전히 불안정해서 해외 여행객의 안전이 의문시되고 있는 형편이었다. 이스라엘과 팔레스타인·아랍의 장기간 분쟁에 극적인 변화가 일어나 항구적인 평화가 찾아오지 않는 한, 레바논의 여행은 당분간 보류할 수밖에 없었다. 이스라엘의 안전 보장과 교환 조건으로 팔레스타인 사람이 국가로서의 땅을 찾아내기 전에는 가까운 장래에 중동에서의 항구적인 평화는 찾아올 것 같지 않았다.

대한민국 사람으로 살고 싶다

2000년 1월 새 밀레니엄의 도래는 나의 75회째 탄생월과 우연히 일치했다. 이것을 계기로 나는 자신의 생애를 되돌아보아야겠다고 마음먹었다. 나는 20세기의 4분의 3을 지내온 세대이고, 나의 조국 한국은 근대에 와서 수백 년째 고통과 시련 속에 민족적 굴욕을 겪어왔다.

내가 일본, 소련, 미국의 점령시대를 지내며 75년의 인생을 보내야 했던 것은 '사주팔자' 아래서 미리 정해진 운명이었는지도 모른다. 거기다 또 분단된 조국에서 이어져 내려온 권위주의적 독재정권의 지배하에 반세기를 보낼 수밖에 없었다.

개인적으로도 최대의 관심사는 살아 있는 동안에 우리 민족이 다시 통일의 날을 맞이할 수 있을까였다. 분단된 조국에서 북쪽으로부터 내려온 난민에 지나지 않았던 나의 마지막 소망은 내 고향 홍원으로 돌아가 부친의 묘소를 찾아내고 사랑하는 누님과 그 가족을 만나는 일이다. 나는 평화적이고 민주적인 통일이 이루어져 부모님을 한곳에 모실 수 있기를 진심으로 바란다. 그러나 누님과 매부가 아직 건재한지 아닌지 알 길이 없다.

매부는 30년도 더 된 오래전 헬싱키에서 나를 찾아온 이후 연락이 끊긴 채 아무 소식이 없다. 매부와 나는 어느 한쪽이 패배해야 끝이 나는 냉전, 다시 말해 이데올로기 대결의 희생자이다. 전쟁이라는 것은 늘 그렇듯이 서로 죽이느냐 죽음을 당하느냐 하는 가혹한 현실이었다. 매부와 나는 어째서 이토록 비인간적인 싸움을 강요당하지 않으면 안 되었던가? 그것은 우리들이 언젠가 됐든 재회가 가능해질 때까지 알 수 없는 것이다.

북한의 기근 소식은 나의 어두운 마음을 더욱 무겁게 내리눌렀다. 텔레비전을 통해 배고픔에 허덕이는 어린아이들의 모습이 비칠 때마다 심장을 도려내는 듯한 아픔이 찾아온다. 죽음에 가까이 다가선 이 아이들과 호숙 누님의 손자들 얼굴이 하나로 겹쳐 보인다.

매부는 헬싱키에서 만났을 때 아이들이 열 명이나 된다고 말했다. 내가 알고 있는 조카는 누님의 장남뿐인데, 이 아이는 내가 1945년 10월 소련의 점령지역으로부터 남쪽으로 도망쳐나올 때 네 살쯤이지 않았을까 싶다. 나는 맛있는 음식을 대할 때마다 피골이 상접한 어린아이들 생각이 떠올라 견딜 수가 없다. 내 형제의 손자 손녀도 반드시 그러한 굶주림으로 고통받고 있을 것이 틀림없다.

나는 75년의 인생살이를 겪으며 폭풍 속에서 여러 번 살아도 보았지만 한편 생각하면 세상에서 가장 행운을 타고난 사람이 아니었을까 하는 생각이 든다. 외교 일을 하면서 다소의 성공을 거둘 수 있었던 것은 '팔자'에 있는 행운과 조상들, 그중에서도 부모님의 은덕이었다. 내 영웅은 어머니였고, 누님이었다. 나에 대한 두분의 변함없는 사랑과 불굴의 정신이 내 인생에 가장 커다란 영향을 주었다. 내가 역경에 처했을 때 이 두

분의 존재는 큰 위안과 격려가 되었다.

한국 사람들 모두가 그러하듯이 나 역시 한국 현대사의 격동기 속에서 쓰라린 고통을 겪어온 동포들을 위해 긴 세월 동안 인간적인 사회를 마음속 깊이 희망해왔다. 연민과 자비심의 빛이 충만하고 보다 더 공정한 사회를 바라는 나의 평생에 걸친 소원은 늘 좌절을 맛보았다. 국민에게 봉사해야 마땅한 정치 지도자는 어째서 위헌적인 수단에 호소해서까지 권력에 연연하며 사복을 채우려는 것인가. 나는 평생을 정부 고관들 사이에 만연해 있는 부패와 정치가와 대기업이 결탁하여 국민을 제물로 삼아 서로의 이익만을 챙겨온 일들을 비난해왔다.

내가 나 자신의 묘비명에 청렴했던 사람으로 각인될 수 있다면 더없는 영예가 될 것이다. 그러나 나는 거기까지 욕심을 부릴 자격은 없다고 생각한다. 그저 나 자신이 평생을 통해 성실했으며 가난하고 의지할 곳 없는 사람들을 위해 부정을 바로잡아보려고 했던 하나의 작은 존재였다고 생각하고 싶다.

나는 지난 20여 년 동안 미국 남부 캘리포니아에서 아내와 함께 행복하게 살고 있다. 1981년 봄, 애정이 깊게 배어 있던 외무부를 떠난 뒤 정치적으로 질식할 것 같았던 그해, 또 경제적으로 매우 어려웠던 그때 미국은 나에게 안식처를 제공했고 오늘날까지 자유를 누리면서 여생을 보내고 있다. 그러나 나는 아직 미국 시민권을 가지고 있지 않다. 미국은 나에게 여러모로 제2의 모국이다. 그러나 대한민국의 외교관으로서 대한민국을 대표하던 내게 미국에 충성을 맹세하면서 미국 시민권을 취득하는 일은 있을 수 없다고 생각한다. 하지만 2003년 9·11 뉴욕 테러 이후 미국은 국제 테러에 대응하는 여러 가지 법제를 강화하여 때때로 인권 침해의 논란도 야기되고 있다. 만약 앞으로 미국이 시민권자와 영주권자 간의 차별을 시도한다면, 나는 그때 가서 내가 미국 시민이 되어야 하는지를 결정해야 할 것이다. 하지만 나는 죽기까지 대한민국 국적으로 살고 싶다.

미남의 추억

한운사(작가)

2005년 여름 미국에서 왔노라고 윤호근 씨가 전화를 주었다. 몇 십 년 만인지 모른다. 연락을 받고 달려갔더니 그도 반백의 노인으로 변해 있었다.

50년 전쯤 된다. 나는 『한국일보』 문화부를 맡고 있었는데, 그는 『뉴욕타임스』 기자라는 매우 화려하고 당당한 타이틀을 가지고 있었다. 그를 가리켜 사람들은 '미남' 이라고 했다. 헌출한 키에다가 이목구비가 잘생겨 한국은행 총재 김진형(金鎭炯) 씨도 사랑하는 딸을 그에게 주었다는 소문이었다.

그는 나중에 외무부 의전장이 되었는데, 미 제8군의 고위층과 문제가 생겨 유럽 쪽으로 외교관이 되어 나가서 주로 그쪽에서 많은 세월을 보낸 모양으로 소식이 뜸했었다.

그가 일본어로 된 『한반도(恨半島)』라는 책을 주었다. 그의 자서전이었다. 원본은 영어였단다. 일본어로 책을 내게 된 까닭은 그와 국제회의 등에서 자주 만났던 일본인 한 사람이 그의 경력과 인품, 외교관으로서의 널찍한 세계관 등에 반해 가장 존경스러운 동양인으로 점 찍으면서 비롯됐다는 이야기였다.

거의 단숨에 책을 읽어나갔다. 그만치 매력 있는 내용이고, 말하자면 대한민국 현대 외교사의 생성 과정을 보는 기분이었다. 도처에 유머가 담겨 있고, 우리들의 한이 밑바닥에 깔려 있었다.

핀란드에서 이북에서 온 매부를 만나는 장면은 그대로 한 편의 드라마였으며, 그 사실을 박정희 대통령에게 그대로 보고하여, 무려 3시간이나 단독 인터뷰를 한 사실도 극적이었다.

미남은 여기저기에서 화제를 만들고 다녔다. 거기에서 멋을 느끼게 하였으니, 윤호근이라는 미남은 세상에 태어난 보람이 있다고 해야겠다.

해방 직후 이북 함경도 산속에서 남쪽으로 피난 온 사나이는 운 좋게 통역관이 되어 한 계단씩 올라가기 시작, 중요한 때마다 행운도 따라 괜찮은 일생을 엮어간 것이 된다.

이 책을 내주는 을유문화사 정진숙 회장은 그가 젊었을 때 각별히 사랑을 베풀어주신 인연이다. 미남에게는 끝까지 행운의 여신이 따라다녔다.

대한민국 정부 수립 후 우리들의 외교사가 어떻게 형성되어갔는가. 이 책은 같이 일을 했거나, 전후해서 외교계에 참여했던 사람들에겐 좋은 화제가 될 것이다. 대사를 지내면서 이만치 글재주를 길렀다는 것은 놀라운 일이다.

어째서 한반도인가. 청소년 학생들에게도 일독을 권하고 싶다.

윤호근(尹浩根, Hogan Yoon)

약력

1925년 1월 22일	함경남도 홍원 출생
1949~1950년	외무장관 비서관
1950년	도쿄 주재 한국 대표부 3등 서기관
1950년 9월	워싱턴 미 국무부 외무연수원 연수
1954~1961년	『뉴욕타임스』한국 통신원
1958~1960년	유네스코 한국 위원회 문화분과위 부위원장
1961~1963년	워싱턴 주재 한국 대사관 참사관 겸 대변인
1963~1964년	멕시코 주재 한국 대사관 참사관
1964~1965년	외무부 외교연수원의 고위 프로그램 연수
1965~1966년	외무부 의전장
1966~1969년	스톡홀름 주재 한국 대사관 참사관
1969~1972년	베이루트 주재 한국 상설 통상대표부 전권공사
1972~1973년	헬싱키 주재 한국 통상대표부 전권공사
1973~1975년	주 핀란드 특명 전권 대사
1975~1977년	주 포르투갈 특명 전권 대사
1977~1980년	뉴욕 총영사 겸 유엔 겸무 대사
1980~1994년	미국 애스펜연구소 특별 고문
1982~1985년	미국 애틀랜틱리치필드사(로스앤젤레스) 국제관계 컨설턴트 겸 극동담당 국제조정 이사
1982년 3월	로스앤젤레스 · 부산 자매도시위원회(로스앤젤레스) 부위원장
1982년 3월	한미 수교 백년제 기념위원회 명예회원(위원장 톰 브래들리 시장)
1986~1990년	아코 케미컬사(필라델피아) 컨설턴트
1987년	한국통일민주당 김영삼 대통령 후보 외교 · 안보고문

1991~1998년 4월 UST인터내셔널사(코네티컷주 그리니치) 상급 집행 컨설턴트
1991~1996년   뉴욕주 LIC(롱아일랜드 시티)의 범아시아 커뮤니케이션스사 회장
1991~1996년   뉴욕주 LIC(롱 아일랜드 시티)의 한국방송 회장
1993~1994년   뉴욕시 HBO(텔레비전 영화제작사) 상급 집행 컨설턴트
1993~1996년   뉴욕시 한미 문화재단 이사장 및 민족이해재단 고문

· 켄터키주 모어헤드주립대학 및 워싱턴 D. C. 조지타운대학에서 정치학(국제관계)
  및 스페인어 연구
· 아르헨티나, 타이완, 핀란드, 이탈리아, 남베트남(당시)의 각 대통령 그리고 말레
  이시아, 타이 등 각국 왕으로부터 수훈

임시포스트

1960년 2월   아시아 · 유네스코회의(마닐라) 한국 대표
1961년 9월   제16차 유엔 한국 대표단 대변인
1962년 9월   제17차 유엔 한국 대표단 대변인
1965년 5월   국빈 방문 공식 수행원
1966년 2월   국빈 방문 공식 수행원
1969년 10월   더블린 세계 관광기관 총회 수석대표
1972년 2월   유엔 총회 한국 대표단원
1979년 12월   신 아시아 · 태평양 안전보장재단회의(타이 파타야) 수석대표
1982년 5월   일본 나고야 PBEC(태평양경제협의회)회의 미국 측 대표단원으로
               서 애틀랜틱리치필드사 대표
1984년 5월   밴쿠버에서 개최된 PBEC회의 미국 측 대표단원으로서 애틀랜
               틱리치필드사 대표